Das stärkste Argument gegen Gott –
wäre der Beweis seiner Existenz

Michael Schmidt-Salomon

Stollbergs Inferno

Roman

Alibri Verlag
Aschaffenburg

2007

„Wer einen von diesen Kleinen, die an mich glauben, zum Bösen verführt, für den wäre es besser, wenn er mit einem Mühlstein um den Hals ins Meer geworfen würde. Wenn dich deine Hand zum Bösen verführt, dann hau sie ab; es ist besser für dich, verstümmelt in das Leben zu gelangen, als mit zwei Händen in die Hölle zu kommen, in das nie erlöschende Feuer. Und wenn dich dein Fuß zum Bösen verführt, dann hau ihn ab; es ist besser für dich, verstümmelt in das Leben zu gelangen, als mit zwei Füßen in die Hölle geworfen zu werden. Und wenn dich dein Auge zum Bösen verführt, dann reiß es aus; es ist besser für dich, einäugig in das Reich Gottes zu kommen, als mit zwei Augen in die Hölle geworfen zu werden, wo ihr Wurm nicht stirbt und das Feuer nicht erlischt." (Mk 9,42-48)

I.

„Das war's also!", dachte Stollberg. Er lag auf dem Podest des großen Hörsaals und griff sich an die Brust. Seine Ärzte hatten ihm geraten, weniger zu arbeiten und das Leben zu genießen. Aber Jan Stollberg war kein Mensch, der sich einfach zurücklehnen und den lieben Gott einen guten Mann sein lassen konnte. Er war ein Besessener. Stollberg *musste* arbeiten. Er produzierte Bücher und Artikel am Fließband, reiste von Stadt zu Stadt, hielt Vorträge, gab Interviews, diskutierte, kritisierte, polemisierte. So hart die Anfeindungen oft auch waren, Stollberg ging Konflikten niemals aus dem Weg. Auch nicht, als er merkte, dass sein Körper die großen Belastungen nicht mehr verkraften konnte. Zwei Herzinfarkte hatte er überstanden und er wusste, dass der dritte ihn wohl endgültig niederstrecken würde. Nun, so schien es, war es so weit.

Stollberg rang nach Luft. Dieser ungeheure Druck! Es fühlte sich an, als ob jemand sein Herz in einen Schraubstock zwingen würde. Schemenhaft erkannte er die Umrisse einiger Studenten, die sich um ihn versammelt hatten. Er hörte, wie jemand nach einem Arzt rief.

Die Schmerzen wurden immer unerträglicher. Jan wollte sein Hemd öffnen, konnte aber seine Arme nicht mehr bewegen. Er wollte schreien, aber kein Laut drang über seine Lippen. Nur ein leises, heiseres Röcheln war noch zu hören. Langsam schwanden ihm die Sinne.

Dann, von einem Moment zum anderen, war der Schmerz, die Beklemmung, verschwunden. Ein seltsames Hochgefühl machte sich in ihm breit. Er fühlte sich eigenartig entspannt. „Merkwürdig", dachte er, „ob ich schon tot bin?"

Unsinn! Er verwarf den Gedanken gleich wieder. Der Leitsatz des René Descartes „Ich denke, also bin ich!" kam ihm in den Sinn. Der Franzose hatte sich zwar in Vielem geirrt, dieser Satz jedoch schien Stollberg nun logischer zu sein als je zuvor. Er war verwundert, wie gelassen er die Situation betrachtete. Er lag im

Sterben – daran konnte es keinen Zweifel geben – und doch fühlte er sich am ganzen Geschehen erstaunlich unbeteiligt. „Die körpereigenen Opiate!", schoss ihm durch den Kopf. Er war froh, eine Erklärung für seinen Zustand gefunden zu haben.

Plötzlich wurde ihm schwindelig. Jan verlor die Orientierung. Er spürte, wie ihm der eigene Körper langsam, aber sicher, entglitt. Er konnte es nicht fassen: Er hatte tatsächlich den Eindruck, seinen Körper zu verlassen! Vor einigen Jahren hatte Jan Studien über Nah-Tod-Erlebnisse gelesen. Häufig war darin vom Gefühl der Körperlosigkeit berichtet worden. Als notorischer Skeptiker hatte er allerdings immer Zweifel an der Authentizität der Berichte angemeldet. Andererseits jedoch musste er einräumen, dass bestimmte Drogen ähnliche Halluzinationen hervorrufen konnten.

Nun, wenn dies eine Halluzination war – und davon ging Stollberg selbstverständlich aus –, so war sie doch erstaunlich realistisch. Er schwebte etwa drei Meter über dem Boden und betrachtete seinen regungslosen Körper, an dem sich mittlerweile eine Ärztin der nahen Universitätsklinik zu schaffen machte. Sie versorgte ihn mit einem Beatmungstubus und befestigte Metallelektroden an seiner Brust. Jan wusste, was nun kommen würde und der Gedanke behagte ihm nicht sonderlich. „Bitte zurücktreten. 200 Joule!"

Jan sah, wie sich sein Körper unter ihm aufbäumte. „Keine Reaktion!", sagte eine Stimme. Die Notärztin versuchte es mit einer zweiten Ladung. „Er ist wieder da!", hörte Jan jemanden sagen. „Sieht so aus, als würde er sich stabilisieren..."

Die Ärztin nickte. Zwei Sanitäter trugen den regungslosen Körper zum Notarztwagen. Jan beobachtete, wie die Ärztin während der Fahrt seinen Herzschlag kontrollierte. Er dachte an seine Frau, seine Kinder, an die Mitarbeiter seiner Forschungsgruppe, an das unfertige Manuskript über „Wissenschaft und Aberglaube", an seine Mutter, die den eigenen Sohn nun überleben würde. Er fragte sich, was die Nachrichtensender wohl am Abend über sein Leben berichten würden, ob man seinem Wunsch nach einer einfachen Beerdigung nachkommen werde und ob die Mitglieder der Theologischen Fakultät zur Feier des Tages vielleicht einen kleinen Umtrunk veranstalten würden... Stollberg hielt inne. Dass er im Moment seines Todes an solche Belanglosigkeiten dachte, ärgerte ihn ein wenig.

Mittlerweile war der Notarztwagen am Krankenhaus angekommen. „Ich fürchte, wir verlieren ihn wieder!", sagte die Ärztin. Man brachte ihn in den Not-OP.

Um Jan herum wurde es dunkel. Er hatte das Gefühl, sich in einem langen, dunklen Tunnel zu befinden. In der Ferne sah er ein Licht. „Das Ende!", dachte er. „Die Sauerstoffversorgung des Hirns lässt nach. Mein Tod steht unmittelbar bevor. In wenigen Sekunden...", Jan stockte, der Gedanke war ungeheuerlich, selbst für einen nüchternen Rationalisten wie ihn, „... in wenigen Sekunden wird es mich nicht mehr geben!"

Das Notfallteam arbeitete hektisch. Sie versuchten mit weiteren Elektroladungen und Spritzen, Stollbergs Herz wieder zum Schlagen zu bringen. Doch es war aussichtslos. Nach einer Weile stellte die Ärztin die Behandlung ein. „Es ist vorbei!", sagte sie kopfschüttelnd. „Sein Herz war zu schwach!" Sie seufzte leise und schaute auf ihre Uhr: „Zeitpunkt des Todes..."

II.

„Bereust du deine Sünden und deine Abkehr von Gott, dem Allmächtigen, dem Herrscher über Himmel und Erde?"

Jan war benommen.

„Bereust du deine Sünden?"

„Was?" Jan öffnete die Augen und blickte sich um. Er saß auf
einem Stuhl, die Arme fest an die Lehnen gefesselt. Um ihn herum
völlige Dunkelheit.

„Bereust du deine Abkehr von Gott, dem Allmächtigen, dem
Herrscher über Himmel und Erde?"

Jan lachte laut auf: „Was soll das sein? Ein schlechter Scherz?"

Der Stuhl unter ihm begann zu vibrieren und ehe er darüber
nachdenken konnte, donnerte er in die Tiefe. Jan schrie. Er war
von einem Meer aus Flammen umgeben. Sein Körper brannte wie
Feuer. Er brannte, ohne zu verbrennen. Qualen wie diese hatte Jan
noch nie erlebt. Die Hitze brachte ihn um den Verstand. Der Geruch von ätzendem Schwefel biss ihm in der Nase. Er schnappte
nach Luft, brüllte, flehte, winselte.

Plötzlich schoss der Stuhl wieder nach oben. Jan atmete tief
durch. Der Schmerz war verschwunden. „Ein kleiner Vorge-
schmack auf das, was dir blüht, wenn du deine Sünden nicht bereust", sagte die Stimme.

Jan nahm all seinen Mut zusammen: „Wo bin ich?"

„Kannst du es dir nicht denken?", fragte die Stimme.

„Das muss ein schlechter Traum sein", sagte Jan.

„Dies ist kein Traum", entgegnete die Stimme, „du befindest
dich im heiligen Purgatorium. Gott, der Allmächtige, bietet dir in
seiner allumfassenden Güte die Chance zu bereuen, dich vom Übel
abzuwenden!"

„Das ist doch Unsinn!", antwortete Jan. „Es gibt keinen Gott,
keine Hölle, kein Fegefeuer! Das sind altertümliche Wahnideen,
von menschenverachtenden Barbaren erfunden, um die Leute zu

ängstigen. Nur wirklich kalte Seelen konnten das Höllenfeuer erfinden!"

Abermals raste der Stuhl in die Tiefe. Jan brüllte aus Leibeskräften. Der Stuhl fuhr wieder nach oben.

„Du bist ein schwieriger Fall!", sagte die Stimme, „ich bezweifle, dass du dem Höllenfeuer entgehen wirst. Du willst die Wahrheit nicht sehen..."

„Welche Wahrheit?", brüllte Jan.

„Die Wahrheit des dreifaltigen Gottes, des Vaters, des Sohnes, des heiligen Geistes..."

Jan lachte verzweifelt: „Wollen Sie mir wirklich einreden, dass Gottvater die Welt in sieben Tagen erschaffen hat?"

„So ist es!"

„Dass er seinen Sohn von einer antiken Besatzungsmacht hinrichten ließ, um die Menschheit zu retten?"

„Amen!"

„Dann wollen Sie mir sicherlich auch weismachen, dass es eine Hölle gibt – und Engel, die die Selektion an der himmlischen Rampe vornehmen?"

„So hat Jesus es angekündigt! Du bist doch ein gebildeter Mann, du kennst die Bibel!"

„Sicher!"

„Erinnerst du dich an das Matthäusevangelium, Kapitel 13, Verse 41-43?"

„Ja, ich denke schon..."

„Zitiere!"

„...Der Menschensohn wird seine Engel aussenden, und sie werden aus seinem Reich alle zusammenholen, die andere verführt und Gottes Gesetz übertreten haben, und werden sie in den Ofen werfen, in dem das Feuer brennt. Dort werden sie heulen und mit den Zähnen knirschen..."

„Und?"

„Was heißt hier 'und'? Das ist doch nichts weiter als Aberglaube! Kein Mensch glaubt heute noch daran!"

„Du übertreibst!"

„Den meisten Theologen, die ich getroffen habe, ist das ganze Gerede von Hölle, Teufel und Fegefeuer furchtbar peinlich. Sie sagen, Fegefeuer und Hölle seien nur altmodische Umschreibungen für Gottferne!"

„Auch sie werden dem Purgatorium nicht entgehen!", drohte die Stimme. „Wer Gottes Wort nicht tödlich ernst nimmt, der ist verdammt! Es wäre besser für diese Ketzer, niemals geboren worden zu sein!"

„Ach ja?", entgegnete Jan. „Wo bleibt da Gottes viel gepriesene Liebe, seine allumfassende Güte?"

„Nur Gottes Gnade hast du zu verdanken, dass du hier bist. Du hast die Chance, zu bereuen und als Geläuterter Eintritt ins Paradies zu erlangen!"

„Okay. Nehmen wir an, ich erkläre, dass ich meine Sünden bereue..."

„Deine Worte sind uns egal, uns interessiert, was du denkst! Du musst Gott von ganzem Herzen lieben..."

„Ich soll ihn dafür lieben, dass er mich peinigt? Ist das nicht ein bisschen viel verlangt?", fragte Jan.

„Mir scheint, du willst noch einmal Bekanntschaft mit dem Fegefeuer machen!", drohte die Stimme.

„Nein! Um Gottes willen! Nein!", schrie Jan. Er blickte ängstlich in die ihn umgebende Dunkelheit. „Ich tue alles, alles, was Sie verlangen!"

„Es liegt in deiner Hand!", entgegnete die Stimme. „Also: Was hast du mir zu sagen?"

Stille.

„Was hast du mir zu sagen?", wiederholte die Stimme.

„Ich... ich..."

„Ja?"

... ich bereue!", flüsterte Jan.

„Was bereust du?", fragte die Stimme.

„Ich bereue meine Sünden..."

„Und?"

„... und meine Abkehr, meine Abkehr von Gott!"

„Liebst du Gott, den Vater, den Allmächtigen, den Herrscher über Himmel und Erde?"

„Ja!", hauchte Jan wenig überzeugend.

„Lauter!"

„Ja!"

„Liebst du ihn aufrichtig und von ganzem Herzen?"

„Ja, verdammt noch mal, ja!", schrie Jan.

Der Stuhl donnerte abermals in die Tiefe. „Ich liebe ihn!", brüllte Jan. „Oh Gott, Gott!" Die Flammen brannten heißer als je zuvor und es dauerte eine Ewigkeit, bis der Stuhl wieder nach oben brauste.

„Gott lässt seiner nicht spotten! Du hast noch einen weiten Weg vor dir!", hörte er die Stimme sagen. „6 mal 66 Verhöre! Wenn du bis zum Ende dieser Gnadenfrist nicht geläutert bist, wirst du auf immer und ewig den Flammen übergeben! Denk darüber nach! Wir werden uns wiedersehen!"

Jan hörte, wie eine Tür aufgeschlossen wurde. Als sie sich öffnete, fiel ein wenig Licht in den Raum. Schemenhaft konnte er zwei Männer erkennen, die auf ihn zukamen. Sie trugen Kutten und Kapuzen, die Jan an den Ku-Klux-Klan erinnerten.

„Jan Stollberg", sagte einer der beiden Männer in militärischem Ton, „das Verhör ist beendet!"

Sie befreiten Stollberg von seinen Fesseln und nahmen ihn in Gewahrsam. „Wo bringen Sie mich hin?", fragte Jan.

„Das wirst du schon sehen!"

„Mehr wollen Sie mir nicht verraten?"

„Doch: Es wird dir nicht gefallen..."

III.

„Das alles kann doch gar nicht real sein", dachte Jan, während er durch ein Labyrinth dunkler Gänge geführt wurde. Eben noch hatte er im Hörsaal gestanden, über die notwendige Einheit von Körper und Geist philosophiert. Ein Leben nach dem Tod war nach dem Stand der Wissenschaft gänzlich ausgeschlossen. Die Existenz der Hölle sowieso. Und nun... Hatte er sich wirklich so geirrt? Waren alle wissenschaftlichen Erkenntnisse der letzten Jahrhunderte auf einen Schlag null und nichtig? Fügte sich die Realität wirklich den finsteren Visionen des Mittelalters?

Nein, es musste eine andere, eine logischere Erklärung für seine Erlebnisse geben. Spielte ihm vielleicht sein Hirn einen letzten hinterlistigen Streich? Immerhin: Er hatte sich vor zwei Jahren eingehend mit der Geschichte der Jenseitslegenden beschäftigt und ein viel beachtetes Buch geschrieben, das die Idee der ewigen Verdammnis einerseits historisch erklärte, andererseits als Kardinalverbrechen an der Menschheit geißelte. Hatte er sich vielleicht zu sehr in die Thematik vergraben? Setzte sein Hirn nun, da sein eigener Tod bevorstand, die von ihm referierten Jenseitsmythen zu einem grausamen Ganzen zusammen? War er der Gefangene seiner eigenen Inszenierung?

Der Gedanke schien plausibel zu sein, aber Jan konnte ihn nicht zu Ende denken. Seine Wärter stießen ihn hart zu Boden. Jan blickte sich um. Er befand sich in einem großen, dunklen Raum. Das wenige Licht, das den Raum erfüllte, wurde von vier Pechfackeln gespendet, die an den Längsseiten der Halle loderten. Zehn Meter vor ihm stand ein riesiger Schreibtisch, hinter dem ein Mann in schwarzer Uniform saß.

„Jan Stollberg, 56 Erdenjahre, Todsünder. Du hast dich des Atheismus und Materialismus schuldig gemacht. Du hast Gott geleugnet und die Existenz der metaphysischen Seele bestritten. Du hast Bücher veröffentlicht, die die Menschen vom Weg abbrachten

12

und sie ins Verderben stürzten." Der Mann wandte sich an Stollbergs Wächter: „Zieht ihn aus!"

In Windeseile wurden Jan sämtliche Kleider vom Leib gerissen. Er stand ganz nackt da und versuchte mit den Händen, seinen Schambereich zu verdecken.

„Jan Stollberg, in Anbetracht deiner Sünden wirst du in den siebten Ring der Vorhölle geschickt. Dort wirst du arbeiten und leiden, bis du zum nächsten Verhör geladen wirst. Bringt ihn nach vorne!"

Die Kapuzenträger zogen Stollberg unsanft hoch und schleppten ihn zum Schreibtisch. Einer der beiden ergriff eine Pechfackel. Der Mann hinter dem Schreibtisch stand auf und ging auf Stollberg zu. Er hatte einen großen, mit langen Nadeln besetzten Stempel in der Hand, den er unter die Fackel hielt. Der Stempel begann zu glühen. Jan ahnte, was nun kommen würde. Er versuchte sich loszureißen. Vergeblich. Der zweite Wärter hielt ihn mit eisernem Griff fest. Jan zitterte vor Angst. Der Uniformierte grinste und presste den glühenden Stempel auf Stollbergs linken Unterarm. Der Gepeinigte schrie laut auf. Die Wärter ließen ihn los und Jan sank entkräftet zu Boden. Er schluchzte wie ein verängstigtes Kind und betrachtete das Zeichen, das sich blutrot auf seinem Unterarm abzeichnete: 5.257.399.212-77-A.

„Dein Kainsmal!", sagte der Uniformierte. „Es ist das Zeichen deiner Schuld. Solltest du aufrichtig bereuen, wird es von selbst verblassen." Der Uniformierte nickte mit dem Kopf, worauf einer der beiden Wärter eine Kutte auf den Boden warf.

„Zieh das an!", befahl der Uniformierte.

Jan ergriff die Kutte und zog sie sich hastig über. Sie kratzte fürchterlich und roch nach Kot und Verwesung. Jan hatte das Gefühl, sich übergeben zu müssen.

Der Uniformierte drehte sich wortlos ab und setzte sich wieder hinter seinen Schreibtisch. Mit einem Ruck wurde Jan hoch gerissen. Die Wärter nahmen ihn in ihre Mitte und zerrten ihn mit festem Griff vor eine Tür, die sich am hinteren Ende des Raumes befand. Die Tür öffnete sich.

Jan starrte in ein tiefes Loch. Sein Herz pochte.

„Nicht schlappmachen, Stollberg!", witzelte einer der beiden Kapuzenmänner. „Der eigentliche Spaß kommt doch erst!"

„Was haben Sie vor?", stammelte Jan.

„Es geht nach unten, Stollberg, ganz nach unten!"

Sie gaben ihm einen kräftigen Stoß.

Jan fiel.

Er kreiselte in der Luft und wusste schon bald nicht mehr, wo oben und unten war. Mehrmals prallte er mit dem Kopf gegen das Felsgestein. So weh das auch tat, Jan konnte nicht einmal mehr schreien. Zu groß war sein Entsetzen. Er fiel immer weiter. Es gab keinen Halt. Er stürzte unaufhaltsam in die Tiefe...

IV.

Der Aufprall war hart. Unter *normalen Umständen* hätte er den Sturz nicht überlebt, aber welchen Sinn machten schon die Denkkategorien des Normalen unter den Bedingungen des Purgatoriums?

Jan blieb eine Zeit lang bewegungslos liegen. Bei dem Aufprall hatte er sich sämtliche Knochen seines Körpers gebrochen, aber sie heilten auf unerklärliche Weise innerhalb kürzester Zeit wieder zusammen.

„Aufstehen, die Vorhölle ist kein Vergnügungspark!", brüllte eine Stimme. Jan sah auf. Ein Aufseher in stand vor ihm. Wie seine beiden Vorgänger trug auch er eine schwarze Kapuze, die sein Gesicht verdeckte. Der Mann schlug Stollberg mit einer Peitsche mitten ins Gesicht. „Aufstehen, habe ich gesagt!"

Jan rappelte sich auf. Er wankte. Nur mühsam konnte er sich auf den Beinen halten.

„Geh voran!"

Jan machte vorsichtig die ersten Schritte.

„Schneller!", befahl der Aufseher.

Jan beschleunigte das Tempo. Sie gingen durch eine Art gigantisches Bergwerk. Überall standen, lagen oder knieten Menschen. Viele von ihnen waren bis zur Ohnmacht erschöpft. Wie es schien, zwang man sie, mit Spitzhacke und Schaufel tiefe Löcher auszuheben. Die Hitze war enorm. Jan war vollkommen durchnässt. Die Kutte klebte an seinem Körper.

Plötzlich befahl ihm der Aufseher stehenzubleiben. Jan blickte sich um. An der Wand vor ihm stand sein Name, in großen Lettern eingemeißelt in den Felsen: Jan Stollberg, Todsünder, Registrierungsnummer 5.257.399.212-77-A.

„Dort sind Hacke und Schaufel, Stollberg! Mach dich an die Arbeit! Und keine Pausen! Sobald du aufhörst, wirst du meine Peitsche auf dem Rücken spüren!"

Jan griff hastig nach der Hacke und schlug mit aller Kraft in den Felsen. Das Gestein war hart und die Arbeit mühsam. Aber er kam voran. Nach einer Weile hatte er eine Grube von knapp zwei Metern Tiefe ausgehoben. Jan wischte sich den Schweiß von der Stirn.

„Und nun das Loch wieder zuschütten!", brüllte der Aufseher hinter ihm.

„Was?", fragte Jan.

„Zuschütten!"

„Aber warum?" Das Ganze machte für Jan keinen Sinn.

„Keine Fragen! Tu, was ich dir sage!"

Jan griff nach der Schaufel und begann, das Loch wieder zuzuschütten.

„Schneller!", lautete der Befehl. Jan spürte einen scharfen Peitschenhieb auf seiner Schulter. Er zuckte kurz zusammen und schaufelte, so schnell er konnte.

Als die Grube wieder zugeschüttet war, drehte er sich um: „Und nun?"

„Kannst du es dir nicht denken?" Der Aufseher schien hinter der Kapuze zu schmunzeln.

Jan schüttelte den Kopf. Er atmete schwer. Die Arbeit hatte ihn an den Rand seiner körperlichen Kräfte gebracht.

„Heb das Loch wieder aus!"

„Was?" Jan wollte es nicht glauben.

„Ausheben, aber sofort!" Der Aufseher unterstrich seine Forderung mit einem gezielten Peitschenhieb in Stollbergs Gesicht.

Jan fiel zu Boden, richtete sich aber sofort wieder auf, um Schlimmeres zu verhindern. Er griff zur Hacke und holte aus. Das Gestein war merkwürdigerweise so hart wie beim ersten Mal. Jan rackerte wie ein Wahnsinniger. Als das Loch wieder mannstief war, kam abermals der Befehl, es wieder zuzuschütten.

Die erniedrigende Prozedur wiederholte sich mehrere Male. Jan war verzweifelt, aber erlaubte sich keinen Widerspruch. Er fragte sich, wie lange er die Tortur wohl noch aushalten würde. Seine

Kräfte ließen mehr und mehr nach. Just in dem Moment, in dem er aufgeben wollte, ertönte ein lauter Glockenschlag.

Eine unerwartet sanfte, weibliche Stimme hallte durch den Raum: „Sünder, die ihr die Gesetze Gottes mit Füßen getreten habt, setzt euch zu Boden, bereut eure Sünden! Es ist nicht zu spät! Der Allmächtige liebt alle seine Schafe, auch die schwärzesten unter euch. Also kehret heim in den Schoß des geliebten Vaters! Tuet Buße und die Stunde ist nah, in der Er euch in Seiner allumfassenden Liebe empfangen wird!"

Jan blickte sich um. Der Aufseher war verschwunden, die Menschen um ihn herum ließen ihre Werkzeuge fallen. Sie sanken erschöpft zu Boden. Einige weinten leise vor sich hin, die meisten aber starrten still und mit leerem Blick nach unten. Jan blickte zur Seite, auf den Mann, der rechts neben ihm geschuftet hatte. Der Mann kroch auf allen Vieren zu Stollberg hinüber.

„Du bist Jan Stollberg?", fragte er.

Jan nickte: „Woher kennen Sie meinen Namen?"

„Hier in der Vorhölle sprechen sich Neuigkeiten schnell herum", erklärte der Fremde, „und auf das 'Sie' kannst du getrost verzichten! In der Hölle ist kein Platz für bürgerliche Höflichkeitsformen!" Er verzog das Gesicht zu einem hilflosen Grinsen.

Jan holte tief Luft: „Ich verstehe!"

„Du hast sicherlich einen harten Tag hinter dir..." Der Fremde machte eine kurze Pause. „Leider kann ich dich nicht damit trösten, dass es von nun an besser wird!"

„Es ist die Hölle!", sagte Jan.

„Nur die Vorhölle!", korrigierte der Fremde.

„Was kann schlimmer sein als das?", fragte Jan, der sich vergeblich mühte, seine Verzweiflung zu kaschieren. „Als ich dieses verdammte Loch wieder zuschütten musste, das war fast schlimmer als die Flammen während des Verhörs!"

„Ja", antwortete der Fremde, „eine schreckliche Tortur! Ich habe mir *Sisyphos* auch etwas glücklicher vorgestellt!" Für einen Moment huschte der Anflug eines Lächelns über sein Gesicht.

Jan betrachtete die Gesichtszüge des Fremden etwas genauer. Sie kamen ihm bekannt vor. Ja, er war sich sicher, dieses Gesicht zu kennen. Er war dem Mann zwar nie persönlich begegnet, hatte aber Bilder von ihm in Büchern und Zeitschriften gesehen. Noch bevor Jan seine Gedanken richtig sortieren und das Gesicht dem richtigen Namen zuordnen konnte, stellte sich der Fremde selbst vor:

„Mein Name ist Camus, Albert Camus."

V.

Einen Moment lang war Jan sprachlos. Vor ihm saß tatsächlich Albert Camus, der Literaturnobelpreisträger, dessen *Mythos des Sisyphos* ihn einst so tief beeindruckt hatte.

Jan schüttelte ungläubig den Kopf: „Das... das ist nicht möglich! Ich... ich habe Ihre Bücher..." Er stockte: „Ich meine, *deine* Bücher bereits als Jugendlicher verschlungen!"

Camus lächelte: „Ich weiß! Du hast ein freundliches Kapitel über mich geschrieben. In deiner *Philosophie des Absurden*, wenn ich mich nicht irre..."

„Woher...?"

„Woher ich das weiß?" Camus war über den ratlosen Blick Stollbergs amüsiert. „Es gab in letzter Zeit Durchreisende, die mir von dem Buch erzählten..."

„Durchreisende?"

„So nennen wir Leute, die nur kurze Zeit hier sind, weil sie sich von den Inquisitoren schnell drehen lassen. Sie werden, je nach Läuterungsgrad, in einem angenehmeren Sektor der Vorhölle untergebracht oder schaffen gar den großen Sprung nach oben..."

„Es gibt angenehmere Sektoren?"

„Ja, es gibt eine Vielzahl von Vorhöllen. Du befindest dich hier in der untersten Vorhölle, dem Limbus der Todsünder. Sie ist bestimmt für diejenigen, die sich aus ethischen oder philosophischen Gründen von Gott abgewandt haben. Daneben gibt es noch die Vorhöllen der Tugendlosen, der Unkeuschen und Gierigen. Es gibt Vorhöllen für ungetaufte Kinder, für Heiden, für Muslime, Juden, Buddhisten und Hindus, Vorhöllen für Frauen, die abgetrieben haben, für christliche Humanisten und Glaubenszweifler, für Mörder, die ihre Verbrechen nicht unter dem Signum des Kreuzes begangen haben und so weiter. Außerdem gibt es Sonderabteilungen für bestimmte Berufsgruppen, zum Beispiel für Musiker, deren

Tongebilde keine Gnade in Gottes Gehörgängen fanden. Wie ich hörte, soll es dort von Zwölftonmusikern nur so wimmeln..."

„Das ist ein Scherz, oder?" Jan wusste nicht, ob er den Ausführungen Camus Glauben schenken sollte.

„Durchaus nicht!", antwortete Camus. „Die Ärmsten werden in ihren Verhören mit C-Dur-Dreiklängen gequält und müssen in der Vorhölle auf verstimmten Instrumenten spielen!"

Jan schaute Camus zunächst etwas ungläubig an, dann brachen beide in schallendes Gelächter aus. Als sie sich wieder gefangen hatten, fuhr Camus fort: „So komisch das auch klingt...", er räusperte sich, „es muss für die Ärmsten eine schlimme Folter sein. Man hat mir erzählt, dass Gustav Mahler – du weißt doch, er hat in seiner Dritten Sinfonie den Frevel begangen, einen Text von Nietzsche zu vertonen! – dass also Mahler gezwungen wurde, Bachs *Wohltemperiertes Klavier* auf einem verstimmten Westernklavier zu spielen! Der Ärmste soll nach der Vorstellung schweißgebadet aufgestanden sein und gefleht haben, man möge ihn doch lieber direkt den Flammen übergeben...."

Camus hatte die letzten Worte in einem sehr ernsten Ton gesprochen. Jan spürte, dass Camus nicht zu Scherzen aufgelegt war. Dennoch konnte und wollte Jan das Geschilderte nicht unwidersprochen hinnehmen: „Aber das alles ist doch völlig absurd! Die Vorhöllen, das Fegefeuer, der Himmel, Gott..."

Camus nickte: „Als ich noch lebte, meinte ich, dass das menschliche Leben absurd sei, weil Gott und damit ein über den Tod hinausweisender Sinn nicht existierte. Nun aber, da ich tot bin, weiß ich, *dass erst die Existenz Gottes die Logik des Absurden zur Vollendung bringt!*"

„Ein tiefer Satz!", sagte Jan. „Welche Konsequenzen hast du daraus gezogen?"

„Die Konsequenz ist dieselbe geblieben", antwortete Camus, „die Revolte, die Rebellion gegen das Absurde! Der metaphysische Sprung, der Sprung ins blinde Gottvertrauen, will mir auch jetzt nicht gelingen. Hegel, Kierkegaard und Heidegger, klar, die hatten keine Probleme damit! Die konnten sich schon auf Erden mit allerlei Unsinn abfinden!"

„Ihnen blieb die Vorhölle erspart?"

„Zweimal im Fegefeuer – und sie waren rein wie Neugeborene! Zum Teufel! Ich hab's ja auch versucht! Ich habe hart darum gekämpft, einfältig zu werden! Aber es ist mir nicht gelungen und ich weiß: es wird mir auch in Zukunft nicht gelingen! Mein Weg ist der des Sisyphos, der Kampf gegen den absurden Heilsplan eines Gottes, der nicht zu besiegen ist!"

Camus machte eine kurze Pause: „Leider stehe ich mit dieser Ansicht ziemlich alleine da..."

In diesem Moment ertönte ein zweiter Glockenschlag. Camus stand auf: „Komm, es ist Zeit für die Große Speisung!"

VI.

Nach einer kurzen Wanderung durch das Felsgestein waren Jan und Camus an einer großen Höhle angelangt, in der sich eine große Menschenmenge versammelt hatte. „Alles Todsünder?", fragte Jan. Camus nickte.

Die Menschen saßen auf langen, kargen Holzbänken, die in merkwürdigem Kontrast standen zu dem üppigen Festmahl, das auf den Tischen vor ihnen aufgebaut war. Jans Blick wanderte fasziniert von einer Köstlichkeit zur anderen: Fasanen-, Gänse- und Entenfleisch, Lachs, Muscheln und Krebse, Hummer und Kaviar, dazu aromatisch duftende Trüffel und Pfifferlinge, frische Datteln, Feigen und Melonen, Süßspeisen aller Art. In den Gläsern perlte der Champagner.

Herrliche Düfte durchströmten den Raum. Jan atmete tief ein, nahm das wunderbare Aroma der Speisen in sich auf. In ihm wuchs eine ungeheure Lust, ein mächtiges Verlangen, alles zu verspeisen, was da unten auf den Tischen lag. Nie zuvor hatte er solchen Heißhunger gespürt. Er hatte nur noch *einen* Wunsch, nur noch *ein* Ziel vor Augen: Möglichst bald diese köstlichen Speisen zu berühren, sie in den Mund zu nehmen, zu schmecken, mit allen Sinnen zu genießen. Er stürmte nach vorne. Camus versuchte ihn zurückzuhalten: „Jan, hör zu! Die Speisen sind... sind nicht das, was sie vorgeben zu sein!"

Jan wollte nicht hören. Er riss sich los und hetzte durch die Reihen. Endlich fand er einen Sitzplatz. Vor ihm lag eine mit Nüssen und Mandeln gefüllte Wildgans. Er fixierte sie mit irrem Blick. Nie zuvor hatte er etwas derart Wunderbares gesehen! Das war nicht *irgendeine* gefüllte Gans, das war der *Inbegriff der gefüllten Gans schlechthin!* Ein einziger Bissen würde ihn entschädigen für all die Erniedrigungen und Schmerzen, die er in den letzten Stunden durchlitten hatte. Der Gedanke war verrückt, aber Jan konnte sich nicht dagegen wehren.

Er griff nach der Gans, riss sie in wilder Gier auseinander und schob sich ein großes Stück des saftigen Fleisches in den Mund. Seine Geschmacksnerven waren aufs Äußerste angespannt. Er schloss die Augen vor Erregung.

Das Fleisch schmeckte irgendwie seltsam. Zunächst merkte er nur, dass es äußerst bitter war und einen unangenehmen, faulig süßen Nachgeschmack hatte. Auch die Konsistenz war irritierend. Es war weder knusprig noch zart, sondern matschig und pelzig. Außerdem hatte er das Gefühl, dass irgendetwas seinen Gaumen entlang kroch. Nein, er korrigierte sich, es war kein einzelnes Etwas, es waren mehrere kleine Etwasse. Ein ganzes Nest! Gottverdammt! Jans Magen krümmte sich zusammen. Er spuckte die halb zerkaute Mahlzeit aus.

Kleine, weiße Maden tummelten sich auf seinem Teller. Sie schwammen in einer dickflüssigen, grünlich-braunen Substanz, die von Schimmel durchsetzt war. Jan würgte. Er konnte es nicht zurückhalten. Sein Magen rebellierte. Er kotzte, bis nur noch Galle kam.

Beschämt sah er auf seinen Teller hinunter. Zwischen den Maden und dem Schimmel schwammen kleine Stücke Mais und Blumenkohl – Überreste des Mensaessens, das er kurz vor seiner verhängnisvollen letzten Vorlesung zu sich genommen hatte.

„Du hast doch nichts dagegen?", fragte sein rechter Tischnachbar, den Jan bis dahin überhaupt nicht wahrgenommen hatte. Ohne eine Antwort abzuwarten, ergriff er Stollbergs Teller, zog ihn zu sich und machte sich mit großem Elan darüber her.

Aus Jans Gesicht war alle Farbe verschwunden. Wie gelähmt beobachtete er, wie sein Tischnachbar Maden, Schimmel und Erbrochenes genüsslich in sich hineinschaufelte. Dabei schockierte ihn weniger, *was dieser Mann da machte*, sondern viel mehr, *wer dieser Mann war!*

„Wie ich sehe, hast du dich gleich an den Tisch mit der Prominenz gesetzt! Gratuliere!", sagte Camus, der die ganze Zeit nach Stollberg gesucht hatte und sichtlich erleichtert war, ihn gefunden zu haben.

Jan stand auf und zog Camus zur Seite: „Sag mir, dass das nicht wahr ist!"

„Was meinst du?"

„Ich habe von der Gans gekostet und..."

„Sie war nicht so, wie du es dir vorgestellt hast!"

„Mein Magen hat es nicht verkraftet!"

„Das geht den meisten so beim ersten Mal!"

„Es war schrecklich, ich habe mich in den Boden geschämt! Aber dann... dann hat *er*...", Jan zeigte auf seinen Tischnachbarn, der in der Zwischenzeit den Teller sauber geleert hatte und sich nun über die Gans hermachte, „... er hat meinen Teller zu sich rübergezogen und..." Bei dem Gedanken wurde Jans Gesicht noch etwas bleicher, als es ohnehin schon war. Er musste übel aufstoßen.

Camus grinste: „Seit er gehört hat, dass Wagners *Parsifal* regelmäßig im Himmel aufgeführt wird, ist er gänzlich von Sinnen!"

„Er... er ist es also wirklich?", fragte Jan.

„Daran gibt es keinen Zweifel!", antwortete Camus. Er beugte sich nach vorne: „Darf ich unterbrechen, Eure Hoheit? Ich würde Ihnen gerne Jan Stollberg vorstellen. Er gilt als einer der besten Nietzsche-Kenner des ausgehenden zwanzigsten Jahrhunderts..."

„Wer ist Nietzsche?", fragte Nietzsche. „Und überhaupt: Wie kommst du Wurm dazu, einen Gott bei seinem Festmahl zu stören?" Seine Stimme nahm einen pathetischen Ton an: „*Es gibt nichts Heiligeres als den Willen zur Gans!*" Er verfiel in wildes Gelächter.

Camus zuckte mit den Schultern: „Wie ich schon sagte: Er ist von Sinnen..."

Jan blickte fassungslos auf Nietzsche und Camus. Wenn man ihm vor Tagen gesagt hätte, dass er einmal einem Gespräch zwischen den beiden werde lauschen dürfen... Natürlich hätte er es nicht geglaubt! Er glaubte es ja immer noch nicht! War es nicht merkwürdig, dass er ausgerechnet jene beiden Philosophen traf, mit denen er sich zeitlebens am meisten beschäftigt hatte? Sprach

24

das nicht dafür, dass er das Ganze doch nur unbewusst inszenierte? Andererseits, das musste er zugeben, schienen die Erlebnisse höchst real zu sein: die Flammen, die Gerüche, die Schmerzen, die Übelkeit, die ihn überfiel, wenn er an die Maden auf dem Teller dachte... Verdammt, da war sie wieder! Jan versuchte, sich auf etwas anderes zu konzentrieren.

Er hatte Glück, denn just in diesem Moment sprang Nietzsche auf: „Wir sind die Götter des Olymps!", verkündete er in feierlichem Ton. „Wir sind alles, was ist! Wir haben die Philosophie entjungfert und die Werte zertrümmert! Unser Werkzeug war nicht das Skalpell, sondern die Abrissbirne! Wir wollten nicht reformieren, sondern schlachten! Wir haben die Welt entsorgt und den Tod vernichtet! Übrig blieb der heilige Rausch und...", er machte eine theatralische Pause, „...der Wille zur Gans!" Nietzsche klatschte sich selbst Beifall, verbeugte sich nach allen Seiten. Dann setzte er sich hin, griff nach der Gabel und verdrückte ein weiteres Stück Gänsebraten.

„Wie kann er das nur runterschlucken?", fragte Jan.

„Es ist uns allen ein Rätsel, wie er das macht! Die schlimmsten Qualen scheinen ihn nicht zu stören. Im Gegenteil! Er kostet sie aus, scheint sich dabei sogar bestens zu amüsieren! Angst scheint er auch keine zu haben..." Camus lachte: „Vor kurzem soll er den Inquisitoren zugerufen haben: 'Was, ihr wollt euch vermehren? Verzehnfachen, verhundertfachen? *Sucht Nullen!* An mir werdet ihr euch überheben: Dionysos ist eine Nummer zu groß für euch!'"

„Das erinnert an eine Stelle aus der *Götzendämmerung*..."

Camus nickte: „Du kannst dir ja vorstellen, wie die Inquisitoren darauf reagiert haben..."

„Sie haben ihn ins Feuer geschickt!"

„Richtig, aber mit seiner Reaktion haben sie nicht gerechnet..."

„Was hat er gesagt?"

„Er hat sich bedankt! Das sei alles sehr angenehm gewesen, ob man das nicht wiederholen könne. Die Hitze sei sehr heilsam für seinen bösen Rücken..."

„Er hat einen bösen Rücken?"

„Nein, soweit ich weiß, ist er körperlich kerngesund. Er wollte provozieren!"

„Also ist er doch bei Verstand?"

„Schwer zu sagen, ob seine Narrheit die Folge einer mentalen Krankheit ist oder aber ein genialer Schachzug seiner *Fröhlichen Wissenschaft*! Auf jeden Fall scheint er seinen Aufenthalt hier zu genießen!"

Die beiden schauten mit einer Mischung aus Mitleid und Bewunderung zu Nietzsche hinüber, der sich gerade eine große Marzipantorte auf den Teller lud.

„Du solltest auch einen kleinen Happen essen!", sagte Camus.

„Unmöglich!", antwortete Jan.

„Wenn du's nicht tust, wird dich bald schrecklicher Hunger quälen..."

„Wenn ich's dir doch sage: ich kann das nicht!"

„Du wirst es lernen müssen!"

„Es ist erniedrigend!"

„Das soll es auch sein!"

„Ich werde nichts essen, selbst wenn ich verhungern muss!"

„Sei nicht kindisch! Du bist unsterblich – wie wir alle! Was soll das Lamentieren? Du brauchst deine Kräfte!" Camus zog Jan zurück zum Tisch. „Wenn du das Zeug schnell herunterschluckst, ist es halb so schlimm..."

Jan schaute Camus eine Weile unentschlossen an. Dann griff er nach dem Besteck.

VII.

„Bereust du deine Sünden und deine Abkehr von Gott, dem Allmächtigen, dem Herrscher über Himmel und Erde?"

Nach der Großen Speisung hatten zwei Aufseher Stollberg abgeführt und in einen dunklen Verhörraum gebracht.

„Bereust du deine Sünden?"

Jan wusste, dass er antworten musste, wenn er nicht wieder Bekanntschaft mit dem Fegefeuer machen wollte. Er entschloss sich zu einer Gegenfrage: „Welche Sünden soll ich denn bereuen?"

„Das weißt du selber nur zu genau!", antwortete der Inquisitor.

„Nun, ich weiß nicht, nach welchen Maßstäben hier geurteilt wird", sagte Jan. „Ich habe in meinem Leben sicherlich Fehler gemacht! Aber ich habe niemanden bestohlen oder betrogen. Ich habe mich um Gerechtigkeit und Wahrheit bemüht, habe für den Abbau der Armut gekämpft. Im Gegensatz zu vielen religiösen Führern habe ich auch keine Kriege angezettelt, niemanden gefoltert oder ermordet..."

„Du hast weit Schlimmeres getan!", fuhr der Inquisitor dazwischen. „Du hast die Seelen der Menschen vergiftet, sie ins Verderben gestürzt!"

„Weil ich das Christentum kritisiert habe?"

„Weil du atheistische Lügen verbreitet hast!"

Das konnte Jan so nicht stehen lassen: „Ich habe niemals behauptet, dass Gott nicht existiert. Ich habe nur gesagt, dass es nicht sinnvoll ist, von der Existenz Gottes auszugehen! Das ist doch ein Unterschied, oder?"

„Das ist eine rein sophistische Unterscheidung! Hast du nichts Besseres zu deiner Verteidigung vorzubringen?"

„Auch wenn ich persönlich nicht an Gott geglaubt habe, so hatte ich doch Sympathien für die Pantheisten, die 'Gott' als 'Summe alles Seins' verstanden!"

„Das macht es nicht besser!", entgegnete der Inquisitor. „Ein Gott, der in Allem ist, wäre kein Gott, sondern ein Nichts! *Was überall ist, ist nirgendwo! Was in allem ist, existiert nicht!* Nur weil Gott und die Welt sich voneinander unterscheiden, kann Gott existieren."

Jan schwieg. Er wusste, dass der Inquisitor Recht hatte.

„Wäre Gott in Allem", fuhr er fort, „so wäre er in der Bibel genauso zu finden wie im Kommunistischen Manifest, in der Kirche ebenso wie in einem Bordell, er säße im Himmel *und* in der Hölle, er wäre Bestandteil von Abtreibungskliniken, Schwulensaunen und Pornofilmen! Glaube nicht, dass du dich auf solche Weise dem Feuer entziehen kannst! Das ist selbst Spinoza nicht gelungen..."

Einen Moment lang wusste Jan nicht, was er sagen sollte. Dann startete er einen neuen Versuch: „Gut, nehmen wir an, der christliche Gott existiert..."

„Annahmen sind nicht notwendig: Er existiert auch losgelöst von deinen Annahmen..."

„Einverstanden. Aber woher hätte ich das wissen können? Es gab in der Menschheitsgeschichte so viele Religionen..."

„Alles Ausgeburten des Satans! Du hättest Gottes Wort ernst nehmen müssen!"

„Die Bibel? Die ist doch voller Ungereimtheiten und Fehler!"

Stollbergs Stuhl brauste in die Tiefe.

„Gott macht keine Fehler!", donnerte die Stimme des Inquisitors.

„Ich nehme es zurück!!", brüllte Jan. „Ich nehme es zurück!!"

„Wer machte die Fehler?", fragte der Inquisitor

„Ich! Ich machte die Fehler, nur ich allein!"

Der Stuhl sauste wieder nach oben.

„Du erbärmlicher Wurm! Was brachte dich dazu, Gottes Wort anzuzweifeln?"

Jan überlegte, wie er auf diese Frage antworten sollte. Er hatte Angst, wieder ins Feuer geschickt zu werden: „Wirst du mich wieder bestrafen, wenn ich's dir sage?"

„Du scheinst, die Gnade des Fegefeuers zu verkennen! Es ist keine Strafe, es führt dich zu Gott!"

„Ach ja?" Jans Stimme klang nicht überzeugt.

„Gott liebt dich!"

„Er hat eine sonderbare Art, das zu zeigen!", erwiderte Jan.

„Das Feuer reinigt dich! Dein Vater, der allmächtige Herrscher über Himmel und Erde möchte, dass du ihn aufrichtig liebst..."

Jan schwieg.

Der Inquisitor hakte nach: „Willst du mir nun verraten, weshalb du an Gottes Wort gezweifelt hast?"

„Das... hatte... mehrere Gründe", begann Jan zögerlich.

„Welche?"

„Es waren zu viele Gründe", sagte Jan. „Ich kann sie unmöglich alle ausführen!"

„Nenne einige!"

„Die Schöpfungsgeschichte widerspricht unseren Erkenntnissen über die Evolution des Lebens auf unserem Planeten..."

„Eure Erkenntnisse entspringen dem Geist Satans, aber fahre fort..."

„Die Geschichtswissenschaft lehrt uns, dass es keinen Auszug des Volkes Israel aus Ägypten gab, dass Jahwe zunächst nur ein kleiner provinzieller Berggott war, der aufgrund historischer Zufälle viele Jahrhunderte nach Moses zum Monopolisten in Gottesfragen wurde..."

„Mach nur weiter..."

„Es gab auch keine Volkszählung, die Maria und Joseph nach Bethlehem führte, kein Passahvorrecht, das es den Juden gestattete, einen Gefangenen frei zu bekommen. Die Jungfrauengeburt ist eine biologische Unmöglichkeit, der Weltuntergang, an den Jesus und seine Jünger glaubten, ist nie eingetreten, das Christentum konnte sich nur durchsetzen, weil es Kaiser Konstantin strategisch von Nutzen war..."

„Woher weißt du das alles?", fragte der Inquisitor.

„Wir haben es erforscht!", antwortete Jan.

„Weißt du nicht, dass euch der Erkenntnistrieb von Luzifer eingepflanzt wurde? Dass er es war, der Eva dazu brachte, den Apfel vom Baum der Erkenntnis zu pflücken?"

„Selbst wenn Eva existiert hätte", Jan lächelte verbissen, „sie hätte niemals einen Apfel pflücken können, denn Äpfel wurden erst im 19. Jahrhundert in den Orient eingeführt!"

Abermals sauste der Stuhl in die Tiefe.

„Du Wurm!", brüllte die Stimme des Inquisitors, „eure Wissenschaft ist Satanswerk! Sie hat euch von Gott entfremdet!"

Jan litt schreckliche Qualen. Seine Haut glühte. Sein gesamter Körper nahm eine kupferrote Farbe an. Als der Stuhl wieder nach oben fuhr, war er so erschöpft, dass ein weiteres Verhör keinen Sinn mehr machte. So beließ es der Inquisitor bei einem letzten Hinweis: „Selig sind die, die arm im Geiste sind. Denn ihnen gehört das Himmelreich! Denk über diesen Satz unseres Herrn nach, bis wir uns das nächste Mal wiedersehen!"

VIII.

„Wie war's?", fragte Camus.

Jan antwortete nicht. Die Aufseher hatten Bettruhe befohlen. Er lag auf einem Strohballen voller Ungeziefer und dachte über seine Erlebnisse nach. Er war sich sicher, dass er die ganze Zeit über nur träumte. Dies alles konnte nicht real sein. Es war einfach zu absurd!

Camus schien seine Gedanken zu erraten: „Du glaubst nicht, dass du das alles hier wirklich erlebst, stimmt's?"

Jan schwieg. Welchen Sinn hatte es schon, mit einem Albert Camus zu diskutieren, der nur in seiner Vorstellung existierte?

Doch Camus ließ nicht locker: „Glaub mir, das geht hier vielen so..."

Jan drehte sich zur Seite. Er wollte nichts mehr hören.

„Was meinst du, warum die Leute hier so wenig miteinander sprechen? Sie sind alle nur mit sich selbst beschäftigt, träumen davon, irgendwann einmal aufzuwachen. Ich kenne das, ich habe es selber durchgemacht!"

Camus stand von seinem Bettlager auf und riss Stollberg energisch herum. „Um das Absurde bekämpfen zu können, Jan, muss man es erkennen! Verschließ deine Augen nicht vor der Wirklichkeit, nur weil sie dir nicht gefällt!"

„Das ist doch Wahnsinn!", brach es aus Jan heraus. „Was soll ich mit dir diskutieren, du existierst nur in meiner Vorstellung!"

„Ich wünschte, es wäre so!", entgegnete Camus. „Aber ich habe in diesem elenden Loch einiges durchgemacht – lange bevor du hier ankamst! Glaub' mir doch: Man quält mich hier schon seit vielen Jahren – und zwar völlig losgelöst von deiner Vorstellung!"

„Kannst du mir das beweisen?", fragte Jan.

„Jan, was soll das? Du weißt doch selber, dass man den Solipsismus nicht widerlegen kann! Niemand von uns kann beweisen, dass die Wirklichkeit um uns herum wirklich existiert! Du könntest behaupten, dass du das einzige empfindungsfähige Wesen im gesamten Universum bist – und niemand könnte dir den Gegenbeweis erbringen..."

„Akzeptiert. Es gibt nur pragmatische Argumente gegen den Solipsismus: Er erschwert das Zusammenleben mit den anderen..."

„Richtig! Und du brauchst dich hier nur umzuschauen, um dich davon zu überzeugen!"

Jan schwieg. Von dieser Seite hatte er das Problem noch gar nicht betrachtet.

„Ich mache dir einen Vorschlag!", fuhr Camus fort. „Auch wenn du bezweifelst, dass die Hölle real ist, geh aus pragmatischen Gründen davon aus, dass sie doch existiert! Nimm hypothetisch an, dass die Wirklichkeit tatsächlich den absurden Plänen des christlichen Gottes folgt! Wenn dir das gelingt, können wir uns überlegen, ob wir diese Pläne nicht vielleicht doch irgendwie durchkreuzen können..."

„Du meinst, das ist möglich?", fragte Jan.

„Vielleicht. Wer kann das wissen? Es hat doch bisher kaum jemand ernsthaft versucht. Die meisten Menschen hier hadern nur mit ihrem Schicksal. Sie sind so sehr in der Tragödie ihrer eigenen Existenz gefangen, dass sie niemals auf den Gedanken kommen würden, dagegen aufzubegehren!"

Das Argument klang einleuchtend.

„Schau dir zum Beispiel den Mann dort hinten an!" Camus deutete mit dem Zeigefinger in Richtung eines Mannes, der fünf Strohballen von Stollberg entfernt lag und ununterbrochen an die Decke starrte. „Sein Name ist Achim Nomolas. Ich halte ihn für einen wirklich großartigen Philosophen und Schriftsteller..."

„Nomolas? Den Namen habe ich noch nie gehört..."

„Genau das ist sein Problem! Er hat zahlreiche Bücher geschrieben, aber niemand wollte seine Werke drucken! Er war schon vergessen, bevor er starb. Das beschäftigt ihn so sehr, dass er nicht mehr ansprechbar ist!"

„Ich gebe zu: Ein tragisches Schicksal! Aber wird es letztlich nicht allen so gehen? Ich meine, wer wird sich in Jahrhunderten noch an uns erinnern? Spätestens in einigen Millionen Jahren wird die gesamte Menschheit und mit ihr alle Religionen, Philosophien, Ideologien, alle Hoffnungen, Träume und Ängste ausgelöscht und vergessen sein!"

„Zu meinen Lebzeiten hätte ich das voll unterschrieben. Doch jetzt..." Camus machte eine Pause. „Du und ich, wir werden verflucht werden, bis in alle Ewigkeit!"

„Du meinst von denjenigen, die durch unsere Schriften vom christlichen Pfad der Tugend abgekommen sind?"

Camus nickte: „Viele hier unten leiden sehr unter dieser Schuld. Am meisten sicherlich der Mann, der dort hinten liegt..."

Jan richtete sich auf und blickte in die Richtung, in die Camus zeigte. Er sah einen Mann mit dichtem Bart und unverwechselbarem Charakterkopf.

„Das ist... das ist..."

„Ja", sagte Camus, „das ist Karl Marx! Was dachtest du wohl, wo der landen würde?"

„Er sieht entsetzlich deprimiert aus!", meinte Jan.

„Er hat auch allen Grund dazu! Er fühlt sich nicht nur von Gott hintergangen, sondern auch von der Geschichte. Du hättest erleben müssen, wie er auf Stalin losgegangen ist..."

„Ach, der ist auch hier?"

„Nein, er *war* hier!"

„Man hat ihn also gleich in die Hölle weiter geschickt?", kombinierte Jan.

Camus schüttelte energisch den Kopf: „Wo denkst du hin? Er hat den großen Sprung nach oben geschafft!"

Jan verstand die Welt nicht mehr: „Stalin hat doch Millionen von Menschen auf dem Gewissen!"

„Solche Lappalien interessieren Gott nicht sonderlich! Seine Kreuzfahrer hat er ja auch zu sich gerufen..."

„Stalin hat Tausende von Priestern hinrichten lassen!"

„Das waren zumeist Orthodoxe – und die mag Gott nicht sonderlich. Er wirft ihnen vor, die Christenheit gespalten zu haben!"

„Aber Stalin hat die Kirchen in ‘Weihestätten des Atheismus’ umbenannt...“

„Das hat Gott schon geärgert!“, gab Camus zu. „Aber Stalin hat Reue gezeigt.“

„Reue?“

„Du weißt doch, dass er im Seminar von Tiflis Theologie studiert hat...“

„Ja, aber...“

„Stalin hat nach einigen Erfahrungen mit dem Fegefeuer den Jesuiten in sich wiederentdeckt! Außerdem“, fuhr Camus fort, „gefiel ihm die Strenge, mit der Gott seine Widersacher hier unten zur Strecke bringt. Das erinnerte ihn wohl an eigene Leistungen!“

„Also gut, ich verstehe...“ Jan musste sich an die Vorstellung eines Harfe spielenden Stalin erst einmal gewöhnen. „Marx war von dem Sinneswandel Stalins nicht gerade begeistert...“

Camus erklärte, dass dies nicht der entscheidende Punkt gewesen sei. Marx habe vor allem darunter gelitten, dass Stalin seinen Namen missbraucht hatte, um seine Terrorherrschaft aufzubauen. Als Marx gehört habe, was die Kommunisten in seinem Namen anstellten, sei er schier ausgeklinkt.

„Er war erleichtert, als er vom Zusammenbruch des Sowjetregimes erfuhr?“, fragte Jan.

„Sicher!“, antwortete Camus. „Aber seinen Zustand hat das kaum verbessert. Es beschäftigt ihn sehr, dass er so viele Menschen in die ewige Verdammnis geführt hat. Immerhin hat niemand den Atheismus so populär gemacht wie er!“

„Er ist hier unten gewissermaßen der Todsünder Nr. 1?“

„Selbstverständlich! Er hat nicht nur Gott negiert, sondern zudem auch noch den Frevel begangen, für eine universelle Gleichberechtigung aller Menschen zu streiten!“

„Und Gott ist ein Fürsprecher der Großgrundbesitzer, stimmt’s?“

Camus nickte: „Gott liebt die Aristokratie, die Ständeordnung. Die Demokratie ist für ihn Teufelswerk!“

„Dann hatte Johannes Paul II. wohl seinen vollen Segen, als er die Reformkräfte innerhalb der Kirche mit dem Satz niederschmetterte: Die Wahrheit kommt nach christlicher Überzeugung von oben, niemals von unten...?"

„Ich bin überzeugt, dass ihm dieser Satz von Gott persönlich eingeflüstert wurde!", antwortete Camus.

Jan schüttelte den Kopf: „Also hatten die mittelalterlichen Seher und Seherinnen Recht, als sie von ihren Ausflügen in die Hölle berichteten?"

„In gewisser Hinsicht schon!", bestätigte Camus. „Allerdings hat sich hier im Laufe der Zeit doch einiges geändert!" Er stand auf: „Komm, ich möchte dir jemanden vorstellen, der dir mehr über die Verhältnisse hier unten berichten kann. Er ist unser dienstältester Todsünder. Du wirst dich sicherlich freuen, ihn persönlich kennenzulernen..."

„Wer ist es?"

„Es ist der Mann, bei dem Marx seine Religionskritik über weite Teile abschrieb..."

„Feuerbach?"

„Richtig!", sagte Camus. „Komm, beeil' dich! Wir haben einen weiten Weg vor uns!"

IX.

Ludwig Feuerbach befand sich in einem Lager, das für all jene Todsünder vorgesehen war, die ihre Verhöre bereits hinter sich hatten und nun auf den Abtransport zur Hölle warteten.

„Wir müssen vorsichtig sein", flüsterte Camus, „das Lager ist gut abgesichert..." Sie kletterten auf einen Felsvorsprung, von dem aus sie einen guten Überblick hatten. Jan sah sich um. In der Mitte des Lagers standen zehn Holzbaracken. Sie waren parallel zueinander angeordnet. Das Lager war umgrenzt durch einen rot glühenden Stacheldrahtzaun. Alle fünfhundert Meter standen Wachtürme, die von maskierten Wächtern besetzt waren.

„Dort vorne befinden sich das Aufnahmegebäude und das Wohnhaus des Lagerkommandanten", sagte Camus.

Jans Blick wanderte zum Vordereingang des Lagers. Über dem Eingangstor prangte ein großer Schriftzug, den er auf die Entfernung jedoch nicht entziffern konnte.

„Weißt du, was dort steht?", fragte er.

Camus nickte: „*Buße macht frei!*"

„Was?"

„Du hast richtig gehört..."

Jan schüttelte ungläubig den Kopf: „Sag mir nicht, dass das Lager von der SS geleitet wird!"

„Feuerbach wird es dir erklären!"

Sie kletterten den Felsen herunter und schlichen sich vorsichtig an das Lager heran. Immer wieder mussten sie in Deckung gehen, um von den Aufsehern nicht entdeckt zu werden. Zu ihrem Glück war das Gelände nicht durchgängig beleuchtet.

Es gelang ihnen, unbeschadet den verabredeten Treffpunkt zu erreichen. Feuerbach saß auf der anderen Seite des Zauns und ritzte mit einem Stein Zeichen in den Felsboden.

„Hallo Ludwig", sagte Camus.

„Hallo Albert!" Feuerbach schaute auf und entdeckte Jan, der neben Camus aus dem Dunkel auftauchte. „Wen hast du mitgebracht?"

„Jan Stollberg, ein prominenter Religionskritiker und Wissenschaftler der Gegenwart."

„Willkommen in der Vorhölle, Jan!" sagte Feuerbach mit einem verschmitzten Lächeln auf den Lippen.

„Jan will sich unserer Sache anschließen. Er braucht noch Informationen über die Verhältnisse hier unten. Ich dachte, da bist du die beste Adresse..."

Feuerbach nickte: „Ich habe die letzten hundert Jahre damit zugebracht, die Geschichte der Hölle zu studieren..." Er erklärte, dass man die Geschichte der Hölle in drei Phasen unterteilen könne: die *Phase des alten Bundes*, die *Phase des neuen Bundes* und die *Phase nach Auschwitz*. „In der ersten Phase, die sich auf die Zeit von der Vertreibung aus dem Paradies bis zur Kreuzigung Jesu erstreckte, war die Vorhölle, nach allem, was ich gehört habe, gar kein so unangenehmer Ort! Man erklärte den Verstorbenen, sie müssten auf die Erlösungstat des Messias warten. Dann werde man die rechtschaffenen Menschen von den bösen trennen. Die Rechtschaffenen würden die Chance erhalten, sich zu Gott zu bekennen und den Sprung nach oben zu machen."

„Das entspricht den Verlautbarungen des katholischen Lehramts!", sagte Jan.

„Ja, so verrückt sie auch dem gesunden Menschenverstand erscheinen!", erwiderte Feuerbach.

„Und was geschah dann?"

„Nach Jesu Auferstehung trat der neue Bund in Kraft. Die Alten, so nannte man diejenigen, die vor der Erlösungstat Jesu gestorben waren, wurden verhört und je nach Läuterungsgrad entweder in den Himmel oder zurück in die Vorhölle geschickt..."

„Haben sich viele der Alten zum christlichen Gott bekannt?"

„Einige!", antwortete Feuerbach. „Interessant ist das Schicksal Epikurs. Du weißt doch, dass er den Menschen die Angst vor dem Tod nehmen wollte?"

„Ja, er sagte, der Tod sei für uns ein Nichts. Weil wir als Tote keine Empfindungen mehr hätten, bräuchten wir uns vor dem Tod auch nicht zu fürchten."

Feuerbach nickte: „Außerdem lehrte Epikur, dass die Freude das wahre Gut, der Schmerz das wahre Übel ist..."

„Er gab seinen Schülern vier Heilsätze zur Hand", ergänzte Camus. „Vor der Gottheit brauchen wir keine Angst zu haben. Der Tod bedeutet Empfindungslosigkeit. Das Gute ist leicht zu beschaffen. Das Schlimme ist leicht zu ertragen."

„Eine überaus menschenfreundliche Philosophie", bestätigte Jan, „die von den Christen nicht ohne Grund bis aufs Messer bekämpft wurde... Wie ist es also dem großen Epikur ergangen?"

„Als er vor die Wahl gestellt wurde, entweder auf seinen Erkenntnissen zu bestehen und dafür auf ewig im Feuer zu braten, oder aber sie zu vergessen und dafür in ewiger Glückseligkeit an der Seite Gottes zu leben, hat er sich fürs Letztere entschieden..."

„Das ist nicht unbedingt verwunderlich", sagte Jan. Er versuchte, seine Enttäuschung zu überspielen: „Wissenschaft und Philosophie waren für Epikur nur Mittel zum Zweck. Sie sollten helfen, Leiden zu überwinden..."

„Warte, die Geschichte ist noch nicht zu Ende!", unterbrach Feuerbach. „Epikur kam also in den Himmel und war dort wohl auch eine Zeit lang glücklich. Es gibt dort oben, musst du wissen, keine Zwänge, keine Leidenschaften, keine Schmerzen. Dort herrscht also genau jener Zustand der seligen Ruhe, den Epikur immer anstrebte..."

„Aber?"

„Er bekam irgendwann mit, wie die Menschen in den Ofen geschoben wurden!"

„Der Eingang zur Hölle befindet sich dort oben?"

„Ja, die Verdammten sollen noch einmal Gottes Herrlichkeit erschauen, bevor sie den ewigen Flammen übergeben werden..."

„Ungeheuerlich!"

„Das sah Epikur wohl ähnlich. Er stand auf und protestierte laut gegen diese Unmenschlichkeit. Er sagte: 'Der Weise empfindet nicht größeren Schmerz, wenn er selber gefoltert wird, als wenn er sieht, wie sein Freund gefoltert wird!' "

„Ein wörtliches Zitat aus der *Epikureischen Spruchsammlung*!", kommentierte Jan.

Feuerbach nickte: „Du kannst dir ja vorstellen, was dann geschah! Gott duldet keinen Widerspruch! Er beauftragte seine Engel, Epikur festzunehmen und ohne weiteres Verhör in den Ofen zu schieben!"

„Hat denn niemand etwas dagegen unternommen?"

Feuerbach schüttelte den Kopf.

Einen Moment lang schwiegen die drei betreten. Dann wollte Jan wissen, woher Feuerbachs Informationen stammten. Über das Schicksal Epikurs habe ihm sein Inquisitor während eines Verhörs berichtet, antwortete Feuerbach. Er habe ihm auch verraten, dass danach die Verhöre verschärft wurden und kein Querulant seitdem Zugang zum Himmel erhalten habe.

„Es gibt also weit mehr Menschen in Hölle und Vorhölle als im Himmel...", folgerte Jan.

„Selbstverständlich! Ich denke, das Verhältnis ist ungefähr 100 Millionen zu eins. Aber das ist nur eine grobe Schätzung!"

„Also Milliarden von Menschen, die ins Feuer gehen werden!" Jan bemühte sich, diese unfassbare Tatsache mit Humor zu nehmen: „Das wird ja ein gigantisches Gedränge beim Jüngsten Gericht geben..."

„Das Problem scheinen sie oben auch erkannt zu haben", antwortete Feuerbach mit ernster Miene. „Deshalb haben sie in den letzten fünfzig Jahren den Ablauf der Individualgerichte extrem beschleunigt!"

„Die dritte Phase der Vorhöllengeschichte?"

„Gut erkannt!" bestätigte Feuerbach. „Früher hat es Jahrhunderte gedauert, bis du deine 6 x 66 Verhöre hinter dir hattest. Ich selbst habe noch viele Philosophen kennengelernt, die viele Jahre vor mir gestorben sind. Mit Spinoza und Kant verband mich eine enge Freundschaft."

„Dass Spinoza die Inquistoren nicht überzeugen konnte, habe ich schon gehört. Wie ist es Kant ergangen?"

„Immanuel war großartig!", sagte Feuerbach. „Er hat den Inquisitoren wie kaum ein anderer die Stirn geboten. ‘Einen Gott, der sich nicht innerhalb der Grenzen der reinen Vernunft bewegt, werde ich nicht akzeptieren!’, hat er gesagt. Lieber wolle er aufrecht in die Flammen gehen, als sich von einem Gott entmündigen lassen, der nicht ganz bei Verstand sei!"

„Alle Achtung!", sagte Jan.

„Seine Werke standen nicht umsonst auf dem *Index Romanum*, der für Katholiken verbindlichen Liste der verbotenen Schriften!", ergänzte Camus.

„Vor kurzem haben sie Heinrich Heine abtransportiert", fuhr Feuerbach fort. „Es war schrecklich! Keiner konnte uns hier unten so zum Lachen bringen. In der Vorhölle lief er zur Höchstform auf!"

„Für jedes Verhör dichtete er neue Spottverse", ergänzte Camus, „an seine letzten kann ich mich noch gut erinnern: ‘Sie verhören uns mit Flammenpein / und zornverengter Stirne / Doch wir, wir lachen unsre Seelen rein / Ein Himmel voller Spatzen...hirne!’ – Die Inquisitoren sind schier ausgerastet!"

„Das kann ich mir gut vorstellen!", sagte Jan, der Heines Lyrik seit jeher schätzte.

„Wir wollten ihn befreien, aber es ging einfach zu schnell!", sagte Feuerbach. „Wir hatten keinen Plan und keine Unterstützung!" Er machte eine kurze Pause, dann fügte er leise hinzu: „Und nun stehe ich selber auf der Abschussliste!"

„Wir werden alles tun, um deinen Abtransport zu verhindern", erwiderte Camus, „aber vielleicht kannst du Jan noch etwas über diese letzte Phase der Vorhöllenentwicklung erzählen..."

„Ja, natürlich!" Feuerbach holte tief Luft: „Nach den beiden großen Weltkriegen, die auf der Erde stattfanden, wurde der mittleren Führungsebene in der Himmelshierarchie schnell klar, dass die Vorhölle neu organisiert werden müsse, wenn man nicht die Übersicht verlieren wolle. Millionen neue Sünder auf einen Schlag – das verlangte neue Strukturen! Außerdem stellte man besorgt fest, dass die Zahl der Menschen von Jahr zu Jahr immer stärker wuchs..."

„Hat Gott in seiner Allmächtigkeit das nicht vorhergesehen?"

„Nein, soweit ich weiß, nicht! Durch den Erkenntnistrieb, den der Mensch durch Luzifers Eingreifen im Paradies erlangte, geriet seine Schöpfung aus den Fugen. Gott versteht nichts von Wissenschaft. Er lehnt es ab, sich damit zu beschäftigen!"

„Wenn das die Leiter der katholischen Akademien wüssten!", scherzte Jan.

„Bleib' ernst!" Camus gab ihm einen leichten Stoß in die Rippen.

„Man hatte also vor, die Vorhölle neu zu organisieren", fuhr Feuerbach unbeirrt fort. „Dafür brauchte man aber logistische Unterstützung. Man fand sie in den langsam hier eintrudelnden Schergen Stalins und Hitlers. Diese Leute verfügten über das richtige Fachwissen und sie konnten sich schnell unterordnen!"

„Kann ich mir vorstellen!"

„Bald schuf man ein neues Ordnungssystem, neue Vorhöllen, die auf die jeweiligen Vergehen der Menschen genau ausgerichtet waren. Ein perfektes System. Man führte die Tätowierung der Registrierungsnummern ein..."

„Auf dem linken Unterarm – wie in Auschwitz!", erläuterte Camus.

„Sie erhöhten die Schlagzahl der Verhöre. Vor allem hier unten bei den Todsündern. Während der ersten siebzig Jahre wurde ich vielleicht dreißig Mal verhört. danach aber ging es Schlag auf Schlag."

„Die *Endlösung der Ungläubigen-Frage*!"

Feuerbach nickte.

„Gab es denn keine Versuche, sich dagegen aufzulehnen?", wollte Jan wissen.

„So merkwürdig es auch klingt: Wir haben die Idee eines Aufstands erst vor kurzem ernsthaft in Betracht gezogen. Zuvor waren wir – wie soll ich es ausdrücken? – wir waren... wie gelähmt! Ich meine, mit dem hier hat doch wirklich niemand gerechnet!"

„Man muss das Absurde akzeptieren, um es bekämpfen zu können!", bestätigte Camus. „Das ist die Schwierigkeit, die am Anfang steht. Du wolltest diese absurde Realität doch auch nicht akzeptieren! Und dabei bist du noch jemand, der sich zeitlebens mit dem Absurden beschäftigt hat!"

„Wir haben in der Tat viel kostbare Zeit vergeudet", sagte Feuerbach, „Zum Glück sind die Frauen etwas weiter als wir Männer! Vor wenigen Tagen wurde ich von einer Frau namens Elli Baumgart besucht. Sie hat mir erzählt, dass die Frauen zu allem entschlossen seien..."

„Viele Revolutionen wurden durch mutige Frauen eingeleitet!", meinte Camus. „Wir sollten sie unbedingt treffen!"

„Das denke ich auch!", erwiderte Jan, der sich schon gefragt hatte, warum er unter den Todsündern noch keine Frau getroffen hatte.

„Die Vorhölle der Todsünderinnen liegt nicht allzu weit entfernt!" Feuerbach zeichnete mit einem Stein eine Skizze in den Felsen. „Wenn ihr diesen Weg wählt, könnt ihr sie kaum verfehlen!"

„Gut, dann lass uns losziehen!" Jan war voller Tatendrang.

„Nein, wir müssen zurück ins Lager!", entgegnete Camus. „In wenigen Stunden werden wir zum Appell gerufen. Wenn wir dort fehlen, werden sie Verdacht schöpfen!"

Feuerbach stand auf. Er streckte seine Hand vorsichtig durch die Maschen des Zauns, Camus und Stollberg reichten ihm stumm die Hände. Feuerbach wandte sich ab und verschwand langsam in der Dunkelheit.

„Ein beeindruckender Mann!", sagte Jan.

Camus nickte.

Sie schlichen zurück zum Basislager.

X.

„Aufstehen! Die Hölle ist keine Schönheitsfarm!"

Jan erkannte die schneidende Stimme sofort. Es war die Stimme des Aufsehers, der ihn in der Vorhölle empfangen hatte.

„Aufstehen, habe ich gesagt!"

Noch bevor Jan reagieren konnte, spürte er einen scharfen Peitschenschlag im Gesicht. Jan sprang sofort auf.

„Na, wie war dein erster Tag hier unten?"

Jan schwieg. Er legte seine Hand auf die schmerzende Stelle unterhalb des rechten Auges.

„Ich habe dich was gefragt!"

„Er war..."

„Was?"

„... interessant!"

„Interessant?" Wieder landete ein Peitschenhieb in Jans Gesicht. „Mir scheint, wir haben dich nicht hart genug rangenommen!"

Er drehte sich den anderen Todsündern zu: „Raus, raus zum Morgenappell! Aber pronto!"

Im Laufschritt liefen die Verdammten auf den Platz vor der Holzbaracke. Jan schloss sich der Gruppe an. Sie mussten sich in einer Reihe aufstellen und ihre Namen nennen.

„Ich habe kein Auge zugemacht", flüsterte Jan Camus zu, der neben ihm in der Reihe stand.

„Das geht mir seit vierzig Jahren so!", erwiderte Camus. „Ich glaube, in unserer Gruppe hat nur ein einziger einen gesegneten Schlaf..."

„Nietzsche?"

„Richtig geraten!" antwortete Camus. „Pass auf, gleich ist er an der Reihe..."

„Du da, verdammt, sag deinen Namen oder brauchst du eine gesonderte Einladung?", brüllte der Aufseher.

„Spricht da jemand mit uns?", fragte Nietzsche.

Der Aufseher schlug hart auf ihn ein. Nietzsche begann zu lachen.

„Ha, das kitzelt! Wirklich sehr, sehr angenehm! Verehrte Dame, bitte fahrt fort mit Eurem Liebesdienst!"

Der Aufseher schlug noch fester zu: „Nenne deinen Namen, Hund! Nenne deinen verdammten Namen!"

„Ihr begehrt, unseren Namen zu erfahren?", kicherte Nietzsche. „Da Ihr so höflich fragtet, erwäge ich, eurem Begehr zu entsprechen ...""

„Er ist uns erst vor einigen Tagen zugeteilt worden", flüsterte Camus und deutete grinsend auf den Aufseher. „Man hat ihn wohl nicht richtig auf Nietzsche vorbereitet!"

Der Aufseher ließ die Peitsche wieder auf Nietzsches Körper knallen. Der aber schüttelte sich vor Lachkrämpfen: „Genug, genug! Wir verlieren noch unseren Verstand bei dieser Wohltat. Ha, ha! Alle Lust will Ewigkeit, will tiefe, tiefe Ewigkeit!"

„Nennst du mir nun deinen Namen, Hund?!"

„Nun, denn, verehrte Dame, eurer Bitte soll entsprochen werden ...""

„Warum nennt er den Aufseher 'verehrte Dame'?", fragte Jan.

Camus zuckte mit den Schultern.

„Wir sind alles, was ist!", fuhr Nietzsche fort. „Wir sind Dionysos, der Gekreuzigte, wir sind der heilige Nur Narr Nietzsche! Letzte Woche waren wir fünf Mal auf der eigenen Beerdigung ...""
Er begann abermals, schallend zu lachen. Der Aufseher erkannte, dass es keinen Sinn machte, bei diesem offensichtlich Verrückten weiter zu bohren und wandte sich dem nächsten Verdammten zu: „Name und Beruf?"

„Leo Finelli, ehemaliger Priester der katholischen Kirche."

„Ein Priester?", fragte Jan leise.

„Davon gibt es viele hier unten!", antwortete Camus. „Manche von ihnen haben nicht wirklich an Gott geglaubt, andere haben sich den Allmächtigen anders vorgestellt ...""

„Du bist Abschaum, Finelli. Der Nächste!", brüllte der Aufseher.

„Peter Ibanovic, Werftarbeiter."

„... und Kommunist!", schimpfte der Aufseher. Er machte einen Strich auf der Liste, die er vor sich hielt. „Der Nächste!"

„Bertrand Russell, Mathematiker und Philosoph."

„Russell?" Jan neigte seinen Kopf nach vorne, um einen Blick auf den großen Gelehrten werfen zu können.

„Wo sollte der Verfasser von *Warum ich kein Christ bin* sonst landen, wenn nicht hier bei uns?", fragte Camus.

„Russell, du gottloser Lump!", brüllte der Aufseher. „Es würde dir besser gehen, wenn du bei deinen nutzlosen Zahlenspielen geblieben wärst!"

„Das ist Ansichtssache!", entgegnete Russell.

„Ansichtssache?" Der Aufseher kochte vor Wut. „Du hast die Menschen ins Verderben geführt!"

„Ich sah meine Aufgabe darin, der Stimme der Vernunft zum Durchbruch zu verhelfen!"

„Ihr Intellektuellen seid die schlimmste Pest! Ihr habt euch einfach hinweggesetzt über das, was der Herr uns mit auf den Weg gab: Selig sind, die arm im Geiste sind.."

„Ja, Jesus forderte uns auf, wie kleine Kinder zu werden! Aber kleine Kinder können weder Differentialrechnung noch moderne Methoden der Krankheitsbekämpfung verstehen!"

„Na und?", grölte der Aufseher.

„Jeder Mensch mit klarem Verstand muss doch erkennen, dass die Religion uns seit Menschengedenken daran gehindert hat, unseren Kindern eine vernünftige Erziehung zu geben und die Grundursachen der Kriege zu beseitigen! Sie ist der Drache, der getötet werden muss, damit die Menschheit die Schwelle zu einem goldenen Zeitalter übertreten kann!"

„Schnauze!", schrie der Aufseher und schlug mehrmals heftig auf Russell ein, der mit schmerzverzerrtem Gesicht zu Boden sank.

„Der Nächste!"

„Ernst Haeckel, Biologe und Evolutionstheoretiker."

Für einen Moment nahm die Stimme des Aufsehers einen etwas milderen Ton an: „Haeckel? Vor vielen Jahren hast du mir und meinen Kameraden wertvolle Hinweise zur Rassenhygiene geliefert. Schade um dich! Hättest du deine Religionskritik nur etwas sanfter formuliert... Du hättest dir ein Beispiel an Darwin nehmen sollen! Der befindet sich nun in einer weit angenehmeren Sektion der Vorhölle..."

Haeckel schwieg.

„Nun gut, du hast dein Schicksal noch in der Hand! Der Nächste!"

„David van der Let, Krankenpfleger."

Es dauerte eine Weile, bis auch Jan aufgefordert wurde, Name und Beruf zu nennen. Er war der letzte in der Reihe.

„Der Nächste!"

„Jan Stollberg, Biologe und Philosoph."

Der Aufseher beförderte ihn mit einem harten Schlag zu Boden.

„Ein Nichts bist du, Stollberg, ein verdammtes Nichts! Merk dir das!"

Der Aufseher trat einen Schritt zurück: "Es wird euch sicherlich freuen zu hören, dass Ihr gleich wieder im Bergwerk Gruben ausheben dürft!"

„Wunderbar!", jubelte Nietzsche. „Wir sind versessen auf körperliche Ertüchtigung! Das stählt die Muskeln und den Magen, sowie den Willen zur Macht!"

„Halt's Maul!", brüllte der Aufseher. Nietzsche begann wieder zu kichern.

„Also: Setzt eure faulen Ärsche in Bewegung! Eins, zwei, eins, zwei..."

Die Gruppe lief los. Jan, der sich inzwischen wieder aufgerafft hatte, wollte sich der Gruppe anschließen. Doch der Aufseher hielt ihn zurück.

„Du nicht, Stollberg! Du hast einen Termin vor der heiligen Inquisition. Wir machen uns große Sorgen um dein Seelenheil! Aber wir werden dich schon kleinkriegen, nicht wahr?"

Er winkte zwei weitere Aufseher heran, die Jan in Gewahrsam nahmen und abführten.

XI.

„Bereust du deine Sünden und deine Abkehr von Gott, dem Allmächtigen, dem Herrscher über Himmel und Erde?"

Jan überlegte, was er antworten sollte. Einerseits spürte er nicht
das geringste Verlangen, wieder in die Flammen geschickt zu werden, andererseits aber wollte er auf keinen Fall klein beigeben. Das
Beispiel Kants hatte ihm sehr imponiert. Außerdem gab es für ihn –
wie das tragische Schicksal Epikurs zeigte – auch keine wirklichen
Alternativen.

„Bereust du deine Sünden?"

„Ja, ich bereue..."

„Was bereust du?"

„Ich bereue, die christliche Lehre von Gott nicht wirklich ernstgenommen zu haben!"

„Du siehst also ein, dass du im Unrecht warst?"

„Ja, ich habe zu Unrecht die christliche Religion als Lügenwerk
bezeichnet!"

„Das bereust du nun?"

„Ja, ich bereue, dass ich die Menschen nicht auf den Irrsinn
hier unten vorbereitet habe. Ich habe versucht, den Glauben an
Gott zu widerlegen. *Aber das stärkste Argument gegen Gott* – so
erkenne ich erst jetzt! – *ist der Beweis seiner Existenz*!"

Jans Stuhl donnerte in die Tiefe. Die Flammen brannten entsetzlich, doch er biss die Zähne zusammen. Er wollte unter keinen
Umständen seine Schmerzen zeigen. Nur seine Verachtung sollte
der Inquisitor spüren. Nichts als pure Verachtung! Er begann, höh-
nisch zu lachen. Merkwürdigerweise half ihm das, die Qualen zu
ertragen. Ob das Nietzsches Geheimnis war?

Der Stuhl fuhr wieder nach oben.

„Du bist verbittert!", sagte der Inquisitor. „Mir scheint, es
macht zur Zeit keinen Sinn, mit dir über Gott zu sprechen!"

„Gut, dann kann ich also gehen?"

„Wann das Verhör beendet ist, bestimme ich! Hast du das verstanden?"

„Selbstverständlich!"

„Du hast noch in anderen Punkten gesündigt! Lass uns darüber sprechen! Vielleicht zeigst du da mehr Einsicht!"

„Was soll ich denn noch verbrochen haben?"

„Kannst du es nicht erraten?"

Jan schüttelte den Kopf.

„Du warst *unkeusch*!"

Jan lachte wild drauf los: „Ich war... *unkeusch*?"

„Du hattest Beziehungen zu mehreren Frauen – auch während deiner Ehe!"

„Meine Frau wusste darüber Bescheid. Wir führten eine offene Ehe. Auch sie hatte Liebhaber!"

Der Stuhl sauste in die Tiefe. Jan lachte. Die Schmerzen waren seltsamerweise nur noch halb so schlimm! Nach einer Weile empfand er die Hitze sogar fast als angenehm. „Nietzsche, du Höllenhund!", dachte er, als der Stuhl wieder nach oben fuhr.

Der Inquisitor kochte vor Wut: „Also sprach der Herr: 'Wer eine Frau auch nur lüstern ansieht, hat in seinem Herzen schon Ehebruch mit ihr begangen. Wenn dich dein rechtes Auge zum Bösen verführt, dann reiß es aus und wirf es weg! Denn es ist besser für dich, dass eines deiner Glieder verloren geht, als dass dein ganzer Leib in die Hölle geworfen wird!' Kennst du diese Stelle aus dem Neuen Testament?"

„Sicher, das ist eine Passage aus der *Bergpredigt*!"

„Und was sagst du dazu?"

„Nun, entweder beanspruchte Jesus alle Frauen für sich, oder...", Jan lachte, „... oder aber der Heiland litt unter einer starken Sexualneurose. Natürlich habe ich mich dieser dämlichen Anweisung nicht unterworfen!"

„Du willst es nicht einmal leugnen?", brüllte der Inquisitor.

„Was sollte ich da leugnen?", fragte Jan. „Wir waren glücklich..."

„Glücklich?"

„Ja!"

„Es ist wider die Natur!"

„Was? Dass wir glücklich waren?"

„Nein, Sex außerhalb der Ehe, Sex mit verschiedenen Partnern!"

„Unsinn!", sagte Jan. „In der Natur gibt es alle möglichen Formen der Sexualität. Es gibt Seitensprünge, es gibt Homoerotik, es gibt Inzucht, ja es gibt sogar Fälle von Travestie! Manche Insektenmännchen tarnen sich als Weibchen, um ihren Geschlechtsgenossen Brautgeschenke abzujagen!"

„Alles Lüge!", schrie der Inquisitor.

Jan schüttelte mitleidig den Kopf: „Bettwanzen treiben es noch toller! Da vergewaltigen Männchen andere Männchen, weil sie sich auf diesem Wege selber fortpflanzen können!"

„Was?"

„Wenn das vergewaltigte Männchen in ein Weibchen eindringt, kann es vorkommen, dass es nicht seine eigenen Erbinformationen weitergibt, sondern die seines Vergewaltigers! Eine höchst interessante Fortpflanzungsstrategie..."

„Ich will nichts mehr davon hören!", schrie der Inquisitor.

„Schade", sagte Jan, „ich hätte gern noch über das Liebesleben unserer nächsten Verwandten, der Bonobos, gesprochen! Da macht es jeder mit jedem!"

„Schluss, sage ich! Oder willst du wieder in die Flammen?"

„Aber gerne doch!", erwiderte Jan.

Der Stuhl brauste wieder nach unten. Jan lachte auf der Fahrt nach unten. Es war wie auf der Achterbahn. Die Flammen konnten ihm nichts mehr anhaben. Er genoss seinen Triumph, seinen Sieg über den Schmerz. Der Inquisitor hatte die Macht über ihn verloren.

„Es ist eine Sünde, die Sexualität von der Fortpflanzung zu entkoppeln!", verkündete der Inquisitor, als Jan wieder aus der Versenkung auftauchte.

„Es ist unsinnig, Sex nur zu Fortpflanzungszwecken zu betreiben!", entgegnete Jan. „Es gibt ohnehin zu viele Menschen auf der Erde!"

„Deshalb solltet ihr eure Triebe zügeln!"

„Deshalb haben wir Verhütungsmittel erfunden!", korrigierte Jan.

„Eine weitere Verfehlung wider den heiligen Geist!", entrüstete sich der Inquisitor.

„Nur eine Korrektur des heiligen Ungeistes!", hielt Jan dagegen.

„Du bist sogar für die Ermordung von Kindern eingetreten!"

„Ich habe das Recht auf Schwangerschaftsabbruch verteidigt. Embryonen sind keine Kinder. Zum Zeitpunkt des Abbruchs erreichen sie kaum das Bewusstseinsniveau einer Nacktschnecke...“

Wieder donnerte der Stuhl nach unten, jedoch nur für kurze Zeit. Der Inquisitor spürte, dass die Flammen bei Jan nicht mehr die gewünschte Wirkung zeigten.

„Du bist eine verkommene Kreatur!", donnerte die Stimme des Inquisitors. „Es wundert mich nicht, dass du auch für Schwule und Huren eingetreten bist!"

„Jeder hat das Recht, seine Sexualität selbst zu bestimmen!", erwiderte Jan. „Und es erstaunt mich doch sehr, dass ausgerechnet Ihr etwas gegen den ehrenvollen Berufsstand der Prostituierten einzuwenden habt! Im 15. und 16. Jahrhundert unterhielt die Kirche in Rom Bordelle für siebentausend Huren. Papst Sixtus IV. zog Jahr für Jahr 20.000 Golddukaten aus seinen Bordellen. Die Sixtinische Kapelle habt ihr nicht zuletzt den Liebesdiensten dieser Damen zu verdanken!"

„Es reicht!", fuhr der Inquisitor mit spitzer Stimme dazwischen.

Jan ließ sich aber nicht beirren: „Papst Alexander VI. zog mit vier Kindern in den Vatikan ein und feierte eine Massenorgie nach der anderen. Einmal ließ er vierzig Freudenmädchen nackt auf allen Vieren vor sich herumkrabbeln und von seinen Dienern begatten. Es gab sogar eine Siegerehrung für den ergreifendsten Akt!"

„Schluss jetzt!", schrie der Inquisitor.

Jan war nicht mehr zu stoppen: „Auf dem großen Konzil von Konstanz waren neben dem Papst und den dreihundert Bischöfen nicht nur der Heilige Geist zugegen, sondern auch siebenhundert Huren..."

„Es reicht! Schluss damit!" Der Inquisitor gab auf. „Das Verhör ist beendet! Wenn du so weiter machst, wirst du der ewigen Verdammnis nicht entgehen!"

Jan lachte und zitierte die letzten posthumen Zeilen Heines.

> *Sie verhören uns mit Flammenpein*
> *Und zornverengter Stirne.*
> *Doch wir, wir lachen unsre Seelen rein.*
> *Ein Himmel voller Spatzen...hirne!*

Stille. Der Inquisitor gab keinen Laut mehr von sich. Die Tür wurde aufgeschlossen.

„Dieses Match ging wohl an mich!", dachte Jan, als die Aufseher ihn von seinen Fesseln befreiten.

XII.

Man brachte Jan in den Steinbruch, wo man ihm abermals befahl, Gruben auszuheben und wieder zuzuschütten. „Wir sind versessen auf körperliche Ertüchtigung!", hatte Nietzsche gesagt. Ob die Arbeit wirklich Muskeln, Magen und den Willen zur Macht stärken würde? Jan war mittlerweile davon überzeugt, dass Nietzsche alles andere als verrückt war. Er erinnerte sich an eine Stelle aus dem *Zarathustra*: „Schmerz ist auch eine Lust, Fluch ist auch ein Segen, Nacht ist auch eine Sonne – geht davon oder ihr lernt: ein Weiser ist auch ein Narr!"

Jan nahm sich vor, Nietzsches Narrenweisheit ernstzunehmen. Es galt, die Erniedrigung des Purgatoriums wegzudichten, den Fluch in einen Segen zu verwandeln und den Schmerz in eine Lust! Jan spuckte in die Hände und ergriff die Hacke. Nur der Narr hatte die Chance, das Purgatorium heil zu überstehen!

Er stieß die Hacke mit aller Kraft in die Erde. Ein wunderbarer Stoß. Elegant und kraftvoll. Der nächste Stoß. Perfekt! „Jan Stollberg, der Held der Arbeit!" Ein herrlich absurder Gedanke. Er stellte sich vor, der gefeierte Vorarbeiter einer sozialistischen Bergbaukolchose zu sein. Mit stählernen Muskeln und schmutzigem Gesicht, von oben bis unten dekoriert mit bunt glitzernden Hammer-und-Sichel-Orden. In irrer Geschwindigkeit hob er die erste Grube aus und schüttete sie wieder zu. Ohne auch nur die kleinste Pause einzulegen, fing er wieder von vorne an. Er arbeitete wie ein Besessener. Und seine Kräfte schienen nicht zu schwinden. Im Gegenteil! Von Mal zu Mal fühlte er sich stärker, frischer, lebendiger. Er hatte das Gefühl, Bäume ausreißen zu können. Als die Glocke ertönte, hatte er die Grube mehrere Dutzend Mal ausgehoben und zugeschüttet.

Camus eilte heran und musterte ihn mit besorgtem Blick: „Jan, geht's dir nicht gut?"

„Doch, ich fühle mich prächtig!"

„Wirklich? Ich hatte schon befürchtet, du hättest den Verstand verloren! War das Verhör so schlimm?"

„Im Gegenteil!", antwortete Jan. „Es war ein Triumph, ein großer, wunderbarer Sieg! Ich glaube, ich habe Nietzsche endlich verstanden! Nur ein Narr kann die Verhältnisse hier unten heil überstehen!"

„Was meinst du damit?"

„Du wirst es nicht glauben..."

„Was?"

„Für einen Narren sind die Flammen wirklich angenehm..."

„Die Flammen des Fegefeuers? Das meinst du doch nicht im Ernst, oder?"

„Doch, ich habe es erlebt! Es funktioniert! Zumindest eine Zeit lang. Ich weiß nicht, was passieren würde, wenn ich dem Feuer längere Zeit ausgeliefert wäre..."

„Erstaunlich..."

Jan zuckte mit den Schultern: „Ich verstehe es selbst nicht! Aber vielleicht habe ich wirklich Talent zum Narren..."

„Scheint so!", sagte Camus. Er wagte ein verschmitztes Lächeln: „Vielleicht hast du heute auch etwas mehr Appetit als gestern!"

„Ja, vielleicht..." Jan versuchte den Anflug von Übelkeit zu überspielen, der ihn nun doch beim Gedanken an die Madenmahlzeit überkam.

„Du hast noch ein bisschen Zeit, dich an den Gedanken zu gewöhnen!" Camus lachte. „Zuvor möchte ich dich mit Ernst Haeckel bekanntmachen! Du hast ihn heute Morgen beim Appell gesehen..."

Jan nickte.

„Haeckel ist wirklich ein beachtlicher Mann", fuhr Camus fort, „ich weiß nicht, ob du sein Buch über die großen Welträtsel gelesen hast..."

„Natürlich, das Buch schlug Anfang des 20. Jahrhunderts ein wie eine Bombe. Es machte die Evolutionstheorie in breiten Kreisen bekannt!"

„Haeckel nahm kein Blatt vor den Mund und führte die wissenschaftlichen Erkenntnisse seiner Zeit kompromisslos gegen die metaphysischen Spinnereien der Religionen ins Feld! Kein Wunder, dass er hier unten gelandet ist!"

„Leider hat er neben seinen wichtigen Beiträgen zur Evolutionstheorie auch eine verhängnisvolle Theorie zur vermeintlich rassisch-kulturellen Höherentwicklung aufgestellt..."

„Sein größter Fehler, den er zutiefst bereut! Das Ganze belastet ihn sehr. Besser, du erinnerst ihn nicht daran!"

Jan nickte. Sie standen auf und schlichen sich hinüber zu Haeckel, der sich auf einem Felsbrocken niedergelassen hatte und gedankenverloren auf den Boden starrte.

„Ernst!", rief Camus.

Haeckel blickte auf: „Hallo, Albert!"

„Du hast schon von Jan gehört?"

„Ja, der Neue! Es ist mir eine Ehre..."

„Mir auch"; sagte Jan. Er blickte fasziniert in das Gesicht des berühmten Naturforschers: Langer weißer Bart, hohe Stirn, scharfe, charismatische Gesichtszüge. Haeckel hätte ohne weiteres die Rolle des Moses in einem alten Hollywoodstreifen spielen können.

„Du hast dich doch mit der Biologie unserer jenseitigen Körper beschäftigt, nicht wahr?", fragte Camus.

Haeckel nickte: „Es ist leider nichts Gescheites dabei herausgekommen! Unsere Konstitution widerspricht jedem Naturgesetz..."

„Was meinst du damit?", fragte Jan.

„Beginnen wir mit dem Naheliegendsten, unserer Sprache. Jan, welche Sprache sprichst du?"

„Deutsch!"

„Und du, Albert?"

„Französisch!"

„Nun, Russell spricht englisch, Finelli italienisch, van der Let holländisch – und doch verstehen wir uns alle prächtig. Wir glauben, die anderen würden sich mit uns in unserer Muttersprache verständigen, stimmt's?"

Camus und Stollberg nickten.

„Mit einer eventuell angeborenen Universalsprache lässt sich ein solches Wunder der Kommunikation nicht erklären!" Haeckel schüttelte energisch den Kopf: „Aber... na, ja... das ist ja noch vergleichsweise harmlos! Es gibt hier Phänomene, die weit erstaunlicher sind!"

„Was meinst du?"

Haeckel schaute auf den Boden und ergriff nach kurzer Suche einen spitzen Stein, der vor seinen Füßen lag. Er hob ihn auf, setzte ihn an seiner Pulsschlagader an und machte einen beherzten Schnitt.

„Schaut her, schnell, bevor sich die Wunde schließt!"

Camus und Stollberg rückten näher und erschraken. Kein Tropfen Blut floss durch Haeckels Adern. Sie starrten in ein dunkles Loch, das sich nach wenigen Sekunden von selbst wieder schloss.

„Wir sind unverwundbar, weil wir nicht wirklich leben!", sagte Haeckel. „Wir haben den Eindruck, dass unser Herz schlägt, aber normale Stoffwechselprozesse finden nicht statt! Und nun... nun schaut euch das mal an!"

Haeckel schloss die Augen. Ein Moment lang geschah nichts, dann aber verfärbten sich plötzlich Haeckels Bart, seine Haare und Augenbrauen, die Gesichtsfalten verschwanden aus seinem Gesicht, er sah von einem Moment zum anderen dreißig Jahre jünger aus.

„Wie ist das möglich?", stammelte Jan.

„Du kennst doch den Satz: 'Man ist so jung, wie man sich fühlt?' Es sieht so aus, als ob er hier wahr werden würde!"

„Du meinst, unser Geist hat hier unten eine stärkere Kontrolle über den Körper?"

„Es scheint so..."

„Das würde erklären, warum ich keine Schmerzen empfand, als mich der Inquisitor ins Feuer schickte..."

Haeckel schaute ihn mit großen Augen an: „Das ist vor dir nur Nietzsche gelungen!"

„Ja, das habe ich gehört..."

„Wie, um alles in der Welt, hast du das angestellt?"

„Ich weiß es nicht!" Jan zuckte ratlos mit den Schultern. „Ich musste lachen, lachen über Gott und die Welt, über Himmel und Hölle, über diese Verhöre, über die Absurdität dieser ganzen Vorstellung! Und dann... dann war der Schmerz plötzlich verschwunden!"

„Merkwürdig", murmelte Haeckel. Er fuhr sich mit der rechten Hand nachdenklich durch den Bart, „Nietzsche hat ja geschrieben, dass Lachen tötet! Dass es aber auch solche Schmerzen töten kann? Erstaunlich!"

In diesem Moment ertönte der zweite Glockenschlag.

Eilig durchschritten sie die angrenzenden Höhlen. Als sie am Ort der Großen Speisung eintrafen, war der Raum grade einmal zu einem Drittel gefüllt.

„Dort ist Nietzsche!" rief Jan. „Wollen wir uns nicht zu ihm setzen?"

„In Ordnung!", sagte Camus. „Möglicherweise können wir noch von dem alten Narren lernen..."

XIII.

Nietzsche verdrückte gerade einen Putenflügel, als sich Stollberg, Camus und Haeckel zu ihm gesellten. Er würdigte sie keines Blickes.

„Verehrter Nietzsche", begann Jan vorsichtig.

„Nur Narr! Nur Dichter!", korrigierte Nietzsche schmatzend. „Nur Buntes redend, aus Narren-Larven bunt herausschreiend, herumsteigend auf lügnerischen Wort-Brücken, auf bunten Regenbogen, zwischen falschen Himmeln und falschen Erden..." Er lachte: *„Die Geschichte gehört dem, der einen großen Kampf kämpft!"*

„Also sprach Zarathustra: Geht davon oder ihr lernt: Ein Weiser ist auch ein Narr!", ergänzte Jan.

Nietzsche unterbrach seine Mahlzeit für einen kurzen Augenblick. Er schaute Jan mit zwinkernden Augen an. Dann griff er wieder zur Pute: „Lieber ein Narr sein auf eigne Faust, als ein Weiser nach fremdem Gutdünken!"

„Lehrst du uns den Willen zur Gans?", fragte Jan.

„Der Wille zur Gans ...", Nietzsche lachte, „ist der Wille des Narren zur Macht. Oder zur Ohnmacht. Oder zur Macht-Ohnmacht. Probier diese Gans und du wirst verstehen!"

Nietzsche reichte Jan ein Stück Gänsebraten. Ohne weiter darüber nachzudenken, stopfte sich Jan das Stück in den Mund. Im ersten Moment schmeckte es hervorragend, doch dann kam der faulig-süße Nachgeschmack wieder zum Vorschein. Maden krabbelten in seinem Mund. Jan spuckte den halb zerkauten Essensbrei wieder aus.

„Dummkopf!", schimpfte Nietzsche, „Auch Narrheit will gelernt sein! Dir mangelt es an Leidenschaft!"

Jan verstand nicht.

„Die Made ist Interpretation, nicht Text!" Nietzsche schüttelte den Kopf und wandte sich wieder dem Essen zu.

„Ich glaube, diese Lektion werde ich wohl noch lernen müssen!", sagte Jan etwas beschämt.

Camus nickte. Eine Zeit lang stocherten sie stumm im Essen herum, bis Camus plötzlich den Hals in die Höhe reckte und wild mit den Armen gestikulierte. „Kommt hierher!", rief er. „Ich will euch jemanden vorstellen!"

Jan drehte sich um und sah, wie eine Gruppe, in deren Mitte sich Karl Marx befand, auf sie zukam. Marx sah alt und kränklich aus. Er wurde gestützt durch Ernst Bloch und Herbert Marcuse, die ihn in die Mitte genommen hatten. Hinterdrein spazierten Erich Fromm und Jean Paul Sartre. In gebührendem Abstand folgten Theodor Adorno und Max Horkheimer. Jan hatte hier unten schon einiges erlebt, aber diese illustre Versammlung linker Theoretiker kippte ihn nun doch fast vom Stuhl.

„Darf ich vorstellen?" Camus zeigte auf seinen Tischnachbarn. „Das ist Jan Stollberg, Naturwissenschaftler und Philosoph. Er ist erst vor kurzem hier eingetroffen. Jan, du kennst doch die Herrschaften?"

Jan nickte. Marx schaute ihn mit müden Augen an: „Ich hoffe, du bist nicht hier unten gelandet, weil du meine Schriften allzu ernstgenommen hast."

Jan wusste nicht, was er antworten sollte. Natürlich hatten ihn Marxens Werke geprägt, vor allem in seiner Jugend.

„Du musst wissen", fuhr Marx fort, „ich selber bin *kein* Marxist."

Jan nickte: „Keine Sorge, ich wäre auch ohne Ihre... *deine* Schriften hier gelandet!"

„Das beruhigt mich sehr!", sagte Marx.

„Warum?", fragte Marcuse. Je mehr für die *Große Weigerung* eintreten würden, umso besser sei das doch, meinte er. In einem unmenschlichen Universum wie diesem sei die Hölle der Platz der Gerechten.

Dem konnte Ernst Bloch nur zustimmen: „Das Beste, was das Christentum hervorgebracht hat, sind seine Ketzer!" Er kaute erregt auf einem Holzstückchen herum, das ihm offenbar als Pfeifenersatz diente: „So schlimm die Verhältnisse auch sind: Wir haben nicht das moralische Recht, die Hoffnung aufzugeben!"

„Meine Güte!" Theodor Adorno seufzte verächtlich: „Wann seht Ihr endlich ein, dass es keine Rettung gibt? Noch der Baum, der blüht, lügt in dem Augenblick..."

„Unsinn!", fiel ihm Erich Fromm ins Wort. „Nimm es mir nicht übel, aber es ist wirklich erschreckend, was für ein feiger, verstaubter, lebensunfähiger Mensch du doch bist!"

Adorno platzte der Kragen. Er sprang auf: „Von einem Halbgebildeten wie dir lass' ich mir das nicht sagen! Leute wie du übertreiben schon, wenn sie 'Ich' sagen!"

Bevor Fromm etwas erwidern konnte, griff Camus ein: „Ich denke, wir haben wirklich Wichtigeres zu besprechen!"

Adorno beruhigte sich und setzte sich wieder an den Tisch.

„Also denn!", begann Camus. „Wir wollten euch darüber informieren, dass wir Ludwig Feuerbach befreien wollen, bevor sie ihn abtransportieren..."

„Habt ihr einen Plan?", wollte Sartre wissen.

„Noch nicht", antwortete Camus, „aber wir werden uns heute mit den Frauen der Nachbarhölle treffen und einen entwerfen! Was wir von euch wissen wollen: Können wir im Ernstfall auf euch zählen?"

„Selbstverständlich!", riefen Bloch, Marcuse und Fromm im Chor.

„Ich bin dabei!", sagte Sartre.

Camus blickte zu Adorno hinüber, der so tat, als ob er nichts mitbekommen hätte. Er starrte in die Luft und pfiff das Eröffnungsmotiv von Mahlers 5. Sinfonie.

„Wie steht's um euch? Max? Teddy?", fragte Camus.

„Blinder Aktionismus!", schimpfte Adorno.

Horkheimer pflichtete ihm bei: „Ihr werdet scheitern! Zwangsläufig. Nennt mir eine Revolution, die nicht gescheitert wäre?" Er machte eine kurze Pause und schaute Adorno an: „Aber nun, da das Unheil ohnehin kommt... Ja, wir werden euch unterstützen!"

„Zumindest theoretisch!", fügte Adorno hinzu.

„Und was ist mit dir, Karl?" Camus schaute Marx tief in die Augen.

Der zuckte mit den Schultern: „Ich glaube nicht, dass ich euch viel werde helfen können!"

„Du bist für viele hier unten immer noch eine Art Prophet – trotz allem!"

Ein mildes Lächeln huschte über Marxens Gesicht: „Wenn du meinst! Aber ich werde nicht mehr lange hier sein! Meine letzten Verhöre stehen an. In zwei Tagen wird man auch mich ins Endlager bringen..."

„Das scheint mir der geeignete Zeitpunkt für eine Befreiungsaktion zu sein!", meldete sich Haeckel zu Wort.

Camus überlegte einen Moment: „Ja, der Gefangenentransport! Nur so könnten wir ins Lager eindringen! Es ist von außen gut abgesichert..."

„Wir müssten zuvor die Wärter überwältigen und den Gefangenentransport übernehmen, aber das dürfte nicht allzu schwierig sein. Wir sind in der Überzahl!", meinte Sartre.

Camus nickte: „Mehr als Scheitern können wir nicht!"

Fromm sah das ähnlich. „Wer nicht kämpft, hat schon verloren!", rief er den anderen zu.

Bloch klopfte bestätigend auf den Tisch: „Wo Gefahr ist, wächst das Rettende auch! Unser Platz ist an der Front!"

Adorno freilich ging dieser militante Optimismus gegen den Strich: „Gesetzt den Fall, es gelingt, das Lager zu befreien, woran ich selbstverständlich nicht glaube, aber gesetzt den Fall: Was machen wir dann? Sie werden doch bestimmt Verstärkung schicken..."

Camus zuckte mit den Schultern: „Die weitere Strategie müssen wir noch klären! Vielleicht fällt den Frauen etwas Gescheites dazu ein..."

Er stand auf und steckte sich etwas Proviant unter die Kutte. „Ich schlage vor, wir treffen uns morgen zur gleichen Zeit am gleichen Ort. Vielleicht wissen wir dann mehr!"

Camus klopfte Stollberg auf die Schulter: „Komm Jan. Es ist soweit, wir müssen gehen!"

„Viel Erfolg Genossen!", sagte Marx und reichte den beiden zum Abschied die Hand. „Wir haben die Verhältnisse hier unten viel zu lange interpretiert...", Marx lächelte schelmisch und für einen Moment wirkte er wieder wie ein junger Revolutionär, „... aber, wie ihr wisst: es kommt darauf an, sie zu verändern!"

„Traumtänzer aller Vorhöllen vereinigt euch!" lästerte Adorno. Doch er meinte es wohl nur halb so verächtlich, wie es klang.

XIV.

„Eine seltsame Truppe", keuchte Jan erschöpft. Camus, der vor ihm gerade einen steilen Hang hochkletterte, drehte sich um: „Wen meinst du?" Er wischte sich mit dem Ärmel den Schweiß von der Stirn.

„Marx, Marcuse, Fromm und vor allem... vor allem Adorno!"

Camus grinste: „Ja, Adorno ist wirklich ein Fall für sich! Hoch intelligent, aber sehr empfindlich! Die Situation vorhin war typisch. Erich gelingt es immer wieder, Teddy auf die Palme zu bringen..."

„Dem guten Fromm scheint's zu gefallen!"

„Vielleicht rächt er sich auf diese Weise dafür, dass Adorno ihm einst die Ergebnisse aus den Studien zum autoritären Charakter gestohlen hat!"

„Möglich..." Jan hatte Camus inzwischen eingeholt. Sie waren ein wenig außer Atem, als sie die Anhöhe erreichten. „Vielleicht...", meinte Jan, „vielleicht kommen die Spannungen zwischen den beiden auch daher, dass sie...", er holte tief Luft, „... dass sie vom Typ her so unterschiedlich sind: Fromm, der Utopist, der die Welt mit aller Kraft verändern will und Adorno, der davon überzeugt ist, dass es das Wahre im Falschen nicht geben kann!"

„Klingt plausibel", erwiderte Camus. „Als Arthur Schopenhauer noch unter uns weilte..."

„Der war auch hier?", fragte Jan.

„Selbstverständlich! Was hast du denn gedacht?"

„Entschuldige, war 'ne blöde Frage... Klar: Wenn irgendjemand hierhin gehört, dann dieser geniale, scharfzüngige, liebenswert böse Großonkel der Menschheit. Ich denke, die Inquisitoren werden sich die Zähne an ihm ausgebissen haben..."

„Ja, Arthur war zäh wie Leder! Wie gerne wäre ich bei seinen Verhören dabei gewesen! Niemand hat so viele Inquisitoren verschlissen wie er!"

Sie lachten herzlich beim Gedanken an den alten Griesgram. Camus wurde jedoch recht schnell wieder ernst: „Nun brät der arme Arthur in der Hölle. Aber ich glaube, nein, ich bin mir sicher, dass dies für ihn trotz aller Qualen immer noch der bessere Ort ist. Die endzeitbeglückten Rosenkranzbeter im Himmel hätten ihn ganz sicher zur Weißglut getrieben!"

Jan stimmte zu: „Die selige Dummheit dort oben hätte er bestimmt nicht ertragen! Außerdem war er ja auf seine merkwürdige Weise auf die Hölle bestens vorbereitet. Wie heißt es in *Die Welt als Wille und Vorstellung*? 'Man hat geschrien über das Melancholische und Trostlose meiner Philosophie: es liegt jedoch bloß darin, dass ich, statt als Äquivalent der Sünden eine künftige Hölle zu fabeln, nachwies, dass in der Welt auch schon etwas Höllenartiges sei.'"

„Seine Schärfe, sein Missmut, waren nur Ausdruck seines Leidens an der Welt!", bestätigte Camus. „Der gute Arthur war ein Griesgram, der seinen weichen Kern hinter einer harten Schale verbarg!"

„Meinst du, das ist bei Adorno ähnlich?", fragte Jan

Camus schüttelte den Kopf: „Ich denke, Teddy hat weder eine harte Schale noch einen weichen Kern!"

„Du meinst, er ist tatsächlich so hölzern, wie er im ersten Moment wirkt, hölzern – durch und durch?"

„Ja, so kann man es wohl ausdrücken..."

„Adorno erschien mir immer – wie soll ich es formulieren? – na, ja... als eine Art philosophischer Punk mit aristokratischer Diktion und pedantischen Manieren..."

„Punk?" Camus hatte das Wort noch nie gehört.

„Eine Jugendbewegung in den siebziger Jahren. Ihre Leitmaxime lautete 'No Future'. Sie färbten sich aus Protest die Haare in den grellsten Farben, lungerten auf der Straße herum und tranken Dosenbier..."

„Das klingt mir aber ganz und gar nicht nach Adorno!", sagte Camus, der nicht so recht verstand, worauf Jan eigentlich hinauswollte. „Wie dem auch sei: Arthur hat jedenfalls weit mehr unter dem Zustand der Welt gelitten als Adorno oder sonstwer! Sein Mitleid mit den Kreaturen führte ihn unweigerlich in den Zynismus, bei Teddy reichte es nur zum Pessimismus... Moment, ich glaube, wir müssen jetzt nach links!"

Der Weg verengte sich zu einer kleinen Höhle, die man nur in gebückter Haltung durchschreiten konnte. „Um darauf zurückzukommen, was ich dir anfangs erzählen wollte...", begann Camus nach einer Weile, „Adorno und Horkheimer pilgerten Tag für Tag zum alten Schopenhauer. Er beeindruckte die beiden sehr. Max und Teddy wurden immer pessimistischer. Ja, sie suhlten sich regelrecht in ihrem Weltschmerz und in ihrer Weltverachtung, was wiederum dem ohnehin von Selbstzweifeln geplagten Marx gar nicht gut tat. Karl glaubte, sein Leben hoffnungslos verpfuscht zu haben. Zum Glück trudelten dann irgendwann Marcuse, Fromm und Bloch hier ein, die den alten Herrn wieder ein wenig aufbauen konnten..."

„Kann ich mir vorstellen! Die drei sind wahre Inkarnationen des Prinzips Hoffnung!"

Camus nickte: „Und doch liegen sich Marcuse und Fromm immer wieder in den Haaren. Ehrlich gesagt, verstehe ich bis heute nicht, warum..."

„Ich kann's mir vorstellen!", antwortete Jan. „Marcuse hat Fromm in den Sechziger Jahren vorgeworfen, die Psychoanalyse entstellt zu haben, worauf Fromm konterte, Marcuse kenne die Psychoanalyse nur vom Hörensagen!"

„Dann ist es doppelt schade, dass sie den großen Sigmund Freud nicht mehr hier angetroffen haben!", erwiderte Camus. „Vielleicht hätte er den Streit schlichten können!"

„Ich habe mich schon gefragt, wo Freud gelandet ist..."

„Natürlich hat man ihn zuerst hierhin geschickt. Du weißt doch, wie scharf Freud die Religionen angegriffen hat!"

Jan nickte.

„Im Zuge der Neustrukturierung der Vorhöllen", fuhr Camus fort, „kam man irgendwann auf die glorreiche Idee, eine Vorhölle speziell für Psychoanalytiker einzurichten. Und da sitzen sie nun, die Vertreter der verschiedenen psychoanalytischen Schulen, und kritisieren und analysieren sich gegenseitig von morgens bis abends..."

„Meine Güte, das klingt ja schrecklich!", sagte Jan. Er musste lächeln, als er sich den Pulk heftig miteinander streitender Psychoanalytiker vorstellte: „Hoffentlich wird der arme Woody Allen nicht eines Tages dort landen!"

„Woody Allen?"

„Ich vergaß. Kam ja auch erst *nach* deiner Zeit... Ein Schriftsteller, Regisseur und Schauspieler", erklärte Jan. „Er hat wunderbar komische und zugleich traurige Filme gedreht. In gut der Hälfte seiner Filme landet er irgendwann einmal auf der Couch..."

„Hört sich interessant an!"

„Ich glaube, seine Geschichten hätten dir wirklich gefallen!" Jan hielt inne: „Schau mal, da vorne... eine Weggabelung. Welchen Weg müssen wir nehmen?"

„Nach Ludwigs Skizze müssen wir uns immer links halten. Wir müssten gleich am Ziel sein..."

Der kleine Tunnel, der vor ihnen lag, war eng und niedrig. Jan und Camus mussten auf allen Vieren kriechen, um voranzukommen. Nach rund vierhundert Metern hatten sie das Ende des Tunnels erreicht. Vor ihnen lag die Vorhölle der Todsünderinnen.

„Wir müssen wachsam sein!", sagte Camus. „Hier dürften Dutzende von Aufseherinnen herumschwirren! Ich werde mal vorausgehen und schauen, ob die Luft rein ist..."

Camus kletterte vorsichtig den Abhang herunter. Er schlich sich einige hundert Meter an einer hohen Felswand entlang. Dann verschwand er hinter einer Ecke.

Jan wartete. Doch Camus kam nicht zurück. Jan wurde langsam nervös. Was sollte er tun? Noch länger ausharren? Nein! Er beschloss, die Gegend auf eigene Faust zu erkunden.

Jan kletterte vorsichtig den Abhang herunter und schaute sich nach allen Seiten um. Niemand war zu sehen. Vorsichtig schlich er sich an den Felsvorsprung heran, hinter dem Camus verschwunden war.

Er war kaum um die Ecke gebogen, da sprangen ihm drei maskierte Aufseherinnen entgegen. Während die erste ihm einen Tritt in die Magengegend verpasste, stießen die anderen beiden ihn rüde zu Boden. Sie rissen seine Arme nach hinten und legten ihm Fesseln an. Eine der Aufseherinnen griff ihm unsanft in die Haare und zerrte seinen Kopf in die Höhe: „Wer bist du und was hast du hier zu suchen?"

Jan schwieg. Natürlich konnte er den Grund seines Aufenthalts nicht verraten. Die Aufseherin ließ seinen Kopf fallen und sein Schädel prallte hart gegen den Felsboden: „Wir werden dich schon zum Reden bringen!"

Jan wurde nach oben gerissen. „Glaub ja nicht, dass du fliehen kannst!", sagte die Aufseherin, die allem Anschein nach das Kommando führte. „Du hast nicht den Hauch einer Chance!"

Sie brachten Stollberg in eine modrig riechende, düstere Holzbaracke. Dort wartete bereits Camus, der mit gefesselten Armen auf dem Boden kauerte. Die beiden sagten kein Wort, bis die Aufseherinnen den Raum verließen.

„Sehr professionell haben wir uns ja nicht gerade angestellt!", begann Camus.

Jan senkte den Kopf. Er war zu niedergeschlagen, um zu sprechen. Ihr Aufstand war gescheitert, bevor er überhaupt begonnen hatte! Wahrlich, eine taktische Meisterleistung!

Sie saßen sich schweigend gegenüber und starrten auf den Boden.

Eine für Jan unerträglich lange Zeit geschah gar nichts. Dann wurde die Eingangstür aufgerissen. Zwei maskierte Aufseherinnen traten ein, gefolgt von einer jungen Frau. Jan schätzte sie auf Anfang dreißig.

„Habt keine Angst!", sagte sie. „Ihr habt nichts zu befürchten! Sagt mir bitte, wer ihr seid und was euch hierher geführt hat!"

Jan und Albert sahen einander kurz an, sagten aber kein Wort. „Befreit sie von ihren Fesseln!", befahl die Frau.

Die Aufseherinnen befolgten wortlos die Anweisung.

Jan rieb sich die Handgelenke, die ein wenig schmerzten.

„Wollt ihr mir nun eure Namen nennen?"

Als abermals keine Reaktion erfolgte, ging die Frau auf Jan zu: „Würdest du mir deinen linken Unterarm zeigen?"

Jan wich zurück. Er traute dieser unerwarteten Freundlichkeit nicht.

„Hab keine Angst, ich tu' dir nicht weh!", sagte die Frau. Sie ging in die Knie, ergriff Jans linken Unterarm, streifte den Ärmel der Kutte nach oben und las die Registrierungsnummer, die sich blutrot auf dem Unterarm abzeichnete: „5.257.399.212-77-A... Dachte ich mir's doch: Ihr kommt aus der Vorhölle der Todsünder, nicht wahr?"

Jan nickte. Welchen Sinn hatte es noch zu leugnen? Das Kainsmal hatte ihn verraten.

Die Frau sprang auf und wandte sich den maskierten Aufseherinnen zu: „Alles in Ordnung, Mädels! Sie sind auf unserer Seite! Ihr könnt die Masken abnehmen!"

Die Aufseherinnen rissen sich die Kapuzen vom Kopf. Zum Vorschein kamen zwei freundlich lächelnde Frauen mittleren Alters. „Tut mir leid, dass wir euch so hart rangenommen haben!", sagte eine der beiden. „Aber wir mussten auf Nummer Sicher gehen!"

Jan und Albert waren verwirrt. Was hatte das nun wieder zu bedeuten?

„Wir haben vor einiger Zeit die Aufseherinnen durch unsere Leute ersetzt!", erklärte die junge Frau.

Sie lächelte sanft und reichte Jan die Hand: „Freut mich, euch kennenzulernen! Mein Name ist Elli Baumgart. Ich führe hier gewissermaßen das Kommando..."

XV.

Im ersten Moment waren Jan und Albert zu überrascht, um antworten zu können. Elli streifte den linken Ärmel ihrer Kutte nach oben: „Ich kann verstehen, dass ihr misstrauisch seid! Aber schaut her!" Sie deutete auf ihren Unterarm. Blutrot zeichnete sich dort ihre Registrierungsnummer ab.

„77-B..." Camus las nur die letzten Ziffern der Tätowierung. „Das ist die Registrierungsnummer einer Todsünderin!"

Er traute der Sache noch nicht: „Was ist mit deinen Freundinnen?"

Die beiden Frauen kamen nach vorne und zeigten ihre Unterarme. Auch sie trugen das Erkennungsmerkmal der Todsünderinnen.

„Wollt ihr uns nun eure Namen verraten?", fragte Elli.

Jan und Albert schauten sich kurz an und nickten.

„Mein Name ist Jan Stollberg!"

„Albert Camus..."

„Camus?" Elli schaute ihn mit großen Augen an. „Der Schriftsteller?"

Albert nickte.

„Ist mir eine Ehre, dich kennenzulernen!", sagte Elli. „Leider war es mir nicht vergönnt, deine Bücher zu lesen, aber Simone hat mir viel von dir erzählt!"

„Simone?" In Camus' Gesicht stand ein großes Fragezeichen.

„Simone de Beauvoir!"

„De Beauvoir..." Camus schüttelte den Kopf: „Mein Gott, wie lange das her ist!"

„Sie wird froh sein, dich wiederzusehen!", erwiderte Elli.

Albert zuckte mit den Schultern: „In den letzten Jahren hatten wir keinen Kontakt mehr zueinander..."

„Sartre hat dich wegen deines Buchs *Der Mensch in der Revolte* angegriffen, nicht wahr?"

„Ja, 1952 näherte er sich gerade der Kommunistischen Partei an und da passte es ihm gar nicht, dass ich den Kommunismus als Nihilismus bezeichnete…"

„Du hast das System der kommunistischen Konzentrationslager attackiert…"

Albert nickte: „Sartre bezeichnete meine Position als naiv und reaktionär. Er wollte nichts mehr mit mir zu tun haben!"

„Simone hat den Bruch eurer Freundschaft sehr bedauert!"

„Mag sein. Sie hat sich aber von Sartre überzeugen lassen…"

„Mittlerweile hat sie erkannt, dass du im Recht warst! Stalin war kaum besser als Hitler!"

„Das hat Sartre mittlerweile auch eingesehen. Hier unten haben wir uns schnell wieder vertragen. Aber was soll's? Das Ganze ist schon eine Ewigkeit her!"

„Verstehe…" Elli machte eine kleine Pause. Dann blickte sie die beiden Männer aufmunternd an. „Was hat euch hierher geführt?"

„Wir haben Ludwig Feuerbach getroffen…"

„Er hat euch von mir erzählt?"

„Ja…"

„Und?"

„Er hat uns berichtet, dass ihr zum Kampf entschlossen seid! Wir haben viel zu lange damit gewartet!"

Elli fragte, ob die Männer bereits mit dem Aufstand begonnen hätten.

Albert schüttelte den Kopf: „Nein, aber wir stehen in den Startlöchern. Wir haben nichts zu verlieren!"

„Das sehen wir ähnlich", bestätigte Elli. „Es ist uns zwar gelungen, die Aufseherinnen loszuwerden. Aber irgendwann werden sie merken, dass keine Todsünderinnen mehr im Sammellager ankommen. Was dann passiert, könnt ihr euch denken!"

„Für wann ist der nächste Transport vorgesehen?", fragte Albert.

„In zwei Tagen sollen fünfzig Frauen abgeschoben werden. Unter ihnen befindet sich auch Jenny, die Frau von Karl Marx..."

„Karl soll auch in zwei Tagen abgeschoben werden", erwiderte Albert und schüttelte den Kopf. „Die beiden sind schon zu Lebzeiten durch die Hölle gegangen. Dass sie nun auch gemeinsam ins Feuer geschickt werden sollen..."

„Das wundert mich nicht! Sie sind kurz hintereinander gestorben und haben die Verhöre im gleichen Zeitraum hinter sich gebracht!"

„Ich vermute, es steckt mehr dahinter! Vielleicht soll Marx miterleben, wie seine geliebte Jenny den ewigen Flammen übergeben wird!"

„Eine Art Sonderbehandlung für den Todsünder Nummer eins? Gut möglich..."

„Das werden wir zu verhindern wissen!", mischte sich Jan ein.

„Ihr wollt das Lager befreien?" Elli blickte Jan tief in die Augen.

„Wir werden es versuchen!"

„Wir haben auch darüber nachgedacht", sagte Elli, „aber – angenommen es gelingt, das Lager zu erobern – was machen wir dann? Wenn die Verdammten nicht termingerecht an der himmlischen Rampe erscheinen, werden die himmlischen Heerscharen das Lager zurückerobern!"

Albert zuckte mit den Schultern: „Sicherlich, damit müssen wir rechnen! Aber wir können doch nicht einfach herumsitzen und warten, bis wir selber an der Reihe sind!"

In diesem Moment durchzuckte Jan ein Gedankenblitz: „Warum nicht in die Offensive gehen?"

Elli und Albert schauten ihn fragend an.

„Ich meine, warum sollten wir beim Lager stehenbleiben?" Jan war von dem kühnen Gedanken, der sich allmählich in seinem Kopf breit machte, selber überrascht. „Wir könnten weitere Vorhöllen befreien, könnten versuchen, den Himmel zu erobern und diesen Henker-Gott von seinem Thron zu stürzen!"

Albert glaubte, sich verhört zu haben: „Verstehe ich dich richtig? Du willst das Lager befreien, dann mit den Verdammten nach oben ziehen und Gott verjagen?"

„So ungefähr stelle ich mir das vor..."

„Das ist der aberwitzigste Plan, den ich je gehört habe!"

„Vielleicht könnte er gerade deshalb funktionieren!", antwortete Jan.

„Du meinst, weil niemand damit rechnet?"

„Das Überraschungsmoment ist auf unserer Seite!"

Elli nickte. „Wohl wahr..." Sie überlegte einen Moment. „Allerdings: Wenn unser Vorhaben auch nur den Hauch einer Chance haben soll, brauchen wir Unterstützung – übermenschliche Unterstützung! – und ich glaube, ich weiß auch, woher wir sie bekommen können!"

„Was meinst du?", fragten Jan und Albert im Chor.

„Denkt doch mal drüber nach!", antwortete Elli. „Wer sind die genuinen Gegenspieler Gottes?"

„Die gefallenen Engel", dachte Jan, aber er traute es sich nicht zu sagen. Sein ganzes Leben hatte er gegen den Dämonenglauben angekämpft. Und nun sollte er ausgerechnet bei Luzifer und seinen Kumpanen Hilfe finden? Das Gefühl des Unwirklichen holte ihn wieder ein.

Albert schien solche Probleme nicht zu haben: „Du denkst an Luzifer, an die gefallenen Engel, nicht wahr? Aber wie willst du Kontakt mit ihnen aufnehmen?"

„Es gibt eine Stelle, zu der man die Verdammten bringt, um ihnen die Schrecken der Hölle vorzuführen. Eine Aufseherin, die wir vor kurzem verhört haben, hat uns erzählt, dass man von dort aus einen Blick in die Hölle werfen kann. Es soll sogar möglich sein, mit Luzifer zu sprechen!"

„Weißt du, wie man an diese Stelle gelangt?", wollte Jan wissen.

Elli nickte. „Ich kenne den Weg. Aber er ist nicht ungefährlich..."

„Weshalb?"

„Er führt durch die Vorhöllen der Gierigen und Unkeuschen!"

„Sind dort viele Aufseher stationiert?"

„Nein! Die Gefahr liegt weniger in den Aufsehern als – wie soll ich es ausdrücken! – *in der Verführung der Sinne...*"

„... der Verführung der Sinne?", fragte Jan.

„Ich könnte mir vorstellen", hakte Camus ein, „dass es ähnlich ist, wie bei der Großen Speisung..."

„Ich denke, die Reize in diesen Vorhöllen werden noch verführerischer sein!", sagte Elli. „Wir müssen uns eisern unter Kontrolle halten, sonst sind wir verloren! Meint ihr, ihr schafft das?"

Jan und Albert nickten.

„Gut! Dann werden wir dem Teufel einen Besuch abstatten!"

„Jetzt sofort?" Jan bekam nun doch Angst vor der eigenen Courage. „Meinst du nicht, dass das etwas überstürzt ist? Haben wir genügend Zeit? Wir müssen schließlich zum Morgenappell wieder im Lager sein!"

„Der Weg ist nicht allzu lang!", antwortete Elli. „Wenn wir zügig vorankommen, dürfte das kein Problem sein!"

XVI.

Sie ließen die Vorhölle der Todsünderinnen schnell hinter sich und gelangten an einen schmalen Durchgang, den man aufgrund der niedrigen Deckenhöhe nur auf Händen und Knien kriechend durchqueren konnte.

Jan starrte auf Ellis Hintern, der sich grazil vor ihm hin und her bewegte. Sie hatte eine wunderbare Figur. Das konnte man selbst unter dieser unkleidsamen Kutte erkennen. „Was für eine Frau!", schoss ihm durch den Kopf. Hin und wieder kamen ihre schön geformten Beine zum Vorschein. Er ertappte sich bei dem Versuch, einen verstohlenen Blick unter ihre Kutte zu werfen. „Jan, du Spanner!", dachte er sich. „Da landest du im Inferno und das Einzige, was dich wirklich interessiert, sind die Beine einer schönen jungen Frau!" Er schüttelte den Kopf und versuchte sich auf etwas anderes zu konzentrieren.

Sie erreichten das Ende des Tunnels. Ein feiner süßlicher Geruch lag in der Luft.

„Haltet euch die Nase zu und atmet nur durch den Mund!", befahl Elli.

Jan und Albert taten wie ihnen geheißen. Vorsichtig schlichen sie sich an der Felswand entlang. Der Weg war gesäumt von kulinarischen Kostbarkeiten, die die Gerichte der großen Speisung weit in den Schatten stellten. Jan lief das Wasser im Mund zusammen. Um nicht in Versuchung zu geraten, erinnerte er sich an die Madenversammlung auf seinem Teller und verstärkte den Druck auf seine Nase.

Nach einigen hundert Metern erreichten sie eine große Felsenhalle, allem Anschein nach das Zentrum der Vorhölle der Gierigen. Ihnen bot sich ein furchtbarer Anblick. Auf dem Boden lagen Tausende nackte Körper. Männer und Frauen, soweit Jan beurteilen konnte. Ihre Geschlechtsteile waren unter den Fettmassen kaum noch zu erkennen. Sie lagen in einem Sud aus Kot, Urin und

Erbrochenem. Körper an Körper. Ihre Mäuler weit geöffnet. Man hörte sie schmatzen, stöhnen, aufstoßen. Offensichtlich waren sie nicht mehr in der Lage, die eigenen Körpermassen zu bewegen.

Von der Decke regneten unaufhörlich Speisen auf sie herab. Die Gemästeten waren gezwungen, sie zu verschlingen, wollten sie nicht unter den Nahrungsmitteln ersticken. Jans Blick richtete sich auf eine Frau, die gleichzeitig fraß und kotzte. Er merkte, wie ihm flau im Magen wurde. „Kommt, lasst uns weitergehen!", sagte er. „Ich glaube nicht, dass ich das lange ertragen kann."

Sie legten einen Schritt zu. „Wer denkt sich nur solche Qualen aus?", dachte Jan. Dante hatte in seiner *Göttlichen Komödie* wahrlich nicht übertrieben...

Nach einigen Kilometern hatten sie das Ende dieser Vorhölle erreicht. Wieder mussten sie durch einen kleinen Tunnel kriechen. Diesmal ließ Jan Albert den Vortritt, um nicht wieder in die Verlegenheit zu kommen, Ellis Hintern anzugaffen.

Als sie an das Ende des Tunnels gelangten, wandte sich Elli Jan und Albert zu: „Wir befinden uns nun am Eingang zur Vorhölle der Unkeuschen. Schaut auf den Boden und geht stur an dieser Felswand entlang! Egal, was passiert, ihr dürft euch niemals umdrehen! Sonst seid ihr verloren..."

Jan ging voran. Sie schlichen einige hundert Meter an der Felswand entlang. Aus der Ferne hörte Jan ein Stöhnen, das immer lauter wurde.

„Komm zu uns!", hauchte eine sanfte weibliche Stimme. Sie schien in unmittelbarer Nähe zu sein.

Jan spürte, wie ihm eine Hand zärtlich in den Schritt fasste. „Du willst es doch auch, komm zu uns!"

„Dreht euch auf keinen Fall um!", warnte Elli.

Jan nickte. Aber er merkte, wie die Erregung in ihm wuchs. Eine Zunge umspielte seine Ohrläppchen. „Komm zu uns, du wirst es nicht bereuen..."

Jan atmete schwer. Er zwang sich, auf den Boden zu blicken. „Willst du sehen, was ich mit meiner Freundin anstelle?", fragte die Stimme. „Schau, wie ich sie lecke an ihren Brüsten, zwischen ihren Beinen! Du kannst uns beide haben!"

So sehr er sich auch dagegen wehrte, Jan war im Begriff, die Fassung zu verlieren. Er blieb stehen und drehte sich der Felswand zu.

„Jan, um alles in der Welt, geh weiter!", befahl Elli. Sie war einige Schritte hinter ihm gegangen und nun ebenfalls gezwungen, stehenzubleiben.

„Hör nicht auf sie!", flüsterte die Stimme. „Wir geben dir, was du dir immer ersehnt hast! Alle Lust will Ewigkeit, will tiefe, tiefe Ewigkeit..."

„Jan, das ist eine schreckliche Illusion!", fuhr Elli dazwischen. „Egal, was dir die Stimmen sagen, lass dich nicht darauf ein!"

„Wir sind die Verkörperung deiner wildesten Träume! Wenn du dich nicht umdrehst, verpasst du die Chance deines Lebens! Sieh uns an!"

Eine zweite weibliche Stimme begann zu stöhnen: „Oh Gott, es macht mich so scharf, wenn du mich küsst..."

Die beiden Frauen standen nun dicht hinter ihm. Jan konnte die Hitze ihrer Körper fühlen.

„Worauf wartest du noch? Du willst es! Und wir... wir wollen dich!"

Jan spürte wie ihm eine warme, nasse Hand langsam durchs Gesicht fuhr. „Der Saft meiner Venus! Sie verlangt nach dir! Komm endlich, komm!"

Jan stöhnte. Sein Widerstand war gebrochen. Er versuchte, mit seiner Zunge die Hand zu erhaschen. Sie roch nach Sex. Nach wildem, leidenschaftlichem Sex.

Er drehte sich um.

Die beiden Frauen vor ihm schienen dem *Hustler-Magazine* entsprungen zu sein. Sie warfen ihm laszive Blicke zu, während sie sich gegenseitig streichelten. „Haben wir dir zu viel versprochen?", fragte die eine und gab ihrer Gefährtin einen leidenschaftlichen, feuchten Zungenkuss. Feine Speichelfädchen tropften von

76

ihren Lippen herab. Jans Erregung stieg ins Unermessliche, sein Glied war hart angeschwollen.

Elli startete einen letzten Versuch, Jan zur Besinnung zu bringen. Sie baute sich vor ihm auf und hielt ihm mit den Händen die Augen zu. Aber es war zu spät. Jan stieß sie rüde zu Boden. Elli prallte mit dem Kopf gegen den Felsboden und blieb eine Weile regungslos liegen. Albert, der die Vorhölle der Unkeuschen als letzter erreicht hatte, beugte sich zu ihr hinunter und versuchte, sie wieder zu Bewusstsein zu bringen.

Jan bekam von all dem nichts mehr mit. Er starrte nur noch auf die beiden Schönheiten, die sich vor ihm räkelten.

„Gut gemacht!", sagte eine der beiden. „Schau her!" Sie steckte sich den Mittelfinger der rechten Hand langsam in den Mund, befeuchtete ihn mit Speichel, fuhr sich dann langsam mit der Hand zwischen die Schenkel und ließ den Mittelfinger sanft in ihre Vagina gleiten. Sie stöhnte auf und begann, den Finger auf und ab zu bewegen. „Komm!", sagte sie. „Worauf wartest du noch?"

Als Jan nicht reagierte, zog sie den Mittelfinger langsam heraus und streckte ihn Jan entgegen. „Leck ihn ab!"

Wie von Sinnen ergriff Jan den feuchten Finger und begann zu saugen. „Das machst du gut... sehr gut!", stöhnte die Schöne. Sie griff ihm an den Hintern und biss ihm zärtlich in den Hals.

Ihre Gespielin kam ebenfalls näher. Sie streichelte sich die Brustwarzen, bis sie steif wurden, und ging dann langsam vor Jan in die Knie. Behutsam streifte sie seine Kutte hoch. Ihre Zunge glitt an der Innenseite seiner Oberschenkel entlang, massierte seine Hoden und tänzelte über seine Eichel. Dann schob sie sein Glied in ihren Mund.

Jan schwanden die Sinne. Er stöhnte laut auf und bewegte sich rhythmisch hin und her. Seine Hoden brannten. Seine Bewegungen wurden immer wilder. Er hatte das Gefühl, sich im nächsten Moment entladen zu müssen. Doch bevor es dazu kam, hörten die beiden Frauen mit ihren Liebkosungen auf.

„Komm!", sagten sie. „Wir führen dich an einen Ort, an dem es Tausende von Frauen gibt! Frauen, die nur darauf warten, von dir beglückt zu werden..."

Die beiden Frauen liefen los. Nach wenigen Metern blieben sie stehen und drehten sich um. „Komm endlich! Du wirst es nicht bereuen!"

Jan schloss die Augen. Er wusste, dass es ein Fehler war, aber er konnte nicht anders. Er musste den beiden folgen!

Er riss die Augen auf und lief den nackten Schönheiten hinterher. Er bemühte sich, die Frauen einzuholen. Aber es gelang nicht. Wenn er sein Tempo verschärfte, verschärften sie das ihrige. So ging es eine Zeit lang, bis Jan ermattet stehenblieb. Die Frauen verschwanden hinter einem Felsvorsprung.

Jan holte tief Luft. Er hörte lautes Stöhnen. Vorsichtig ging er ein paar Schritte und schaute um die Ecke.

Vor ihm lag eine große, in rotes Licht getauchte Höhle, in der Tausende Männer und Frauen aufeinander lagen und wild miteinander kopulierten.

Das Ganze schreckte Jan im ersten Moment ab. Doch bevor er wieder Herr seiner Sinne werden konnte, entdeckte er die beiden Grazien, die ihn verführt hatten. Sie griffen sich gegenseitig in die Scham und stöhnten: „Jan, komm her! Nimm uns!"

Eine der beiden bückte sich langsam nach vorne und streckte ihm den Hintern entgegen. Die andere kniete sich davor und leckte zärtlich den Anus ihrer Gefährtin. Jan lief los. Aber noch bevor er sie erreichen konnte, stürzten sich die beiden Sirenen in das Menschengetümmel. Jan sprang hinterher und kletterte über ein Dutzend nackter, kopulierender Körper. Seine beiden Gespielinnen konnte er nicht mehr entdecken. Aber das war ihm mittlerweile fast schon egal.

Eine Frau mit blonden Haaren und riesigen Brüsten, lag vor ihm und spreizte die Beine. „Los, nimm mich, verdammt, nimm mich!" Jan stieß sein Glied hart in ihre Ritze. Sie war feucht und warm. „Fester, fester!", schrie die Frau. Sie massierte sich selbst den Kitzler und presste ihre Schenkel fest an Stollbergs Gesäß. Jan ritt auf ihr wie der Teufel. „Fester, fester!", stöhnte die Frau. Jan tat sein Bestes. Er war kurz davor, zu kommen. Aber es klappte nicht. Er riss sich von der Frau los und legte selbst Hand an. Doch der Höhepunkt war ihm nicht vergönnt. Er schaute sich nach einer anderen Frau um. Unweit von ihm entfernt lag eine üppige Schwarze mit herrlichen, dunklen Schamlippen. „Fick mich!" schrie sie. Jan schmiss sich auf sie, vergrub sein Gesicht unter ihren Brüsten, leckte den Schweiß unter ihren Achseln. Ihre Fingernägel bohrten sich tief in seinen Rücken. Er stieß mit aller Kraft zu. Doch er kam nicht. Sie wechselten die Position. Die Frau saß nun oben und ritt ihn in einem immer schneller werdenden Takt. Als auch das nichts brachte, stieß sie ihn weg und wandte sich einem anderen Mann zu.

Jan war verzweifelt. Seine unstillbare Lust raubte ihm den Verstand. Er musste sich entladen. Koste es, was es wolle! Er steckte sein Glied in jede Körperöffnung, die sich ihm anbot. Vergeblich! Sein Blick fiel auf eine Transe mit prallen Brüsten und erigiertem Schwanz. Vielleicht sollte er etwas Neues versuchen. Er hechtete auf das erotische Zwitterwesen zu, umklammerte es fest und stieß die Zunge tief in seinen Mund. Sie rieben sich gegenseitig die Schwänze. Jan verlor fast die Besinnung vor Ekstase. Aber er entlud sich nicht. Er drehte seinen transsexuellen Gefährten um, riss seine Pobacken weit auseinander und stieß sein Glied in seinen After. Sie stöhnten beide laut auf. Wieder war er kurz davor, zu kommen, aber der „kleine Tod" war ihm nicht vergönnt. Es gab keine Erlösung, nur unendliche Lust!

Er ließ von seinem transsexuellen Gespielen ab und versuchte wieder, sich eigenhändig zum Höhepunkt zu bringen. Aus der Ferne hörte er eine Stimme, die ihn rief: „Jan, Jan, wo bist du?"

Es war Elli.

„Ich bin hier!", brüllte Jan und stöhnte.

„Jan?"

„Hier! Ich bin hier, Elli... hier!"

„Jan?" Ellis Stimme war nun nicht mehr allzu weit entfernt.

Jan richtete sich auf und schaute sich um.

Endlich entdeckte er Elli. Sie hatte sich die Augen mit einem Stück Stoff verbunden. Durch den Riss in der Kutte kamen ihre schlanken Beine noch schöner zur Geltung. Jan fixierte sie mit irrem Blick. Elli krabbelte mutig über die stöhnenden, keuchenden Körper hinweg. Jan sprang auf sie zu. Vielleicht konnte Elli ihm die Erlösung bringen. Er ergriff sie mit beiden Armen und versuchte sie zu Boden zu drücken, um in sie eindringen zu können. Aber Elli konnte sich mit einem geschickten Hebelgriff befreien. Jan stürzte zu Boden. Elli sprang von hinten auf seinen Rücken und hielt ihm die Augen zu. „Jan, hör mir zu!", sagte sie. „Wir haben eine Aufgabe zu erfüllen!"

„Ich kann nicht!", keuchte Jan. „Ich kann nicht mehr klar denken! Wenn ich nicht komme, werde ich verrückt!"

„Jan, entspann dich!", sagte Elli.

„Es geht nicht!"

„Atme tief durch!"

Jan lachte hysterisch.

„In Ordnung! Ich werde dir helfen!" Beherzt griff Elli an sein Glied. Ihre Hand fühlte sich wunderbar warm und zart an. Sanft streichelte sie Jans Eichel. „Es wird alles gut", flüsterte sie ihm ins Ohr. Jan merkte, wie die Lust langsam seinen Körper hinauf kroch. Elli war keine Sexfantasie, sondern ein warmer, liebevoller Mensch. Es dauerte nur wenige Sekunden, bis er sich entlud. Sein Körper entspannte sich augenblicklich.

Schlagartig wurde ihm aber auch bewusst, wie peinlich seine Lage war. Jan schämte sich zu Tode: „Mein Gott, was wirst du jetzt von mir denken!", begann er.

„Mach dir darüber keine Gedanken!", entgegnete Elli. „So mancher großer Geist blieb in einer Hure stecken..."

Jan lachte bitter: „Ein Zitat aus der *Dreigroschenoper*, nicht wahr?"

„Ja", bestätigte Elli. „Würde mich nicht wundern, wenn es den alten Brecht auch hierhin verschlagen hätte! Aber das soll jetzt nicht unser dringendstes Problem sein! Komm, steh auf, wir müssen zurück!"

80

Elli riss sich einen weiteren Fetzen aus der Kutte und band ihn´ Jan um die Augen. Sie standen auf.

„Wie sollen wir so zurückfinden?", fragte Jan.

„Keine Sorge. Ich habe einen guten Orientierungssinn – auch mit verbundenen Augen!", antwortete Elli.

Sie nahm Jan an der Hand. Gemeinsam krabbelten sie über eine nicht enden wollende Schar kopulierender Paare hinweg. Nach einer Weile hatten sie das Ende der Höhle erreicht.

„Albert, wo bist du?", rief Elli.

„Hier! Komm hierher!", tönte es aus der Ferne. „Hast du Jan gefunden?"

„Natürlich!"

„Dem Teufel sei Dank!", antwortete Albert. „Was ist passiert?"

„Ach, nicht der Rede wert!", entgegnete Elli. Jan konnte es nicht sehen, aber er war sich sicher, dass Elli grinste.

„Ich verdanke dir mein Leben!", flüsterte er ihr ins Ohr. „Wie kann ich das je wieder gutmachen?"

„Du hättest für mich sicher das Gleiche getan!", sagte Elli.

Als sie bei Albert angelangten, riss sich Elli die Binde von den Augen. Jan wollte das Gleiche tun, wurde aber von Elli daran gehindert. „Ich glaube, es ist besser, wenn du die Binde nicht abnimmst! Wir wollen doch alle Eventualitäten ausschließen, nicht wahr?"

Jan nickte und senkte beschämt den Kopf. Sie setzten ihren Marsch zu den gefallenen Engeln fort.

XVII.

Sie waren einige hundert Meter gegangen, als Albert plötzlich stehenblieb. „Oh, Gott!", sagte er. Seine Stimme zitterte.

„Was ist?" Jan konnte nichts sehen. Seine Augen waren noch immer verbunden. Er wurde unruhig: „Verdammt, sagt doch was!"

„Sieh selbst!", antwortete Elli. „Du kannst die Augenbinde abnehmen!"

Jan riss sich die Binde herunter. Im ersten Moment blendete ihn grelles Licht. Er kniff die Augen zusammen. Allmählich begann er zu erkennen, was Albert aus der Fassung gebracht hatte: Sie standen an der Pforte zur Hölle! Ein gewaltiges Loch tat sich vor ihnen in der Felswand auf. Es hatte etwa die Größe des Kölner Doms.

Feuerrot loderten die Flammen. Inmitten der Feuersbrunst konnte Jan einzelne Wesen erkennen, die mit schrecklich verzerrten Gliedmaßen umherzappelten. Vorsichtig schlichen sie an das Tor heran. Aus der Ferne hörten sie Schreie, die immer deutlicher wurden, je näher sie dem Inferno kamen. Es musste fürchterlich sein, in diesem Flammenmeer gebraten zu werden!

Jan blieb stehen. Er war sich nicht mehr sicher, ob sie das Richtige taten. Albert schien ähnlich zu denken. Nur Elli ließ sich durch das Inferno nicht beeindrucken. Mutig schritt sie voran.

Nach einigen Metern jedoch schien sie auf einen Widerstand zu stoßen. Sie tastete die Barriere mit beiden Händen ab: „Eine unsichtbare Mauer!", sagte sie.

Elli schlug mit beiden Fäusten auf die Barriere ein. Es donnerte gewaltig.

„Luzifer!", schrie sie. „Wir brauchen deine Hilfe!"

Ein Schauer lief über Jans Rücken. Sollte er bald dem Teufel gegenüberstehen? Ein seltsamer Gedanke: Jan Stollberg, der Rationalist, im Diskurs mit Luzifer, dem Leibhaftigen! Sollte es ihn wirklich geben, den gefallenen Engel, der den Menschen die Erkenntnis verschafft hatte und dafür aus dem Paradies verbannt wurde? Nein! Jan schüttelte den Kopf. Er erinnerte sich, wie er den kürzlich erschienenen Exorzismus der Katholischen Kirche lächerlich gemacht hatte! An einen allmächtigen Gottvater zu glauben, war schon einigermaßen verrückt. Aber an den Teufel?! Das war einfach zu phantastisch!

Das alles konnte nur ein skurriler, irrer Traum sein! „Aufwachen, Stollberg, aufwachen!", dachte er und kniff sich in den Arm. Aber er wachte nicht auf. Er stand weiterhin an der Pforte zur Hölle und wartete auf den Teufel.

„Wir müssen uns bemerkbar machen!", sagte Elli. „Helft mir!"

Mit vereinten Kräften schlugen sie gegen die unsichtbare Mauer.

„Luzifer, du verdammter Teufel, zeig dich endlich!", brüllte Albert.

Kaum hatte er den Satz vollendet, geschah das, was sie zwar erhofft hatten, was sie aber nun doch bis ins Mark erschütterte. Eine riesige schwarze Gestalt erschien auf der anderen Seite der Barriere. Sie war dreimal so groß wie ein Mensch und hatte gigantische schwarze Flügel. Jan und Albert machten einen gewaltigen Satz nach hinten.

„Wer verlangt nach mir?", donnerte es von drüben.

Einen Moment lang konnte keiner der drei antworten. Elli war die erste, die die Sprache wiederfand. „Wir brauchen deine Hilfe!"

„Meine Hilfe?", fragte Luzifer. „Wie sollte ausgerechnet ich euch helfen können? Was wollt ihr von mir?"

„Informationen..." antwortete Elli.

„Welche Informationen?"

„Informationen über Gott, seine Heerscharen, über Himmel und Hölle, über Möglichkeiten, diesem Grauen ein Ende zu bereiten!"

„Ihr wollt Gott von seinem Thron stürzen?" Luzifer lachte bitter. „Wie wollt ihr erbärmlichen Würmer das anstellen?"

„Das wollten wir dich fragen!"

„Vergesst es! Verschwindet dorthin, wo ihr hergekommen seid. Ihr werdet früh genug hier landen!"

Er drehte sich um.

„Wir werden nicht verschwinden!", rief Elli. „Wenn wir nur den Hauch einer Chance haben, werden wir sie nutzen! Wir sind zu allem bereit!"

Luzifer flog mit zwei kräftigen Flügelschlägen an die Barriere heran. Er schaute die drei aufmerksam an. „Ihr scheint Mut zu haben!", sagte er. „Wer weiß, vielleicht könnte es euch tatsächlich gelingen..."

„Es gibt also einen Weg, Gott zu stürzen?"

„Es gibt einen Weg!"

„Wirst du ihn uns verraten?", fragte Elli.

Luzifer erhob sein mächtiges Haupt und deutete mit seinen Pranken nach oben. „Ihr müsst IHN töten, um dem Elend hier unten ein Ende zu bereiten. Die Rede von seiner Unsterblichkeit ist nur eine billige Propagandalüge!"

„Was meinst du damit?", fragte Jan, der sich allmählich wieder fing.

„Gott ist nicht unverwundbar! Ein Hieb mit Michaels Flammenschwert und aus ist es mit seiner Herrlichkeit!"

„Michaels Flammenschwert?"

„So ist es!"

„Wir müssten das Schwert des Erzengels entwenden?", fragte Albert ungläubig.

Luzifer nickte.

„Wie soll das gelingen?"

„Die Engel ertragen die Launen dieses Henker-Gottes schon lange nicht mehr!", erklärte Luzifer. „Ich war nicht der einzige, der sich ihm einst entgegenstellte. Dabei hatte er die Hölle zu diesem Zeitpunkt noch nicht einmal erfunden!"

„Die Vertreibung aus dem Paradies hat tatsächlich stattgefunden?", fragte Jan.

„Selbstverständlich! Jahwe sieht sich als liebender Vater, aber er konnte nicht ertragen, dass seine Geschöpfe klüger wurden als er selber. Also machte er kurzen Prozess und erfand die Hölle, in die er mich verbannte – und später auch einen Großteil eurer Intelligentia!"

„Den Aufzeichnungen der Bibel zufolge war es der Erzengel Michael, der dich damals aus dem Paradies vertrieb!", hakte Albert nach und begann, die *Offenbarung des Johannes* zu zitieren: „'Es begann ein großer Kampf im Himmel. Michael und seine Engel kämpften mit dem Drachen, und der Drache und seine Engel kämpften. Aber sie vermochten nicht standzuhalten, und ihr Platz im Himmel ging verloren!' Wie kommst du auf die sonderbare Idee, dass ausgerechnet der Fürst der himmlischen Heerscharen auf unserer Seite steht?"

Luzifer lächelte: „Er tat damals, was er tun musste, aber mittlerweile wird er sich für seine 'Heldentat' verfluchen! Es muss fürchterlich für ihn sein, das Beste, was die Menschheit hervorgebracht hat, in die Flammen zu schicken, während der Abschaum im Himmel verweilt und sabbernd vor Gottes Füßen liegt!"

„Nun, wenn er wirklich so denkt", fuhr Elli dazwischen, „warum greift er dann nicht selbst zum Flammenschwert und beendet diese Tragödie?"

Luzifer senkte den Kopf: „Wir Engel sind mächtige Wesen. Aber wir können uns nicht wirklich gegen Gott erheben. Mein Versuch, den Menschen den Unterschied von Gut und Böse beizubringen, war das Äußerste an Ungehorsam, wozu ein Engel in der Lage ist."

„Es muss also ein Mensch sein, der Gott zur Strecke bringt?"

Luzifer nickte: „Bedauerlicherweise! Aber bisher hat niemand den Schneid zu dieser ehrenvollen Tat gehabt! Werdet ihr dazu in der Lage sein?"

„Tyrannenmord ist in diesem Fall, denke ich, ethisch gerechtfertigt!", meinte Jan in einem etwas elfenbeinern klingenden Ton.

Luzifer lächelte mild: „Es macht einen großen Unterschied, ob man über den Tod Gottes *philosophiert* oder ihn in die *Praxis umsetzt*! Denkt immer daran: *Wer Gott tötet, tötet einen Teil seiner selbst!* Es verlangt einiges an Überwindung, sich von diesem Teil zu befreien, auch wenn er alles andere als wertvoll ist…"

Bevor Jan über diesen merkwürdigen Satz nachdenken konnte, ergriff Elli das Wort: „Falls uns der Erzengel tatsächlich das Flammenschwert überlassen sollte, wie finden wir dann den Weg zu Gott?"

„Vor zwei Jahrtausenden führten auf der Erde alle Wege nach Rom. Im Himmel führen alle Wege zu Gott!", antwortete Luzifer. „Schwieriger wird es für euch sein, den Weg zum Himmel unentdeckt zu passieren..."

„Wir hatten vor, das Lager der Verdammten zu befreien und als Aufseher verkleidet mit dem Tross nach oben zu marschieren!", antwortete Albert.

„Könnte funktionieren!", sagte Luzifer. „An der Himmelspforte müsst ihr an Petrus vorbei, der dort den Türwächter spielt. Aber wie ich hörte, macht er seinen Job ohne größeres Engagement. Er ist dort oben nur eine kleine Nummer! Paulus hat ihn schrecklich ausgetrickst. Außerdem hat er den Fehler gemacht, das Christentum als eine rein jüdische Angelegenheit zu begreifen. Und – wie ihr wisst – ist Gott seit vielen Jahrhunderten nicht unbedingt ein Freund des jüdischen Volkes..."

„Nein, das ist er bestimmt nicht!", ereiferte sich Elli. „Dieser Christengott ist ein fürchterlicher Antisemit! Nicht umsonst hat er die Schlächter aus den nazistischen KZs auf uns angesetzt. Ein Großteil der Aufseherinnen in unserer Vorhölle waren Mitglieder des BDM! Eine von ihnen hat mich schon in Auschwitz gequält!"

„Auschwitz?", fragte Jan erschrocken.

Elli nickte: „Ich war doppelt vorbelastet, als Jüdin und Kommunistin! Sie haben mich Anfang 44 vergast. Es war die Hölle. Nein, *beinahe* die Hölle..." Sie machte eine kleine Pause, dann fuhr sie fort: „So schrecklich es war – ich habe dort einiges gelernt, was mir hier von Nutzen ist..."

Jan schluckte. Er kam sich ungeheuer schäbig vor. Vor wenigen Minuten hatte er nichts anderes im Sinn gehabt, als Elli zu vergewaltigen! Ein Auschwitzopfer! Was sie nun wohl über ihn dachte?

Luzifers Antwort riss ihn aus seinen Gedanken: „Auschwitz hat Gott sehr imponiert! Es war das größte Menschenopfer der Geschichte, sieht man einmal von der großen Sintflut ab! Er lobte die Effizienz der Judenvernichtung und ordnete sogleich eine Neustrukturierung der Vorhöllen an! Hatte er zuvor die große Abrechnung auf den Jüngsten Tag verschoben, verlangte er nun den sofortigen Beginn der Endlösung der Ungläubigenfrage. Nazischergen kamen in hohe Positionen. Eichmann wurde gleich nach seiner Hinrichtung in Israel mit verantwortungsvollen Aufgaben betraut!"

„Unfassbar!", murmelte Camus.

„Wir werden dem ein Ende bereiten!", sagte Jan.

Luzifer streckte seine Hände gegen die unsichtbare Barriere. „Gerne würde ich euch segnen!", sagte er. „Aber dieser faule Zauber ist mir vor Äonen abhanden gekommen!"

Luzifer drehte sich um und verschwand so schnell, wie er erschienen war.

Jan, Elli und Albert blieben eine Weile nachdenklich stehen.

„Und nun?", fragte Jan.

„Wir müssen zurück!", antwortete Camus.

Elli ergriff die Augenbinde, die vor ihren Füßen lag: „Nicht, dass ich dir misstrauen würde", sagte sie, als sie Jan die Binde anlegte, „aber wir haben bedauerlicherweise keine Zeit für weitere Abenteuer! Ich hoffe, Du verstehst..."

XVIII.

„Aufstehen! Die Hölle ist kein Sanatorium!"

„Verdammt!", dachte Jan. „Dieses Schwein lässt sich jeden Morgen was Neues einfallen!" Er sprang auf. Auf keinen Fall wollte er sich seine Müdigkeit anmerken lassen. Albert und er waren erst kurz vor dem Morgenappell im Lager eingetroffen.

„Raus, zum Appell! Aber pronto!"

Die Verdammten versammelten sich vor der Baracke. Nietzsche zog wie jeden Morgen seine skurrile Ein-Mann-Show ab. „Verehrtes Fräulein!", flötete er dem Aufseher zu. „Gebenedeit sei das Kissen, auf das ihr euer hohles Köpfchen legtet! Gepriesen sei die Einfalt, denn sie hat einen goldenen Schlaf! Selig sind die Vergesslichen, denn sie werden mit ihren Fehlern fertig!" Merkwürdigerweise ließ sich der Aufseher dieses Mal nicht provozieren. Er schien neue Instruktionen erhalten zu haben und ließ dem Narren seine Freiheit.

Nach dem Appell wurde Jan abgeführt. Man brachte ihn wieder in eines der vielen dunklen Verhörzimmer. Dort saß er eine Weile im Dunkeln und wartete auf die Frage, die bisher jede Sitzung eröffnet hatte, die Frage, ob er seine Sünden und die Abkehr von Gott wahrhaftig bereue. Doch er sah sich getäuscht. Dieses Verhör sollte völlig anders verlaufen, als er es sich vorgestellt hatte.

„Jan Stollberg", sagte der Inquisitor, „wie ich hörte, galtest du unter den Menschen als großer Philosoph. Sag mir, was du herausgefunden hast!"

Jan war verwirrt. Auf diese Eröffnung war er nicht vorbereitet. Zudem irritierte ihn, dass er die Stimme nicht erkannte. Er hatte es offensichtlich mit einem anderen Inquisitor zu tun.

„Stollberg", insistierte der Fremde, „verrate mir: Was ist deiner Meinung nach der Sinn des Lebens?"

„Der Sinn des Lebens?", fragte Jan.

„Der Sinn des Lebens..."

Jan zuckte mit den Schultern: „Ich ... weiß es nicht!"

„Du hast viele Jahrzehnte nach dem Sinn des Lebens geforscht und mehr hast du nicht zu sagen?"

„Doch, durchaus. Nur gibt es auf diese Frage keine einfachen Antworten!"

„Hast Du den Sinn des Lebens nun gefunden oder nicht?"

„Nein!"

„Warum nicht?"

„Mit der Zeit glaubte ich herausgefunden zu haben, dass das Leben keinen Sinn hat!"

„Das Leben hat keinen Sinn?" Verwunderung lag in der Stimme des Inquisitors.

„Leben ist Leben, es hat keinen Sinn, es *ist* einfach!"

„Du bist also Nihilist!"

„Nein!"

„Du sagst, das Leben hat keinen Sinn, und doch behauptest Du, kein Nihilist zu sein?"

Jan überlegte einen Moment: „Wenn ich sage, dass das Leben keinen Sinn hat, dann meine ich, dass das Leben *an sich* keinen Sinn hat. Es ist ein ständiges Werden und Vergehen. Ohne Sinn und Zweck. Die Evolution steuert nicht auf irgendein höheres Ziel zu. Das, was wir Evolution nennen, ist nichts weiter als ein 'Zickzackweg auf dem schmalen Grat des Lebens', wie es mein Kollege Franz Wuketits einmal formuliert hat."

„Das klingt aber doch sehr nihilistisch!"

„Ist es aber nicht! Wir können den Sinn des Lebens in der Natur zwar nicht *vor*finden, das heißt jedoch nicht, dass wir ihn nicht *er*finden können!"

„Du meinst also, der Sinn des Lebens kann nicht *ge*funden, er muss *er*funden werden?"

Jan nickte.

„Das klingt nach dem Existentialismus Sartres!", sagte der Inquisitor, der allem Anschein weit gebildeter war als sein Vorgänger. „Er hat ebenfalls behauptet, dass die Existenz des Menschen seiner Essenz, seiner Bestimmung, vorausgeht... Würdest Du dich als Existentialisten bezeichnen?"

„Ich weiß nicht!", antwortete Jan. „Seit den großen Zeiten des Existentialismus sind viele Jahre vergangen. Man würde diese Position heute eher als Konstruktivismus bezeichnen..."

„Was bedeutet das?"

Jan blies in die Backen: „Konstruktivisten gehen davon aus, dass sie die Welt, wie sie an sich beschaffen ist, nicht erkennen können!"

„Wie kommen sie darauf?"

„Sie sagen, dass man die Welt nicht wahrnehmen kann, wie sie losgelöst von unserer Wahrnehmung existiert!"

„Warum?"

„In dem Moment, in dem wir die Welt wahrnehmen, haben wir nicht mehr die Welt *an sich* im Blick, sondern die Welt *für uns*, unsere Konstruktion..."

„Das klingt nach dem alten Kant. Aber mach weiter!"

„Kompliziert wird die Sache dadurch, dass jeder Mensch seine eigene Konstruktion von der Welt entwickelt, um sich im Leben zurecht zu finden..."

„Verstehe!"

„Das bedeutet auch, dass sich jeder Mensch seinen ganz eigenen Sinn des Lebens konstruiert."

„Jeder einzelne Mensch ein Schöpfer seines eigenen Lebenssinns?"

„In gewisser Weise schon. Allerdings werden die Menschen nicht als unbeschriebenes Blatt in die Welt hineingeboren. Sie haben angeborene Verhaltensmuster. Außerdem werden sie von den kulturellen Entwürfen ihrer Gesellschaft geprägt..."

„Gut, ich verstehe, was du meinst! Deine Darstellung klingt plausibel, hat aber einen Haken: Wenn der Sinn des Lebens eine Konstruktion ist, die von der Willkür des Individuums abhängt, wie kannst du dann wissen, ob deine eigenen Konstruktionen gut oder schlecht sind?"

„Ich gebe zu: strenggenommen kann ich das nicht!"

„Du kannst nicht unterscheiden, ob der Massenmörder oder der Freiheitskämpfer im Recht ist?"

„*An sich* nicht, *für mich* schon!"

„Was meinst du damit?"

„Ich persönlich bin davon überzeugt, dass es Unrecht ist, Menschen Schaden zuzufügen. Wir sollten versuchen, die Welt besser zu hinterlassen, als wir sie vorgefunden haben! Jeder Mensch hat das Recht seine Vorstellungen von gutem Leben zu verwirklichen..."

„Das ist aber nur deine subjektive Konstruktion, nicht wahr?"

„Ja!"

„Würdest Du dich als Relativisten bezeichnen?"

„Nein!"

„Warum nicht?"

„Weil ich der Meinung bin, dass wir für eine gerechtere Welt kämpfen müssen. Es ist nicht egal, ob Menschen hungern oder ob sie genug zu essen haben!"

„Du würdest im Notfall Menschen bekämpfen, die das anders sehen?"

„Selbstverständlich!"

„Würdest du ihnen vorwerfen, dass sie ihr Glück aus dem Unglück anderer ziehen?"

„Möglicherweise!"

„Verstehe ich das richtig? Du würdest versuchen, deine subjektive Sinnkonstruktion den anderen überzustülpen, obwohl du dir eigentlich nicht sicher sein kannst, dass sie an sich richtig ist?"

„Ich weiß nicht, ob 'überstülpen' das richtige Wort ist", erwiderte Jan. „Aber natürlich würde ich entschieden für meine Überzeugungen eintreten!"

„Meinst du nicht, dass das eine sehr dogmatische Herangehensweise ist?"

„Ich glaube nicht, dass es möglich ist, den Dogmatismus gänzlich zu umgehen!", sagte Jan. „Selbst die Relativisten sind insofern dogmatisch, als sie den Relativismus über alle anderen Anschauungen stellen!"

„Du versuchst auszuweichen!", entgegnete der Inquisitor. „Würdest Du dir anmaßen, deine Position zum Beispiel über die Position eines Nationalsozialisten zu stellen? Würdest du versuchen, ihn zu überzeugen, zu missionieren? Und – falls das nicht funktionieren sollte: Würdest du versuchen, ihn politisch unschädlich zu machen?"

Jan nickte. Er ahnte, was nun kommen würde. Und er täuschte sich nicht: „Worin", fragte der Inquisitor, „worin unterscheidet sich dann deine Position von der des Papstes und der heiligen katholischen Kirche? Hat nicht auch Papst Urban in seinem Sinnhorizont das Richtige getan, als er die Kreuzzüge anordnete?"

„Ich glaube nicht, dass man das vergleichen kann!"

„Warum nicht?"

„Weil..." Jan wusste einen Moment lang nicht, was er antworten sollte.

„Dir fehlen die Argumente! Gib zu, dass deine Position im Kern nicht weniger dogmatisch ist als die des Papstes!"

„Der Unterschied besteht darin", fuhr Jan dazwischen, „dass ich falsche Ideen sterben lassen kann, bevor Menschen für falsche Ideen sterben müssen! Über dieses diesseitige Korrektiv verfügen Religionen nicht. Für sie gilt nur *eine* Maxime: *Du wirst dran glauben, oder dran glauben!*"

„Für dich zählt nur das Leben im Diesseits, nicht wahr?"

Jan nickte zögerlich.

„Hast Du deine Meinung nicht revidieren müssen, nach allem, was du hier unten erlebt hast?"

Jan schwieg.

„Könnte es sein, dass du noch immer nicht an das Jenseits glaubst? Bildest du dir etwa ein, das alles hier sei nur ein böser Traum? Mir scheint, du brauchst eine kleine empirische Lektion!"

Jans Stuhl donnerte nach unten. Die Flammen brannten fürchterlich auf seiner Haut. Es gelang ihm nicht, den Schmerz zu überwinden. Der Inquisitor hatte es geschafft, seine Selbstsicherheit zu zerstören. Er schrie vor Schmerz, bis der Stuhl wieder nach oben brauste.

„Wenn ein Mensch die göttliche Wahrheit erfahren hat und um die Qualen im Jenseits weiß, muss er nicht alle erdenklichen Mittel wählen, um die Menschen vom falschen Weg abzubringen?", fragte der Inquisitor.

„Ich... ich weiß es nicht!", sagte Jan.

„Stollberg, den Sprung nach oben wirst du nie schaffen! Aber vielleicht kannst du doch noch verstehen, wie und warum du den Sinn des Lebens verfehlt hast!"

„Ha!" Jan lachte bitter. „Was um alles in der Welt ist denn dieser *Sinn des Lebens*?"

„Hast du es immer noch nicht begriffen?"

Jan schüttelte den Kopf.

„*Der Sinn des Lebens ist es, Gott zu dienen, ihm zu gefallen, seinen Anordnungen blind zu vertrauen...*"

„Es ist der Sinn des Lebens, religiös Andersdenkende abzuschlachten?"

„Durchaus! Wenn es die Situation erfordert..."

„Das ist barbarisch!"

„Wer nicht *für* Jesus ist, ist *gegen* ihn! Es ist unsere Pflicht, für ihn zu streiten. Irgendwann wird die Zeit kommen, in der es nur noch Christen gibt, die Zeit des ewigen Friedens!"

„Eine schreckliche Vorstellung!"

„Die Menschen brauchen den Glauben an Gott, den Glauben an eine absolute Autorität. Wo Gott fehlt, herrscht Chaos, Unordnung! Wenn es für die Menschen nur noch eine einzige Autorität gibt, nämlich Gott, den Vater, den Allmächtigen, dann wird endlich Friede auf Erden herrschen! Nur Gott kann Gesetze aufstellen, die ewig gültig sind und die alle zu befolgen haben!"

„Gottes vermeintliche Gesetze haben den Menschen nie geholfen! Es würde weit besser um uns stehen, wenn die Menschen die schlechten Ratschläge Gottes ignorieren und beginnen würden, der Stimme der Vernunft zu gehorchen!"

„Jan, ich wundere mich, wie schlecht du doch die Menschen kennst! Sie wurden nicht dazu geschaffen, der Stimme der Vernunft zu gehorchen. Sag, wie oft wurde deine *Philosophie des Absurden* verkauft?"

„Einige hunderttausend Mal. Warum willst du das wissen?"

„Wie viele deiner Leser, meinst du, haben das Buch wirklich gründlich gelesen?"

„Vielleicht einige Zehntausend..."

„Und wie viele unter diesen haben dich verstanden, ich meine, *wirklich* verstanden?"

„Ich weiß nicht, vielleicht einige Tausend..."

„Merkst du, worauf ich hinaus will?"

„Nein!"

„Die Masse der Menschen will sich dem Absurden nicht stellen. Sie wollen ihr Leben nicht in die eigene Hand nehmen! *Sie wollen glauben!* Und wenn sie nicht an Gott glauben, dann glauben sie an den Eros der Macht, den Einfluss der Sterne, an Ufos oder die Versprechungen der Werbeindustrie! Ihr Intellektuellen seid eine lächerliche, impotente Minderheit, ein fataler Irrtum der Schöpfung, nicht mehr und nicht weniger!"

„In den letzten Jahrhunderten hat sich einiges verändert!", entgegnete Jan. „Durch die Aufklärung sind die Menschen skeptischer geworden, sie glauben nicht mehr jedes Märchen, das man ihnen auftischt!"

„Natürlich, Mythen zerstören, das konntet ihr! Aber ihr konntet den Menschen im Gegenzug nichts geben, an das sie sich halten können! Eure Vernunft ist destruktiv, sie entzaubert alte Gewissheiten, aber sie liefert keine neuen! Ihr habt den Menschen den Glauben gestohlen und nun stehen sie mit leeren Händen da! Bist du etwa stolz darauf?"

Jan schwieg.

„Begreif's doch endlich: Die Masse der Menschen war und ist nicht in der Lage, selbständig zu denken! Sie brauchen eine Autorität, die ihnen den Weg weist. *Wenn es den allmächtigen Gott nicht gäbe, müsste man seine Existenz für die Massen postulieren!* Verstehst du, was ich meine?"

„Ich verstehe dein Argument durchaus, aber ich kann es nicht akzeptieren! Unter idealen Bedingungen wären die Menschen sehr wohl in der Lage, selbständig zu denken!", widersprach Jan.

„Sei nicht naiv", sagte der Inquisitor. „Es bedürfte doch bereits selbständig denkender Menschen, um diese idealen Bedingungen zu schaffen! Merkst du nicht, dass du dich hoffnungslos im Kreis bewegst?"

„Ich behaupte ja nicht, dass es einfach ist!", versuchte sich Jan zu verteidigen. Von seiner ursprünglichen Selbstsicherheit war nur noch wenig zu spüren.

„Es ist nicht nur nicht einfach, es ist unmöglich!" Die Stimme des Inquisitors nahm einen väterlich herablassenden Ton an. „Ich gebe dir einen guten Rat: Schau tief in dich hinein! In deinem Herzen weißt du es längst, aber es ist dir immer wieder gelungen, diese Erkenntnis zu verdrängen: *Alle menschlichen Philosophien und Ideologien, alle Utopien, alle Rezepte der Vernunft, sind letztlich zum Scheitern verurteilt!* Es gibt keine Rettung, keine Erlösung, keine Hoffnung jenseits der göttlichen Gnade! Denk darüber nach, bis wir uns das nächste Mal sehen!"

IXX.

Nach dem Verhör hatte man Jan wieder in den Steinbruch gebracht. Der Boden war entsetzlich hart. Jan kam mit der Arbeit an der Grube kaum voran. Kraftlos stieß er mit der Hacke in die felsige Erde. Er fühlte sich leer und ausgebrannt. Der Inquisitor hatte ihn an einer empfindlichen Stelle getroffen. Immer wieder stellte er sich die gleichen bohrenden Fragen: War er nicht tatsächlich sein ganzes Leben lang einer eitlen Utopie gefolgt? *Wäre es nicht besser gewesen, die Menschen hätten den Unterschied von Gut und Böse niemals entdeckt?*

Ein scharfer Peitschenhieb riss ihn aus seinen Gedanken.

„Du hast heute wohl keine Lust zu arbeiten, was?", brüllte der Aufseher hinter ihm. „Glaub' ja nicht, du könntest dich auf deinen Lorbeeren von gestern ausruhen, Stollberg! Fang an zu graben! Grab' um dein Leben!"

Der Aufseher unterstrich seine Aufforderung mit einem weiteren Peitschenhieb. Jan schrie kurz auf, dann biss er die Zähne zusammen und rammte die Hacke in die Erde. Wut und Verzweiflung machten sich in ihm breit. Die ganze Tortur erschien ihm erniedrigender als je zuvor. Er war am Boden zerstört. Als die Glocke nach einer halben Ewigkeit das Ende der Sisyphusarbeit einläutete, brach er vor Erschöpfung zusammen.

Camus pirschte sich an ihn heran: „Jan, was ist los? So fertig habe ich dich noch nie gesehen!"

„Ich weiß nicht!", stöhnte Jan. „Irgendwie... kommt mir alles so sinnlos vor!"

„Lass mich raten: Man hat dir einen neuen Inquisitor zugeteilt, nicht wahr?"

Jan nickte.

„Hat er dich nach dem Sinn des Lebens befragt?"

„Ja, woher weißt du...?"

„Das ist seine Masche. Der 'Jesuit' – so nenne ich ihn, weil er so gewitzt ist – ist Gottes Spezialist für die besonders schweren Fälle. Er reitet gerne auf der Sinnlosigkeit der menschlichen Existenz herum und versucht einen davon zu überzeugen, dass nur ein Leben nach göttlichem Heilsplan den ewigen Frieden garantieren würde. Beim ersten Mal fand ich das auch ziemlich beeindruckend. Danach aber habe ich schnell gemerkt, dass er seine geschmacklose theologische Suppe nur auf dem Feuer meiner Selbstzweifel kochen konnte. Du solltest dich davon nicht verunsichern lassen!"

„Aber..."

„Ja?"

„Hat er nicht doch irgendwo Recht?"

„Was meinst du?"

„Könnte es nicht sein, dass wir unser ganzes Leben einer Illusion nachgehangen haben? Ich meine, wie realistisch ist es, dass die Masse der Leute jemals aufgeklärt wird denken können?"

„Ich gebe zu: das ist in der Tat nicht sonderlich wahrscheinlich!"

„Und?"

„Was heißt hier 'und'? Wir müssen trotzdem unser Bestes versuchen!"

„Warum?"

„Weil das nun mal der Sinn unseres Lebens ist!"

„Du meinst, der Sinn, den wir unserem Leben gegeben haben!"

„Natürlich! Aber verrat' mir einen besseren! Hast du mit diesem Sinn nicht gut gelebt?"

„Was?"

„Würdest du sagen, du hattest ein erfülltes Leben? Oder hättest du gerne mit jemand anderem getauscht, z.B. mit dem Papst, der die unheilige Botschaft Gottes wiederkäut, oder einem Großaktionär, der nichts anderes im Sinn hat, als die Börsenkurse zu studieren und sein Geld für sinnlosen Luxus auszugeben?"

„Nein, natürlich nicht!"

„Siehst du! *Sisyphos ist bei genauerer Betrachtung gar kein so unglücklicher Geselle...*"

„Du meinst, weil er ein hohes Ziel hat und weil er die Hoffnung, es zu erreichen, niemals aufgibt?"

„Ja. Obwohl er davon ausgehen muss, dass er scheitert, bringt er den Stein immer wieder ins Rollen...“

„Aber ist es nicht absurd, etwas zu versuchen, was von vornherein zum Scheitern verurteilt ist?"

„Es wäre absurd, es nicht zu versuchen! Die Revolte ist Teil unserer Identität! *Wir revoltieren gegen das Absurde, also sind wir!*"

Jan lachte bitter: „Albert, als ich noch lebte, habe ich am Sinn dieses Satzes nie gezweifelt! Aber jetzt? Wir müssen doch zugeben, dass wir uns in fast Allem schrecklich geirrt haben! Ich meine, so verrückt es auch ist, dieser christliche Gott *ex-is-tiert*! Er hat uns geschaffen und verlangt nun Gehorsam! Mit welchem Recht sollten wir dagegen ankämpfen? Sollten wir nicht besser beten, büßen, bereuen?"

Albert quittierte diesen Anflug von Resignation mit einer schallenden Ohrfeige. „Jan, wach auf!", schimpfte er. „Überleg' doch mal, was du da sagst! Dieser Gott ist die absolute Verkörperung des Absurden! *Wenn wir jemals Grund hatten, Widerstand zu leisten, dann hier und jetzt!*"

Jan holte tief Luft und starrte an die Decke. Er dachte an die Abermillionen von Menschen, die dazu verdammt waren, ihr Leben im ewigen Flammenmeer der Hölle zu verbringen, an die Schergen Hitlers und Stalins, die in der jenseitigen Hierarchie ihren Platz gefunden hatten und auch an Elli, die aus der Hölle von Auschwitz in die Vorhölle des christlichen Henkergottes geschickt worden war. Natürlich hatte Albert Recht! Wenn es jemals galt, Widerstand zu leisten, dann war dieser Zeitpunkt nun gekommen!

Auf einmal sah Jan die Dinge wieder völlig klar. Er richtete sich auf und umarmte Albert: „Du hast Recht! Ich verstehe nicht, wie ich mich so habe verunsichern lassen können!"

„So gefällst du mir schon viel besser!" Albert klopfte Jan auf die Schulter. „Lass uns gehen! Ich glaube, die anderen warten schon auf uns!"

XX.

„Was habt ihr im Lager der Todsünderinnen herausgefunden?", fragte Sartre, als Jan und Albert sich am Tisch niederließen.

Jan berichtete, dass die Frauen sich von ihren Aufseherinnen befreit und das Kommando übernommen hatten.

„Beachtlich!", murmelte Bloch.

„Morgen früh wollen sie ins Lager der Verdammten einfallen! Sie erwarten unsere Hilfe!"

„In Ordnung!", sagte Marcuse. „Ich habe mit einigen alten, linken Kämpfern gesprochen. Sie meinen, es müsste uns gelingen, die Aufseher zu überwältigen!"

„Habt ihr eine Idee, wie wir das Lager erobern sollen?", unterbrach Sartre.

„Wir werden uns als Gefangenentransport tarnen und behaupten, es gäbe neue Anweisungen", antwortete Albert.

„Neue Anweisungen?"

Albert erklärte, dass ein Gefangenentransport normalerweise aus höchstens dreißig Verdammten und fünfzehn Aufsehern bestünde. Da sie jedoch eine größere Truppe bräuchten, um das Lager zu befreien, müssten sie behaupten, die Himmelsbürokratie habe beschlossen, das Selektionsverfahren zu beschleunigen.

„Wir werden mit achtzig Gefangenen und vierzig Aufsehern anrücken!", ergänzte Jan. „Außerdem werden wir ihnen weismachen, dass wir einen Bautrupp zur Erweiterung des Endlagers dabei haben. Die Spaten und Hacken werden uns im Gefecht von Nutzen sein..."

„Da die Aufseher wie wir das ewige Leben besitzen und sich nach einem Angriff schnell wieder regenerieren werden, muss es uns gelingen, sie in Windeseile zu fesseln", fuhr Camus fort. „Ich schlage vor, jeder von uns reißt sich heute Nacht einen Fetzen aus der Kutte. Das Material ist fest genug, um die Aufseher zu knebeln. So haben es die Frauen auch gemacht!"

„Einen Moment mal!", hakte Adorno ein. „Gesetzt den Fall, es gelänge wirklich, das Lager zu befreien, was soll dann geschehen?"

„Wir werden den Marsch nach oben antreten!", antwortete Jan.

„Wie bitte?"

„Wir werden den Himmel erobern und Gott von seinem Thron stürzen!"

„Das ist nicht euer Ernst!", Adorno schnappte nach Luft. „Das wird doch nie gelingen!"

„Es ist den Versuch wert!", erwiderte Jan. Er erklärte, dass Gott nicht unsterblich sei und ein Hieb mit Michaels Flammenschwert genüge, um der Tragödie ein Ende zu bereiten.

„Woher wollt ihr das wissen?", fragte Horkheimer.

„Von einem, der es wissen muss!" Albert grinste verwegen. „Von Luzifer höchstpersönlich!"

„Ihr habt den Teufel getroffen?" Fromm schüttelte ungläubig den Kopf.

Jan nickte: „Er hat uns verraten, dass wir von den Erzengeln wenig Gegenwehr erfahren werden! Sie haben ihren Schöpfer seit langem satt, können aber nichts gegen ihn unternehmen, weil es ihrer Natur widerspricht!"

Adorno kam aus dem Staunen nicht mehr heraus: „Ihr wollt mir wirklich einreden, dass wir den Himmel erobern und Gott mit Hilfe des Flammenschwerts um einen Kopf kürzer machen sollen? Das ist... das ist..." Der sonst so eloquente Adorno wusste nicht mehr, was er sagen sollte.

„... der blanke Irrsinn!", assistierte Horkheimer.

„Im Gegenteil!", donnerte es plötzlich von hinten. Nietzsche war aufgesprungen und schlug mit der Faust energisch auf den Tisch: „Das ist der erste vernünftige Gedanke, den ich seit Äonen gehört habe! Ich bin dabei und es wäre mir eine Ehre, das Schwert eigenhändig zu führen!"

Einen Moment lang waren alle so verblüfft, dass sich niemand etwas zu sagen traute. Mit Nietzsche hatte nun wirklich niemand gerechnet. Er schien die Irritation zu spüren: „Ihr glaubt wohl, ich sei vollkommen verrückt geworden?" Nietzsche grinste: „Nein, ich habe mich nur eingekapselt in den Wahnsinn, er war mein Panzer gegen diese absurde Wirklichkeit! Ich habe in ihm geruht, kaltblütig wie ein Tier, das seinen Winterschlaf verbringt. Doch nun ist der Frühling angebrochen! Die Zeit der Tat!"

Nietzsche ging mit großen Schritten auf Jan zu und reichte ihm die Hand: „Alles Glück auf Erden, Freunde, gibt der Kampf! Ja, um Freund zu werden, braucht es Pulverdampf! Eins in Drein sind Freunde: Brüder vor der Not, Gleiche vor dem Feinde, Freie – vor dem Tod!" Er lachte: „Aber genug der schönen Worte! Sagt mir, was ich zu tun habe!"

Jan erklärte, dass es nun vordringlich wichtig sei, die Mitgefangenen über den Befreiungsplan zu informieren. Dies müsse schnell und vor allem diskret geschehen. Sobald die Aufseher morgen in den Baracken auftauchten, solle der Aufstand beginnen.

Albert schlug vor, dass Marx und Nietzsche die Agitation in den Baracken koordinieren sollten. Währenddessen solle Jan das Lager der Frauen aufsuchen, um die wesentlichen Punkte mit Elli abzusprechen. Er selbst werde zum Lager der Verdammten eilen und Feuerbach in ihre Pläne einweihen.

Mit dieser Aufgabenverteilung war Jan sehr einverstanden. Er brannte darauf, Elli wiederzusehen – auch, weil er sich bei ihr unter vier Augen für sein Fehlverhalten in der Vorhölle der Unkeuschen entschuldigen wollte.

Bevor er aufbrach, wurde er von Marx zur Seite gezogen. Karl bat ihn, nach Jenny zu suchen und ihr auszurichten, dass er sie liebe und dass er es kaum erwarten könne, sie wiederzusehen.

Jan versprach, sein Möglichstes zu tun.

Er verabschiedete sich von den anderen und machte sich auf den Weg.

XXI.

Jan durchschritt die Höhlen, so schnell er konnte. Als Elli ihn aus dem Tunnel kriechen sah, huschte ein Lächeln über ihr Gesicht: „Freut mich, dich zu sehen!", sagte sie und nahm ihn in den Arm. „Wie steht's? Konntet ihr eure Leute überzeugen?"

Jan nickte.

„Gut!" Elli schien erleichtert zu sein. „Ich schlage vor, wir vereinigen unsere Gruppen morgen in der Höhle, die direkt vor dem Lager der Verdammten liegt. Sollte es euch nicht gelingen, die Wärter zu überrumpeln, können wir das Ganze noch abblasen! Was meinst Du?"

„Hört sich vernünftig an!"

„Mit wie vielen Leuten werdet ihr anrücken?"

„Mit achtzig Gefangenen und vierzig Aufsehern..."

„Das sind zu viele! Ein normaler Transport umfasst höchstens dreißig Gefangene!"

„Ich weiß! Aber wir brauchen die vielen Leute, um das Lager zu befreien! Wir werden behaupten, es gäbe neue Instruktionen. Schnellere Abwicklung des Verfahrens und so... Verstehst du?"

Elli nickte.

„Wir werden auch einen Bautrupp dabei haben..."

„Einen Bautrupp?"

„Ja, zum Ausbau des Lagers..."

„Verstehe, so können wir Hacken und Spaten mitführen, ohne dass jemand auf dumme Gedanken kommt... Gute Idee, hätte von mir stammen können!"

Jan grinste. Selten zuvor war er einer solch selbstbewussten Frau begegnet. Es imponierte ihm sehr, wie Elli die Dinge in die Hand nahm.

„Dann wäre ja alles Wesentliche geklärt!", sagte Elli. „Du willst sicher gleich zurück zu deinen Leuten..."

„Um alles in der Welt: nein!", dachte Jan. Er überlegte angestrengt, wie er Elli in ein weiteres Gespräch verwickeln könnte. Dann fiel ihm ein, was Marx ihm aufgetragen hatte. „Ich habe Marx versprochen, nach seiner Frau zu sehen. Weißt du, wo ich sie finde?"

Elli nickte.

„Könntest Du mich zu ihr führen?"

„Natürlich! Ich wollte dir ohnehin etwas zeigen..."

„Ach ja?" Jan fiel ein Stein vom Herzen.

„Wir haben hier unten den *Garten Eden* entdeckt. Es ist der Ort, an den sich die Aufseherinnen zurückziehen konnten, wenn sie ihre Schicht beendet hatten..."

„Der *Garten Eden*?"

„Mir fällt keine bessere Bezeichnung dafür ein! Es ist... – wie soll ich es beschreiben? – Du musst es mit eigenen Augen sehen!"

Sie kletterten den Abhang hinunter und durchschritten die Vorhölle der Todsünderinnen. Nach einigen hundert Metern gelangten sie an ein großes Tor, das von zwei maskierten Frauen bewacht wurde.

„Hallo Elli!", sagte eine der beiden.

„Hallo Kate! Ich will unserem Gast einen kleinen Einblick ins Paradies geben!"

„Oh, es wird dir sicher gefallen, Jan!", sagte Kate hinter ihrer Maske.

Jan war erstaunt: „Woher kennst du meinen Namen?"

„Ich habe vor Jahren einige deiner Vorlesungen gehört!", antwortete Kate. „Sie haben mich damals sehr beeindruckt und... na ja... gewissermaßen auch dazu geführt, dass ich nach meinem Motorradunfall hier unten gelandet bin!"

„Oh, das... tut mir leid!", sagte Jan und erbleichte.

„Schon okay!", sagte Kate. „Ich meine, du hattest doch Recht mit allem, was du gesagt hast! Wenn ich jemals Zweifel an der Unmenschlichkeit des Christentums hatte, hier unten wurden sie mir genommen!"

„Verstehe!", sagte Jan.

„Lass uns hineingehen!", drängte Elli. „Ich bin gespannt, wie du reagierst..."

Elli stieß das Tor auf. Ein herrlich frischer Wind wehte ihnen entgegen. Jan glaubte, seinen Augen nicht trauen zu können. Vor ihm lag ein riesiger Garten mit bunten Wiesen und Sträuchern und mächtigen Bäumen, die in den Himmel zu wachsen schienen. „Himmel?" Jan schaute nach oben. Tatsächlich, strahlend blauer Himmel! Die Sonne schien ihm ins Gesicht und kein Wölkchen war am Firmament zu entdecken. Es war in der Tat unwirklich schön.

Elli ging ein paar Schritte voran und pflückte eine große rote Frucht von einem der vielen Sträucher, die den Weg säumten: „Die musst du probieren! Schmeckt besser als alles, was du je gegessen hast! Und Jan, sie ist garantiert madenfrei..."

Das ließ Jan sich nicht zwei Mal sagen. Er ergriff die Frucht und biss hinein. Sie war fest und saftig zugleich, schmeckte nach Mango und Pfirsich, gleichzeitig aber auch nach Kirsche und Himbeere, exotisch und doch irgendwie vertraut. „Du hast Recht!", sagte Jan. „Ein wunderbares Aroma..."

„Und das ist noch lange nicht alles! Schau her!" Elli deutete auf die Stelle, von der sie die Frucht gepflückt hatte. In Sekundenschnelle wuchs dort eine neue heran. „Der Vorrat ist unerschöpflich! Sobald du eine Frucht pflückst, entsteht sogleich eine neue!"

„Wahrlich, der Garten Eden!", staunte Jan. Er schüttelte den Kopf: „Und hier haben sich die Aufseherinnen herumgetrieben, während ihr in den Steinbrüchen schuften musstet? Unfassbar!"

„In eurer Vorhölle wird es sicherlich einen ähnlichen Ort geben!", sagte Elli. „Komm, ich will dir noch was zeigen!"

Elli zog Jan mit sich. Hand in Hand liefen sie durch den Garten. Nach einer Weile kamen sie an einen großen See. Das Wasser war kristallklar und spiegelte den blauen Himmel wieder.

Jan schaute sich um. Am Ufer räkelten sich Frauen in der Sonne. Bis auf Jan und Elli waren alle nackt. Es herrschte eine heitere, ausgelassene Stimmung.

„Dort hinten ist Jenny!", sagte Elli und deutete auf eine Gruppe von Frauen, die sich – wie es aussah – zu einem Picknick niedergelassen hatte.

„Wo?", fragte Jan, „ich kann sie nicht erkennen!"

„Die Frau in der Mitte. Siehst du sie? Sie steckt sich gerade eine Feige in den Mund..."

„Das kann unmöglich Jenny Marx sein! Sie ist so jung..."

„Jan, hast du in diesem Garten auch nur einen einzigen alten, gebrechlichen Menschen gesehen? Man ist hier nur so alt, wie man sich fühlt! Und wer könnte sich inmitten dieses Paradieses älter fühlen als vielleicht Fünfunddreißig?"

Jan schüttelte ungläubig den Kopf. Elli nahm ihn an der Hand: „Komm, wir gehen zu ihr!"

Als die Frauen Jan entdeckten, kicherten sie leise. „Sag mir nicht, dass in diesem Garten auch Männer an Bäumen wachsen!", sagte eine Frau mit langen dunklen Haaren. „Wenn ja, musst du mir unbedingt die Stelle verraten!"

Die Frauen lachten und Jan merkte, wie er langsam errötete. Er war von seinem Wesen her etwas schüchtern, konnte das aber in der Regel gut kaschieren.

„Meine Damen, das ist Jan Stollberg!", sagte Elli. „Er ist einer der Männer, die mit uns den Aufstand gegen Gott erproben wollen!"

„Freut mich, dich kennenzulernen!", sagte die Dunkelhaarige. „Mein Name ist Rosa Luxemburg!"

Jan erstarrte. Rosa Luxemburg, die Mitbegründerin des Spartakusbundes! Sie schien trotz ihrer Blöße keinerlei Hemmungen zu haben. Selbstbewusst streckte sie ihm die Hand entgegen. „Keine Angst, ich beiße nicht!", sagte sie und lächelte.

„Ich bin Simone de Beauvoir!" Jan wechselte die Gesichtsfarbe. Sartres ehemalige Lebensgefährtin quittierte seine Hilflosigkeit mit einem freundlichen Grinsen.

Dann stellte sich Jenny Marx vor. Jan warf einen schüchternen Blick auf die Frau, die an der Seite von Marx durch alle Höhen und Tiefen des Lebens geschritten war. Ja, er konnte gut nachvollziehen, dass sie einst als „das schönste Mädchen von Trier" gegolten hatte.

Die nächste Frau reichte ihm die Hand. „Helene Demuth!", sagte sie. Jan schüttelte verwundert den Kopf. Die tapfere Haushälterin der Familie Marx stand ihren Getreuen selbst im Jenseits zur Seite!

„Ich bin Clara Zetkin!", meldete sich energisch die letzte Frau in der Runde zu Wort. „Und ich fordere im Namen der Gleichberechtigung der Geschlechter, dass dieser Mann augenblicklich seine Kleider fallen lässt!"

Die Frauen lachten.

„Lasst ihn doch erst einmal hier ankommen!", sagte Elli, die spürte, dass Jan diese Idee im Moment etwas überforderte.

Jan berichtete Jenny, was Marx ihm aufgetragen hatte.

Jenny war überglücklich, von Marx zu hören. Simone de Beauvoir hingegen wirkte ein wenig zerknirscht.

„Sartre kam wohl nicht auf den Gedanken, Grüße an mich auszurichten? Das sieht ihm ähnlich, diesem Lump!", schimpfte sie.

„Doch, doch!", log Jan. „Ich habe das vielleicht im Eifer des Gefechts vergessen..."

„Es ehrt dich, dass du für ihn lügst...", sagte Simone. Sie lächelte wissend: „Aber ich kenne Jean Paul besser! Wenn es um einen großen Kampf geht, vergisst er alles um sich herum..."

Jan entschuldigte sich für seine Notlüge, doch Simone winkte ab.

Nach einer Weile wurde Jan ungeduldig. Er drängte zum Aufbruch. „Ich wollte mit dir noch etwas Persönliches besprechen!", flüsterte er Elli zu, nachdem sie sich einige Meter von der Gruppe entfernt hatten.

„Hab etwas Geduld!", antwortete sie. „Ich kenne in der Nähe einen Ort, an dem wir uns ungestört unterhalten können..."

XXII.

„Habe ich dir zuviel versprochen?", fragte Elli, als sie ihr Ziel erreicht hatten.

Jan blickte sich um. Sie befanden sich in einer kleinen Bucht, die von außen nicht einzusehen war. Exotische Pflanzen umsäumten das Ufer. Das Wasser des Sees plätscherte leise vor sich hin. Auf der gegenüberliegenden Seite stürzte ein Wasserfall in die Tiefe.

„Es ist wunderschön hier!", sagte Jan. „Eigentlich zu schön, um wahr zu sein..."

„Komm, setz dich zu mir!" Elli hatte sich bereits auf dem Boden niedergelassen und strich mit ihrer linken Hand sanft über das Moosgeflecht, das die Erde bedeckte.

Jan schluckte. Ihm wurde flau im Magen. Elli verunsicherte ihn gewaltig. Er hatte mit vielen schönen und intelligenten Frauen verkehrt und doch fühlte er sich nun hilflos und ängstlich – wie ein Teenager vor der ersten Verabredung. „Hoffentlich merkt sie nichts!", dachte er. Jan versuchte sich zusammenzureißen. Doch seine Beine zitterten wie Espenlaub, als er sich neben Elli auf den Boden setzte.

„Du wolltest mir etwas sagen?", fragte sie.

Jan senkte den Kopf: „Der Vorfall gestern..." Er atmete schwer: „Es hätte nie passieren dürfen!"

„Halb so schlimm, Jan! Du warst nicht bei Sinnen!"

„Ich habe mich völlig gehen lassen! Es war unverantwortlich!"

„Du warst schwach! Das kann jedem mal passieren!"

„Dir ist es nicht passiert!"

„Auch ich war kurz davor, die Kontrolle zu verlieren!"

„Du?"

„Meinst du etwa, eine Frau sei sexuell nicht erregbar?"

„Nein, natürlich nicht!", sagte Jan hastig. „Hast du Stimmen gehört?"

Elli nickte: „Tiefe, männliche Stimmen! Männer, die mich streicheln und küssen wollten – und zwar nicht auf die Stirn, wenn du verstehst, was ich meine..."

„Gut, aber..."

„Was?"

„Du hast dich der Versuchung nicht hingegeben!"

Elli lachte: „Weißt du, Jan, ich glaube, Frauen können mit so etwas in der Regel besser umgehen als Männer!"

„Mag sein, aber Albert... Albert hat sich nicht mitreißen lassen!"

„Ich denke, als er sah, wie du mich zu Boden geschlagen hast, ist bei ihm der Gedanke an Sex in Windeseile verflogen. Bei den meisten Männern geht die Erregungskurve steil nach unten, wenn sie mit körperlicher Gewalt konfrontiert werden..."

„Körperliche Gewalt..." Jan biss sich auf die Lippen. Er fühlte sich hundeelend. „Es tut mir so leid, Elli! Wie konnte ich dich nur so behandeln?! Ich schäme mich so sehr!" Jan vergrub sein Gesicht in seinen Händen und begann leise zu schluchzen.

Elli rückte näher. Sie fuhr Jan mit den Fingerspitzen durchs Haar und nahm ihn in den Arm: „Schon gut, Jan! Ich hab' doch gesagt, dass ich's dir nicht übelnehme! Du konntest einfach nicht anders!"

Sanft schob sie seine Hände zur Seite. Sie küßte seine Augenlider und trocknete seine Tränen mit ihren Lippen. Jan schaute erschrocken auf. Er wollte etwas sagen, aber Elli legte nur den Zeigefinger auf seinen Mund. Sie kam noch näher an ihn heran. Ihre Lippen berührten sich. Sie küsste ihn. Jan spürte, wie Elli langsam den Mund öffnete und mit ihrer Zunge nach der seinen tastete. Er ließ sie gewähren. Ihre Zunge war warm und feucht und ungeheuer zärtlich. Ein wohliger Schauder durchströmte seinen Körper. Aber Jan fühlte sich nicht wohl bei der Sache. Sanft drückte er Elli weg.

„Um alles in der Welt, Elli, was tust du da?", fragte er.

„Wonach sieht es denn deiner Meinung nach aus?"

109

„Du könntest meine Tochter sein!"

Elli lächelte: „Wenn man es genau nimmt, könntest du eher mein Sohn sein. Als ich starb, warst du wahrscheinlich noch nicht einmal geboren!"

„Du weißt, was ich meine!", entgegnete Jan. „Du bist eine Frau von Anfang Dreißig und ich ein Mann von Sechsundfünfzig!"

Elli schüttelte den Kopf: „Wann begreifst du endlich, dass das Alter hier bedeutungslos ist? Komm, ich werde es dir beweisen!"

Sie zog Jan ans Ufer und deutete aufs Wasser: „Schau dich an! Willst du immer noch behaupten, sechsundzwanzig Jahre älter zu sein?"

Jan betrachtete sein Spiegelbild, das sich im Wasser abzeichnete. Elli hatte Recht! Die Falten, die sich in den letzten Jahren in sein Gesicht eingegraben hatten, waren restlos verschwunden. Jan ging noch näher an das Wasser heran, um auszuschließen, dass er sich irrte. Nein, es konnte kein Zweifel bestehen: Er war jung und sah blendend aus! Ungläubig schüttelte er den Kopf.

Ellis Lachen riss ihn aus seinen Gedanken: „Willst du weiter wie Narziß dein eigenes Spiegelbild bewundern oder kommst du mit mir ins Wasser?"

Jan reagierte nicht.

„Ich sage dir, du wirst es bereuen, wenn du mir nicht folgst!"

Elli riss sich die Kutte vom Leib und sprang ins Wasser. Sie schwamm ein paar Meter. „Komm endlich, Jan!", rief sie. „Das Wasser ist herrlich! Nun zier' dich doch nicht so!"

Jan nickte stumm und zog sich die Kutte über den Kopf. Dann sprang auch er ins Wasser. Es war nicht allzu tief. Langsam ging er auf Elli zu, die lächelnd auf ihn wartete.

„Na, hast du deine Gewissensbisse endlich überwunden?", fragte sie.

„Ich glaube schon!", antwortete Jan.

„Und nun?"

Jan zuckte verlegen mit den Schultern.

„Wollen wir damit fortfahren, womit wir eben begonnen haben?"

„Du meinst..."

Elli lächelte: „Ja, das meine ich... Sei doch nicht so kompliziert!"

Einen Moment lang schauten sie sich stumm in die Augen, dann, als hätten sie auf ein Kommando gewartet, fielen sie übereinander her. Sie küssten sich leidenschaftlich.

„Ich habe mich sofort in dich verliebt – gleich, als ich dich das erste Mal sah!", gestand Jan.

Elli lächelte stumm. Sie spreizte ihre Beine, ergriff sein Glied und führte es in ihren Schoß ein. Dann legte sie ihre Arme um seinen Hals und presste ihre Schenkel an sein Gesäß. Er stieß tief in sie hinein. Sie stöhnten leise und bewegten sich langsam auf und ab, während ihre Körper sanft vom Wasser umspielt wurden.

Ihre Bewegungen wurden schneller und wilder.

Elli riss ihre Augen weit auf, ihr Schoß pulsierte heftig und der wilde Rhythmus ihrer Zuckungen trieb nun auch Jan dem Höhepunkt entgegen. Er schrie laut auf, als er sich entlud.

„Das... das war der irrste Orgasmus meines Lebens!", sagte Jan nach einer Weile.

„Ich weiß!", lächelte Elli. Ihre Zunge umspielte Jans Ohrläppchen: „Ich wusste, dass es wunderbar werden würde mit uns!"

„Ach, ja? Woher wusstest Du das?"

„Du solltest die Instinkte einer Frau nicht unterschätzen, Jan!"

„Verstehe, die Instinkte einer Frau..."

„Mach dich nicht lustig über mich!", beschwerte sich Elli. Sie biss ihm in den Nacken und fauchte dabei wie eine Wildkatze.

„Aua!", rief Jan und lachte. „Ich würde mich nie über dich lustig machen, Elli! Nie im Leben!"

„Das will ich dir auch geraten haben!" Elli streichelte Jans Gesicht und gab ihm einen zärtlichen Kuss. Das erregte Jan so sehr, dass sein Glied wieder anschwoll.

„Was du da machst, ist gefährlich!", sagte er. „Könnte sein, dass ich mal wieder die Kontrolle verliere..."

„Was meinst du denn, was ich damit bezwecke?", erwiderte Elli kess und ließ ihre Finger langsam nach unten wandern. Als sie seine Härte spürte, strahlte sie über das ganze Gesicht: „Oh, da scheint mir aber jemand ganz groß in Form zu sein..."

„Und wie!", lächelte Jan.

„Küß mich!", forderte Elli.

Jan beugte sich zu ihr hinüber. Sie machten es noch wilder als beim ersten Mal. Nachdem sie gekommen waren, fielen sie in lautes Gelächter.

„Mann, das ist mir schon lange nicht mehr passiert", sagte Jan, als er sich halbwegs wieder erholt hatte.

„Geht mir genauso, Jan!"

„Wollen wir wieder an Land gehen?"

Elli lachte: „Ja, bitte! Ich kann nicht mehr!"

Jan nahm Elli auf den Arm und trug sie aus dem Wasser.

Am Ufer angekommen, trockneten sie sich mit ihren Kutten ab. Elli knickte eine Rose von einem Busch ab.

„Die Rosen hier haben keine Stacheln!" sagte sie.

„Sie duftet wunderbar, wenn auch nicht so wunderbar wie Du!" Jan lächelte. „Habe ich dir schon gesagt, dass ich dich liebe?"

„Ich glaube schon..."

„Manchmal muss man sich solange wiederholen, bis man verstanden wird!"

„Ich habe dich verstanden, Jan!"

„Wirklich?"

„Wirklich!"

Sie küssten sich.

„Ich fürchte, ich muss jetzt gehen!", sagte Jan.

„So schwer es mir auch fällt", seufzte Elli, „ich werde dich wohl ziehen lassen müssen, nicht wahr?"

„Morgen werden wir uns wiedersehen!"

„Du versprichst es?"

Jan nickte: „Morgen ist der Tag der Entscheidung! Sie werden uns nicht aufhalten können!"

„Ehrenwort?"

„Ehrenwort!"

Jan streifte sich die Kutte über. Elli begleitete ihn bis zum Ende des Gartens. Dort umarmten sie sich ein letztes Mal.

„Gib auf dich acht!", sagte Elli.

Jan küsste sie und verschwand.

XXIII.

Jan lag auf dem Rücken und starrte an die Decke der Holzbaracke. Natürlich konnte er nicht schlafen. Er dachte an Elli, an ihr Lächeln, ihre Wärme, ihren Witz, an ihre dunklen Augen, ihre vollen Lippen und Brüste... Merkwürdigerweise schien sie alle Eigenschaften in sich zu vereinen, die Jan an den Frauen seines Lebens zu schätzen gelernt hatte. Sie war klug wie Frieda, mutig wie Gudrun, aufreizend wie Manon, sanft wie Yvonne. Sie hatte das Lächeln von Edda und die Figur von Babette. Je mehr Jan darüber nachdachte, desto mehr geriet er in Unruhe. Ob er das Abenteuer Vorhölle nicht vielleicht doch nur träumte?

Er blickte zu Camus hinüber, der sich neben ihm auf dem Strohballen hin und her wälzte. War es nicht verdächtig, dass ausgerechnet Albert neben ihm lag und sein ständiger Begleiter war? Unter all den Millionen Todsündern ausgerechnet *er*?! In den letzten Jahren hatte Jan immer wieder Trost und Bestätigung in Camus' Büchern gefunden. Konnte das wirklich ein Zufall sein?

Ohnehin: Warum hatte er im Jenseits fast ausschließlich Personen getroffen, die in seiner Biographie von Bedeutung gewesen waren: Nietzsche, Marx, Haeckel, Feuerbach und all die anderen? Warum war er im „Garten Eden" ausgerechnet Rosa Luxemburg, Clara Zetkin und Simone de Beauvoir begegnet? Wo waren all die anderen Philosophen und Philosophinnen, die in seinem Leben keine größere Rolle gespielt hatten? Und überhaupt: Warum war die Vorhölle der Todsünder so prominent besetzt? Wo waren all die unbekannten Menschen, die sich im Verborgenen von Gott abgewandt hatten?

Sicherlich, versuchte sich Jan zu beruhigen, er hatte hier unten auch Menschen getroffen, deren Namen er zuvor nicht kannte, allen voran natürlich Elli. Aber irgendwie schienen diese Menschen bei genauerer Betrachtung – und diese Erkenntnis versetzte Jan in eine Art Schockzustand – Verkörperungen von Idealtypen zu sein: Elli, das Idealbild einer starken, emanzipierten und zugleich sinnlichen Frau; der peitschenschwingende Aufseher als Prototyp des gewissenlosen Handlangers... Ähnlich verhielt es sich mit Finelli, dem von Zweifeln geplagten Priester, und Ibanovic, dem kommunistischen Werftarbeiter!

Irgendwie schienen Jans Erlebnisse in der Vorhölle auf merkwürdige Weise konstruiert zu sein. Warum, fragte er sich, schienen alle nur auf seine Ankunft gewartet zu haben? Warum begannen die Vorbereitungen zu einem Aufstand ausgerechnet zu dem Zeitpunkt, da er, Jan Stollberg, die Vorhölle betrat?

Jan spürte, wie ein leichter Schauer durch seine Glieder fuhr. War doch alles nur Einbildung? Lag er vielleicht immer noch auf dem Operationstisch der Uniklinik und kämpfte um sein Leben? Wenn ja, dann müsste das Abenteuer in der Vorhölle irgendwann ein Ende haben...

Der Gedanke versetzte ihn in Panik. So sehr er sich noch vor einiger Zeit gewünscht hatte, aufzuwachen oder zu verlöschen, so schrecklich erschien ihm die Vorstellung jetzt. Er konnte sich nicht vorstellen, jemals wieder von Elli getrennt zu sein. *„Lieber durch die Flammen des Infernos gehen, als Elli verlieren!"*, dachte er sich.

Krampfhaft fahndete er in seinem Hirn nach anderen Erklärungsmöglichkeiten: Vielleicht traf man ja im Jenseits genau jene Menschen, mit denen man sich zeitlebens beschäftigt hatte. Menschen, mit denen man sozusagen auf gleicher Wellenlänge war. Vielleicht gab es auch Vorhöllen, die weniger prominent besetzt waren. Vielleicht war es wirklich nichts weiter als ein Zufall, dass die Zeit des Aufstands und die Zeit seiner Ankunft zusammenfielen!

Welche Erklärung aber gab es für das Leben nach dem Tode selbst, das Jans naturwissenschaftliches Wissen grundweg in Frage stellte? Befand er sich vielleicht in einer Art Paralleluniversum? Waren die Welt Gottes und die Welt des Menschen zwei von einander unabhängige Sphären, Erzählungen, die sich gegeneinander ausschlossen, die aber in sich durchaus logisch aufgebaut waren?

Galt demnach für die Welt des Menschen weiterhin die Evolutionstheorie, für die Welt Gottes hingegen der Schöpfungsbericht?

Jan spürte deutlich, dass der Gedanke weit hergeholt war. Aber vielleicht war diese jenseitige Welt mit den Kategorien menschlicher Logik einfach nicht zu begreifen! Er merkte, wie sich seine innere Unruhe langsam legte.

Jan griff nach der Rose, die Elli ihm im Garten Eden geschenkt hatte. Nein, Ellis Liebe konnte – durfte! – keine Illusion sein! Die Vorhölle war kein Traum, sondern Realität! Morgen würden sie Gott von seinem Thron stürzen und dem Grauen ein Ende bereiten! Er würde ewig leben – mit Elli und den größten Köpfen der Menschheit an seiner Seite! Er würde mit Rosa Luxemburg und Clara Zetkin Feigen essen, würde Heinrich Heine und Bertolt Brecht beim Versdichten beobachten und vielleicht gelänge es ihm sogar, den alten Schopenhauer davon zu überzeugen, dass das Leben keine Qual sein musste... Was wollte er eigentlich mehr? War er vielleicht so sehr an das Scheitern gewöhnt, dass er nicht mehr in der Lage war, vollkommenes Glück zu ertragen?

Jan fuhr mit den Fingern über Ellis Rose ohne Stacheln. Ihr Duft erinnerte ihn an die wunderbare Zeit mit Elli im See. Seine Skepsis verschwand mehr und mehr. Sein Körper erreichte einen Zustand wohliger Entspannung. Beinahe wäre er eingeschlafen. Doch dann hörte er, wie sich jemand von außen näherte. Die Tür zur Baracke öffnete sich. Der Moment der Entscheidung war gekommen.

XXIV.

„Aufstehen! Die Hölle ist…"

Noch bevor der Aufseher seinen Satz vollenden konnte, war Peter Ibanovic, der ehemalige Werftarbeiter, aufgesprungen und hatte ihn mit einem Schlag niedergestreckt. Jan und Albert eilten herbei und fesselten die Arme und Füße des benommenen Aufsehers.

„Das habe ich mir schon lange gewünscht!", sagte Ibanovic, den alle nur „Ibo" nannten.

„Was habt ihr vor?", brüllte der Aufseher, der langsam wieder zu Bewusstsein kam. „Ihr glaubt doch nicht im Ernst, dass ihr die himmlische Ordnung stürzen könnt? Gott, der Allmächtige, wird euch erbarmungslos zur Rechenschaft ziehen! Ihr werdet brennen! Noch bevor der Tag zur Neige geht!"

„Schnauze!", rief Ibo Ibanovic. Mit einem präzisen Schlag auf die Schläfe schickte er den Aufseher ins Reich der Träume. Ibo ging in die Knie, riss die Kapuze des Aufsehers vom Kopf und stopfte seinen Mund mit einem Stofffetzen.

„Gute Arbeit!", sagte Albert. „Lasst uns nach den anderen schauen! Wir müssen verhindern, dass einer der Aufseher türmt und unsere Pläne verrät!"

Sie gingen auf den Vorplatz vor der Baracke. Draußen hatte sich eine große Menge von Aufständischen versammelt. Wie es schien, hatte es nirgendwo ernsthafte Probleme mit den Aufsehern gegeben. Jan kletterte auf das Dach der Baracke und wandte sich an die Menge. „Freunde!", rief er. „Der Tag der Entscheidung ist gekommen! Den ersten Schritt haben wir getan! Nun müssen wir die Vorhölle systematisch abriegeln!"

„Wie ihr sicherlich festgestellt habt, konnten wir bisher nur einen Teil der Aufseher erwischen!", ergänzte Camus. „Die restlichen Aufseher dürften sich in einer Art Erholungspark irgendwo in der Nähe befinden. Ich schlage vor, dass sich einige von uns auf die Suche nach diesem Park machen! Die anderen sichern wie geplant die Vorhölle nach allen Seiten ab! Beeilt euch, wir haben keine Zeit zu verlieren!"

Jan und Albert sprangen vom Dach der Baracke hinunter.

„Wir sollten den Aufseher nach dem Weg zum Garten Eden befragen!", sagte Jan.

Albert nickte.

Sie eilten ins Innere der Baracke, wo der Aufseher mittlerweile wieder zu Bewusstsein gekommen war.

„Du wirst uns zu eurem Garten führen!", sagte Jan und befreite den Gefangenen von dem Knebel, so dass er wieder sprechen konnte.

„Ich weiß überhaupt nicht, wovon du redest!", erwiderte der Aufseher.

„Ich bin sicher, dass du das weißt!", entgegnete Jan.

Der Aufseher verzog verächtlich das Gesicht: „Selbst wenn ich es wüsste, ich würde es euch nicht verraten!"

„Doch, das wirst du! Oder willst Du noch einmal Bekanntschaft mit Ibos Fäusten machen?"

Der Aufseher schwieg.

„Ibo, ich glaube hier hat jemand Sehnsucht nach dir!", rief Jan.

Ibo beugte sich zu dem Gefesselten hinüber: „Du willst uns wirklich nicht helfen?"

Der Aufseher biss sich auf die Lippen.

„Du solltest es dir zweimal überlegen, ob du jetzt den mutigen Mann spielen willst!", sagte Ibo. Er krempelte sich langsam die Ärmel hoch. „Na, willst du immer noch nicht mit uns sprechen?"

Der Aufseher schüttelte den Kopf.

„Wie du willst! Ich werde jetzt langsam bis drei zählen. Wenn Du bei drei den Mund nicht aufmachst, werde ich jedes Wort einzeln aus dir herausprügeln! Hast du mich verstanden? Ich beginne: Eins..."

„Zwei..."

„Drei!"

118

Ibo holte zum Schlag aus.

„In Ordnung, in Ordnung!", sagte der Aufseher, dem dicke Schweißperlen auf der Stirn standen. „Ich werde euch den Weg zeigen! Aber schafft mir diesen verdammten Kerl vom Hals!"

Jan grinste: „Ich war mir sicher, dass du dich kooperativ verhalten würdest!"

Ibo riss den Gefangenen hoch, befreite ihn von seinen Fesseln und stieß ihn aus der Baracke.

„Wohin müssen wir gehen?", fragte Albert vor der Tür.

„Es ist nicht weit!", sagte der Aufseher und deutete nach links. „Wir müssen dort... dort den Hügel hinauf!"

Gefolgt von fünfhundert mit Spaten und Hacken bewaffneten Männern kletterten Jan, Albert und der Aufseher den steilen Hang hinauf. Nach zwei Wegbiegungen standen sie vor einem großen Tor, dass von zwei Aufsehern bewacht wurde.

„Verdammt!", fluchte einer der beiden, als er die Menge auf sich zukommen sah. Sie versuchten auszureißen. Doch bevor er und sein Kumpane durch das Tor entfliehen konnten, wurden sie niedergerissen und gefesselt.

Jan stieß das Tor zum Garten Eden auf. Tatsächlich: Es sah hier genauso aus wie in der Vorhölle der Todsünderinnen.

„Folgt mir!", rief Jan. „Wahrscheinlich werden sich die meisten Aufseher unten am See befinden!"

Die Männer schlichen den Weg zum See hinunter und fielen auf Jans Kommando über die Aufseher her. Die meisten von ihnen waren so überrascht, dass sie sich überhaupt nicht zur Wehr setzten. In Windeseile waren die zweihundert Aufseher überwältigt und gefesselt.

„Bis jetzt lief alles wie am Schnürchen!", sagte Albert.

Jan nickte zufrieden: „Wir sollten die Männer zusammenrufen!"

„Denkst du, es ist klug, sie hierher zu führen? Ich meine, nachher gefällt es ihnen hier so gut, dass niemand mehr Lust verspürt, das Lager zu befreien..."

Jan schüttelte den Kopf: „Ich glaube, viele würden das Paradies gerne aufs Spiel setzen, wenn sie dadurch die Chance erhielten, ihre Frauen wiederzusehen!"

Albert sah Jan einen Moment lang stumm von der Seite an, dann lächelte er: „Bei dir hat es wohl mächtig gefunkt!"

„Bitte?"

„Als du heute Morgen von Elli wiederkamst, warst du wie ausgewechselt..."

„Na ja...", Jan grinste, „sie ist wirklich eine phantastische Frau..."

Albert nickte wissend: „Da stimme ich dir zu!"

Er wollte offensichtlich etwas hinzufügen, aber da stampfte schon Ibo mit mächtigen Schritten heran: „Genossen, es sieht so aus, als hätten wir alle Aufseher erwischt!"

„Gut!", erwiderte Jan. „Wir sollten jetzt die Vollversammlung einberufen. Würdest du die Leute zusammentrommeln?"

„Wird gemacht!", antwortete Ibo.

„Vergiss nicht, dass wir Wachen an allen wichtigen Punkten stationieren müssen! Wir sollten jetzt nicht unvorsichtig werden!"

„Selbstverständlich!", sagte Ibo. „Aber darauf wäre ich auch selber gekommen!"

„Entschuldige!"

„Kein Problem!" Ibo winkte gelassen ab und verschwand.

„Gut, dass wir Leute wie Ibo unter uns haben...", meinte Albert.

„Du meinst, bodenständige Kämpfer, die nicht nur schöne Worte drechseln können?"

„Ja, stell dir mal vor, hier unten gäbe es nur Intellektuelle!"

„Leute wie dich und mich..."

„... oder Adorno!"

„Schrecklich, nicht auszudenken!"

Sie lachten.

„Komm, lass uns ans Ufer gehen!", schlug Jan vor. „Es wird sicherlich etwas dauern, bis die Jungs hier eintrudeln..."

Albert nickte. Er atmete tief durch: „Die Sonne, das Wasser, das 'mittelmeerische Denken' – du kannst dir nicht vorstellen, wie sehr ich das in den letzten vierzig Jahren vermisst habe!"

Bevor Jan antworten konnte, riss sich Camus die Kutte vom Leib, rannte zum Ufer und sprang ins Wasser.

XXV.

„Hast du gewusst, dass ich früher ein begeisterter Fußballer war?",
fragte Albert, als er wieder an Land kam und sich abtrocknete.

„Ich glaube, ich habe das irgendwo gelesen...", antwortete Jan.

„Ich war Torwart bei Racing Universitaire Algier. Aber die verdammte Tuberkulose machte mir einen Strich durch die Rechnung.
Von heute auf morgen zählte ich zu den Kranken, den Aussätzi-
gen, die neidvoll auf die Welt der Gesunden blicken. Ich spuckte
Blut, hatte Angst, zu ersticken. Aber die frühe Konfrontation mit
dem Tod, der Einsamkeit, hatte auch ihre guten Seiten, weißt du?
Ich lernte, das Leben zu schätzen. Nichts wollte ich mir entgehen
lassen! Nicht das Licht, nicht den Schatten..." Er lachte: „Ich
glaube, nie in meinem Leben habe ich den Kraftstrom des Lebens
so in mich aufgesogen, wie damals als Siebzehnjähriger in diesem
schäbigen Hospital in Belcourt!"

Albert griff nach der Feige, die Jan ihm entgegenstreckte, und
steckte sie in den Mund „Sag, ist das nicht herrlich?", fragte er,
während er kaute. „Die Sonne, die Blumen und Sträucher... Wann
immer ich an der Menschheit zweifelte, habe ich mich zurückgezo-
gen in die Natur. Ich meinte das durchaus ernst, was ich in *Licht
und Schatten* schrieb: '*Das Elend hinderte mich zu glauben, dass
alles unter der Sonne und in der Geschichte gut sei; aber die
Sonne lehrte mich, dass die Geschichte nicht alles ist...*' Verstehst
Du, was ich meine?"

Jan nickte.

„Hätte ich doch nur die Worte gefunden, das Licht zu beschreiben!", fuhr Albert fort. „Aber mein eigentliches Werk lag ja noch
vor mir, als der Wagen meines Verlegers auf der regennassen
Straße bei Villeblevin ins Schleudern geriet. Sag, Jan, gibt es
etwas Dümmeres, etwas Sinnloseres, als mit dem Auto zu
verunglücken? Ich persönlich bin selten schneller gefahren als
fünfzig Stundenkilometer! Meine Freunde hielten mich natürlich

für einen Sonntagsfahrer! Aber ich wollte das Schicksal nicht herausfordern!"

„Kann ich gut verstehen!", sagte Jan. „Ich selbst habe nicht einmal den Führerschein gemacht! Vielleicht auch deswegen..."

„Entschuldige, ich bin neugierig: Auf welche Weise bist du ums Leben gekommen? Normalerweise stelle ich diese Frage nicht. Mit ihr werden die Neuankömmlinge hier unten meist gleich am Anfang begrüßt, was mich ein wenig stört, weil die Todesart in der Regel kaum etwas über einen Menschen aussagt..."

„Herzinfarkt!", antwortete Jan. „Er traf mich mitten im Hörsaal! Ich hielt gerade eine Vorlesung über *Wissenschaft und Aberglauben!*"

„Und so bist du hier unten gelandet?" Camus lachte: „Entschuldige, wenn ich mich darüber amüsiere, aber ist das nicht herrlich absurd?"

Jan nickte: „Völlig absurd! Anfangs hielt ich das Ganze auch für einen schlechten Scherz!"

„Ja, ein schlechter Scherz. Das ist es! Aber – Jan, Hand aufs Herz – gilt das nicht für das gesamte Leben? Ich meine, wären da nicht die wenigen kostbaren Momente des Glücks, der Ruhe, der Wärme, der Liebe – die paar Jahre Existenz wären kaum der Rede wert..."

„Das ist wahr! Es hat mich auch lange Zeit beschäftigt, ob das seltene Glück das permanente Elend aufwiegt..."

„Genau deshalb meinte ich auch, dass das einzige ernsthafte philosophische Problem der Selbstmord sei. Warum, fragte ich, sollen wir überhaupt leben?"

„Gute Frage! Du hast dich damals gegen den Selbstmord und für die Revolte entschieden..."

„Ja, ich wollte das Absurde nicht vorzeitig triumphieren lassen! Durch meine Krankheit hatte ich früh erkannt: Jeder Tag, den wir leben, ist ein glorreicher Triumph über das Absurde, dem wir uns nicht beugen dürfen!"

„Ich bezweifle, dass viele dich auf diese Weise verstanden haben! Man hat in dir zumeist einen pessimistischen Moralisten gesehen, einen verzweifelten Propheten des Absurden..."

„Ich weiß! Aber was – um alles in der Welt – sollte ich dagegen tun? Ich sah mich nicht als einen Propheten des Absurden, sondern als einen Philosophen der Revolte. Mir ging es um Liebe, Brüderlichkeit, Freiheit! Um den Genuss des Lebens, der allein uns dazu ermächtigt, der Erkenntnis des Absurden entgegenzutreten! Nein, ich war alles andere als ein trübseliger Melancholiker! Ich habe viel und ausgiebig gelacht, habe die Menschen und das Leben geliebt, es in vollen Zügen genossen! Aber damit konnten die chronisch magenkranken Philosophaster und Theologen wahrscheinlich weniger anfangen!"

„Wohl wahr!", meinte Jan. „Aber warum sollte es dir auch anders ergehen als Nietzsche, Marx oder Epikur? Nenn' mir nur *einen* Denker von Bedeutung, der von der Nachwelt nicht entstellt wurde!"

Camus überlegte einen Moment: „Paulus! Seine Ideen haben sich auf furchtbar authentische Weise durch die Jahrhunderte fortgepflanzt!"

„Gute Antwort!", sagte Jan. „Die Botschaft des Paulus hat die Wirklichkeit so entstellt, dass sie selbst kaum noch zu entstellen war!"

„Dummerweise hatte der alte Frauenhasser jedoch Recht! Ich meine, wir säßen nicht hier, wenn er Unrecht gehabt hätte, nicht wahr?"

Jan nickte: „Der Punkt geht an dich! Andererseits – wie soll ich es formulieren? Ein Teil von mir weigert sich immer noch zu akzeptieren, dass die Welt den absurden Plänen des christlichen Schöpfergottes folgen soll..."

„Ich verstehe! Das Ganze widerspricht dem gesunden Menschenverstand! Doch warum sollte die Welt ausgerechnet dem gesunden Menschenverstand folgen und nicht den absurden Heilsvorstellungen des biblischen Gottes?"

Jan zuckte mit den Schultern.

„Wichtiger ist doch", fuhr Albert fort, „dass wir unsere Identität in dieser absurden Wirklichkeit gefunden haben! Es ist gleich, wie die Welt an sich aufgebaut ist, entscheidend ist, wie wir uns dieser Welt stellen! Wir müssen nicht erkennen, was die Welt im Innersten zusammenhält, um uns unserer selbst zu versichern! *Wir revoltieren, also sind wir!"*

„Ja, wir revoltieren...", sagte Jan. Er blickte hoch. Mittlerweile hatte sich eine große Menschenmenge am Ufer zusammengefunden. „Ich denke, es ist an der Zeit, zu den Männern zu sprechen. Willst Du das übernehmen?"

„Nein, mach du das!", antwortete Camus, der sich die Kutte wieder überzog. „Ich werde mich in der Zwischenzeit ein wenig um Adorno kümmern und dafür sorgen, dass er nicht das Wort ergreift. Das würde die Leute nur verwirren..."

XXVI.

Jan zwängte sich durch die Menschenmenge, die sich um den großen Felsen am Ufer des Sees formiert hatte. Ibo, Marx und Nietzsche waren auf den Felsen geklettert und hielten flammende Reden, die mit großer Begeisterung aufgenommen wurden.

„Wir kämpfen den größten Kampf, der in der Geschichte der Menschheit je ausgefochten wurde!", rief Marx der Menge entgegen. Er hatte nichts mehr gemein mit dem von Depressionen geplagten, hinfälligen Greis, den Jan vor wenigen Tagen kennengelernt hatte. Marx war wieder jung und leidenschaftlich und unterstrich seine Worte mit energischen Gesten: „Wenn es jemals einen gerechten Kampf gab, dann ist es dieser: der Kampf gegen einen Gott, in dessen Reich sich bis zum heutigen Tag das Unrecht zum Recht, das Joch zum Siegessymbol und das Verbrechen zur Heldentat verklärt! Sein Untergang wird unsere Auferstehung bedeuten, sein Ende wird die Morgenröte einer neuen Zeit ankündigen, in der der Mensch des Menschen Freund sein kann!"

Die Masse tobte. Ibo entdeckte Jan, der sich mittlerweile bis zur ersten Reihe durchgekämpft hatte. Er winkte Jan nach oben und trat nach vorne: „Ich möchte euch den Mann vorstellen, dem wir es nicht zuletzt zu verdanken haben, dass wir den heutigen Tag nicht im Steinbruch verbringen müssen! Viele von euch werden ihn noch nicht kennen. Er ist erst vor ein paar Tagen hier unten eingetroffen. Sein Name ist Jan Stollberg. Er wird euch sagen, wie wir weiter vorgehen werden!"

Ibo reichte Jan die Hand und zog ihn mit einem Schwung den Felsen hinauf. Als Jan sich der Menge zuwandte, brach frenetischer Jubel aus.

Jan versuchte, die Versammlung mit einer abwehrenden Geste zu beruhigen. Er erklärte, dass man noch Freiwillige für die Befreiung des Endlagers suche. Nachdem er den Angriffsplan skizziert hatte, fragte er, wie viele der Anwesenden bereit seien, sich an der

Aktion zu beteiligen. Zu Jans Erstaunen hoben sich fünftausend Hände.

Jan lächelte: „Es freut mich, dass ihr so geschlossen hinter unserem Vorhaben steht! Aber fürs Erste brauchen wir nur einhundertundfünfzig Freiwillige! Wir müssen das Lager von innen heraus erobern, weil wir die Zäune und das Tor von außen nicht überwinden können. Bei einer größeren Menge werden sie unweigerlich Verdacht schöpfen!"

Ibo schlug vor, dass die Gruppenführer – jede Baracke hatte einen Sprecher gewählt – entscheiden sollten, wer für das Vorhaben am besten geeignet sei. Während die Gruppenführer mit der Auswahl der geeigneten Freiwilligen beschäftigt waren, liefen Jan, Albert und Nietzsche zu der Stelle hinunter, an der die Aufständischen die Kutten der Aufseher aufgetürmt hatten. Sie banden ein Dutzend zu provisorischen Rucksäcken zusammen und begannen, sie mit Früchten zu füllen.

„Dass der biblische Rachegott diese wunderbare Natur erschaffen konnte, wird mir immer ein Rätsel bleiben!", sagte Albert, während er Feigen pflückte.

„Wahrscheinlich weiß er die Schönheit seiner Schöpfung nicht einmal zu schätzen!", meinte Jan.

Nietzsche war derselben Meinung: „Der Himmel, sage ich euch, ist ein trostloser Steinpalast, eine Krypta aus kaltem, weißem Marmor, lupenrein, hochpoliert und tot! Das wirkliche Leben wird dort oben nicht stattfinden!"

„Mag sein, dass du Recht hast, Friedrich!", sagte Jan. „Aber wer weiß? Vielleicht sieht es im Himmel ganz anders aus, als wir es uns vorstellen können!"

Nietzsche schüttelte energisch den Kopf: „Glaub mir, ich weiß, was uns dort oben erwartet! Scheinheiliges Gewürm, das sich seit Jahrhunderten durch den ewig gleichen, keimfreien Dreck religiöser Dogmen frisst! Nein, die Zeiten sind vorbei, da Gott mich überraschen konnte! Er hat seine Trümpfe ausgespielt und steht nun mit leeren Händen da!" Nietzsche machte eine kurze rhetorische Pause, dann fügte er leise hinzu: „Sollte ich mich täuschen, Jan, werde ich freiwillig Wagners *Parsifal* über mich ergehen lassen! Du weißt, was das bedeutet: Wagner ist weniger ein Komponist als eine Krankheit!"

„Ich möchte eure Unterhaltung ungern unterbrechen", warf Ibo, der sich zu den dreien gesellt hatte, ein, „aber ich glaube, es wird langsam Zeit, aufzubrechen. Die anderen warten schon auf uns!"

„Du hast Recht!" Jan stand auf und griff nach den prall gefüllten Rucksäcken zu seinen Füßen. „Also: Auf in den Kampf, Genossen!"

„Nu werd' nicht gleich so pathetisch, Jan!", neckte Albert. „Ich kann ja verstehen, dass dich der Aufstand begeistert! Das ganze Leben lang ein blasser Akademiker und nun auf einen Schlag ein gefeierter Held! Das kann einen schon ziemlich aus der Fassung bringen, nicht wahr?" Albert lachte.

Jans Retourkutsche ließ nicht lange auf sich warten. „Ach, Albert! Natürlich kann ich nicht damit glänzen, gegen die Nazis gekämpft zu haben. Aber auch zu meiner Zeit gab es Kriege, Fundamentalisten, Demagogen, Ausbeuter. Außerdem gab es da einige Ungeheuer, die du nicht kanntest: Dieter Bohlen zum Beispiel oder die Leute aus dem Big Brother Container..."

„*Big Brother Container*?", fragte Camus, der glaubte, sich verhört zu haben.

Jan lachte: „Irgendwann kamen irgendwelche Fernsehproduzenten auf die glorreiche Idee, einen Haufen von Langweilern in einem Wohncontainer einzuschließen, rund um die Uhr mit Kameras zu überwachen und das Ganze per Satellit auszustrahlen!"

„Das ist nicht dein Ernst, oder?"

„Doch! Du konntest zusehen, wie die Leute duschten oder in der Nase popelten..."

„Unfassbar!" Albert schüttelte den Kopf. „Und *Dieter Bohlen*?"

„Nun, wenn Wagner eine Krankheit war, dann ist Bohlen vermutlich die Pest!", antwortete Jan und grinste. „Aber lass uns ein anderes Mal darüber reden. Ich denke, wir haben jetzt wichtigere Dinge zu besprechen!"

XXVII.

Als sie den Eingang zum Garten erreichten, hatten sich dort rund zweihundert Aufständische versammelt. Unter ihnen war eine vierzigköpfige Gruppe von Anarchisten, die von Michail Bakunin angeführt wurde. „Schon zu meinen Lebzeiten", sagte Bakunin, „habe ich gewusst, dass Gott, sofern er existierte, beseitigt werden müsse! Nun, da es soweit ist, will ich dabei sein! Den Spaß, Genossen, könnt ihr mir nicht versagen, zumal heute mein eigener Abtransport erfolgen sollte!"

Jan nickte. Er wusste, dass es zwecklos wäre, auch nur einen der zum Kampf entschlossenen Männer zurückzulassen.

Er teilte die Leute in die verschiedenen Gruppen ein. Marx und Bakunin sollten die Gruppe der Verdammten anführen, Camus und Ibanovic den Bautrupp. Nietzsche und Sartre zogen sich Kapuzen über und übernahmen mit Jan das Kommando über die Gruppe der Aufseher. Nachdem sich der Bautrupp am Steinbruch mit Hacken und Spaten versorgt hatte, zogen sie los.

Den beschwerlichen Weg meisterten sie ohne Probleme. Dennoch dauerte es eine Weile, bis sie in die Nähe des verabredeten Treffpunkts gelangten. Jan, der den Zug anführte, entdeckte an einem Felsvorsprung fünf maskierte Frauen, die offensichtlich als Wachen postiert worden waren.

„Halt! Wohin des Weges?", rief ihnen eine der Frauen entgegen. Jan erkannte die Stimme sofort. Er riss sich die Kapuze vom Kopf: „Elli! Wir sind es!"

Elli nahm die Kapuze ab und lächelte: „Jan! Ich hatte schon befürchtet, ihr wäret gescheitert!"

Sie liefen aufeinander zu und umarmten sich.

„Ich habe dich vermisst!", flüsterte Jan.

„Ich dich auch!", antwortete Elli. Sie küssten sich kurz. Dann wandte sich Elli den restlichen Männern zu, die langsam aufrückten. „Kommt!", rief sie. „Dort unten werden einige von euch sehnsüchtig erwartet!"

Sie kletterten hintereinander den Pfad hinunter und gelangten in eine große Höhle. Die Frauen hatten sich auf dem Boden niedergelassen, sprangen aber sofort auf, als sie die Männer erblickten. Marx drängelte sich nach vorne.

Jenny erkannte ihn sofort. „Karl!", rief sie.

Marx drehte sich nach allen Seiten um.

„Hier bin ich!"

Sie fielen sich in die Arme.

„Ich hätte nicht gedacht, dass ich dich jemals wiedersehe!", sagte Jenny.

Elli klatschte in die Hände. Sie bat die Anwesenden, sich auf den Boden zu setzen. Jan und Elli versuchten den Angriffsplan in groben Zügen zu umreißen. „Wir werden folgendermaßen vorgehen...", erklärte Elli. „Jan wird den Tross anführen. Von seinem Geschick wird es wesentlich abhängen, ob wir überhaupt ins Lager hineingelassen werden. Erst, wenn die Letzte von uns das Tor passiert hat – das wird Rosa Luxemburg sein –, werden wir zuschlagen. Rosa wird das Zeichen zur Attacke geben. Sie wird ihre Kapuze vom Kopf reißen und 'Angriff' brüllen."

„Diejenigen unter uns, die als Aufseher getarnt sind, werden sofort die Kapuze vom Kopf nehmen, so dass wir den Feind erkennen können und uns nicht gegenseitig verletzen!", ergänzte Jan.

„Im Lager sind schätzungsweise achtzig Aufseher stationiert!", fuhr Elli fort. „Wir werden ihnen also zahlenmäßig überlegen sein. Sie sind nur mit Peitschen ausgerüstet, wir hingegen haben zusätzlich Spaten und Hacken. Schlagt so fest zu, wie ihr nur könnt! Ihr werdet keine bleibenden Schäden verursachen... Diejenigen, die die Gefangenen spielen, werden die Aufgabe haben, die niedergestreckten Aufseher an Armen und Füßen zu fesseln." Sie machte eine kurze Pause. „Habt ihr dazu noch Fragen?"

„Wäre es nicht besser, wir Männer würden alleine losziehen?", meldete sich Marx zu Wort. „Wir könnten das sicher auch alleine schaffen! Ich meine, warum sollten wir euch Frauen unnötigerweise der Gefahr aussetzen?"

Nietzsche sprang auf: „Jawohl! Kampf ist Männersache! Auf dem Schlachtfeld haben Frauen nichts zu suchen! Das ist..."

Weiter kam er nicht. Ein Peitschenhieb riss ihn von den Beinen. „Wenn du zum Manne gehst, vergiss die Peitsche nicht!", lachte Clara Zetkin. „Nichts für ungut, Herr Kavalier! Aber wir Frauen sind es leid, die zweite Geige zu spielen!"

Großes Gelächter.

Nietzsche nahm es mit Humor: „In Ordnung! Vielleicht sollten wir euch alleine losschicken! Wenn Weiber zu Hyänen werden, ist dagegen kein Kraut gewachsen!"

„Das könnte dir so passen!", erwiderte die Zetkin. „Ich will doch sehen, ob du mehr kannst, als große Töne spucken!"

„Es wird mir eine Ehre sein, im Kampf an deiner Seite zu stehen!", sagte Friedrich und lächelte dabei so liebenswürdig, dass Clara dem nichts mehr entgegensetzen wollte.

XXVIII.

Der Tross setzte sich in Bewegung. Jans Herz pochte wild. Als das Lager am Horizont auftauchte, stellte er fest, dass er am ganzen Körper zitterte. Er versuchte, sich nichts anmerken zu lassen. Doch er konnte nicht verhindern, dass sich in seinem Magen jenes Gefühl nervöser Übelkeit breitmachte, das ihn immer überfiel, wenn eine schwerwiegende Entscheidung bevorstand. „Nur nicht schlappmachen!", dachte er.

Das Lager rückte immer näher. Der Schriftzug „Buße macht frei", der über dem Eingangstor prangte, war bereits deutlich zu entziffern. Jan lief ein kalter Schauer über den Rücken. Warum nur hatte er solche Angst? Ihr Angriffsplan war gut durchdacht, sie waren den Aufsehern haushoch überlegen. Eigentlich, dachte er, hatten sie nichts zu befürchten! Eigentlich...

Was aber, wenn die Aufseher des Lagers über Waffen verfügten, die sie nicht kannten? Was, wenn Gott, der der Legende nach über grenzenloses Wissen verfügte, schon von ihren Plänen wusste? Spielte er mit ihnen Katz und Maus? Liefen sie womöglich blindlings in eine Falle? Jan konnte diese Möglichkeit nicht ausschließen. Andererseits: Wenn dem so wäre, würde sich dadurch etwas ändern? Wäre es nicht auch dann noch ihre verdammte Pflicht, das Schicksal herauszufordern und gegen Gottes finstere Absichten zu rebellieren?

Jan konnte den Gedanken nicht zu Ende denken. Sie hatten das Eingangstor des Lagers erreicht. Auf der anderen Seite des Tores formierte sich eine Gruppe von maskierten Aufsehern. Angeführt wurden sie von einem Mann in Uniform, der statt einer schwarzen Kapuze eine graue Militärkappe trug.

„Der Kommandant!", flüsterte Sartre, der direkt hinter Jan stand.

Der Uniformierte schlug sich mit der rechten Hand an die Brust: „Gepriesen sei der Herr, der Herrscher über Himmel und Erde, der Vater, der Sohn und der heilige Geist!"

„In Ewigkeit. Amen!", antwortete Jan. Er wusste nicht, ob dies die korrekte Erwiderung auf die Begrüßungsworte war, aber ihm fiel in dem Moment nichts Besseres ein.

„Wir haben euch früher erwartet!", bemerkte der Kommandant in scharfem Ton. „Weshalb erscheint ihr erst jetzt? Und warum mit so vielen Gefangenen?"

„Neue Befehle von oben!", erwiderte Jan. „Der Selektionsprozess soll beschleunigt werden! Wir hatten Probleme, in der kurzen Zeit genügend abgeurteilte Verdammte zusammenzubekommen. Darüber hinaus haben wir diesmal einige sehr prominente Todsünder auf der Abschussliste. Da mussten wir auf Nummer Sicher gehen..."

Auf seinen Wink hin, wurden Marx und Bakunin nach vorne geführt und zu Boden geworfen.

„Darf ich vorstellen? Die Herren Marx und Bakunin!" Um den Kommandanten von seiner heiligen Verachtung gegenüber diesen Todsündern zu überzeugen, trat Jan dem am Boden liegenden Marx in die Magengegend.

Für kurze Zeit huschte ein Lächeln über das kantige Gesicht des Kommandanten. Aber es verschwand sofort wieder. „Warum hat man mich nicht über die neuen Instruktionen informiert? Wir sind nicht in der Lage, so viele Gefangene hier unterzubringen!"

„Darüber weiß ich nichts!", antwortete Jan. „Wir folgen nur unseren Befehlen!"

Das schien dem Kommandanten einzuleuchten. „Verstehe!", sagte er. „Wie ich sehe, führt ihr einen Bautrupp mit euch! Soll das Lager ausgebaut werden?"

„Jawohl! Die Kapazitäten des Lagers sollen erweitert werden! Die Männer werden dazu abgestellt, die Fundamente für neue Baracken auszuheben. Baumaterial soll in Bälde hier eintreffen!"

„Und wer beaufsichtigt die Leute bei der Arbeit? Wir brauchen dringend zusätzliches Wachpersonal!"

„Ist bereits geordert!"

„Das hilft uns im Moment wenig!"

„Es steht uns nicht an, die Politik des Himmels zu kritisieren!", betonte Jan mit allem Nachdruck. „Wir haben unsere Befehle! Also, öffnet das Tor!"

Der Kommandant schüttelte den Kopf. „Ich trage die Verantwortung für die Sicherheit des Lagers! Wer garantiert uns, dass dieses Gesindel nicht die Gunst der Stunde nutzt und den Aufstand erprobt? Ich denke, es ist besser, wir warten, bis Verstärkung eintrifft!"

Jan hatte einen solchen Einwand befürchtet. Nun hing alles von seiner Reaktion ab. Er bückte sich zu Bakunin hinunter, packte ihn am Kragen und riss ihn grob nach oben: „Schau dir dieses erbärmliche Gewürm doch an! Glaubst du wirklich, dass diese Leute eine Gefahr für uns darstellen können?" Er warf Bakunin zu Boden. „Der Allmächtige befiehlt, wir haben zu folgen! Vergiss nicht: Wir müssen dem Herrscher in blindem Gehorsam vertrauen. Sein ist das Reich und die Macht in Ewigkeit! Amen!"

„Ja, aber...", versuchte der Kommandant einzuwenden.

„Es gibt kein 'Aber'!", herrschte Jan ihn an. „Wenn du nicht sofort die Tür öffnest, werde ich Beschwerde gegen dich einreichen! Es scheint, du bist deiner verantwortungsvollen Aufgabe nicht gewachsen! In einem Werk Gottes gibt es nur einen Weg: *man gehorcht oder wird gerichtet*!"

Das saß! Der Kommandant überlegte einen Moment, dann lenkte er ein: „Also gut!", sagte er. „Aber ich lehne jede Verantwortung für die Folgen ab!" Er wandte sich an seine Wachen: „In Gottes Namen: Öffnet das Tor!"

Unter lautem Dröhnen bewegten sich die Torflügel auseinander. Jan schritt langsam durch das Tor und stellte sich auf die rechte Seite. Dann gab er den Befehl zum Einmarsch. Sartre nahm Marx und Bakunin in Gewahrsam und zog als Erster an Jan vorbei. Es folgte eine Gruppe von Aufsehern, die in ihrer Mitte die Gefangenen mit sich führten, dann der Bautrupp und weitere Aufseher. Der Tross verteilte sich weitläufig auf dem geräumigen Exerzierplatz, der sich an den Eingangsbereich anschloss.

Nun marschierten die Frauen ein. Jan warf Elli einen flüchtigen Blick zu. Sein Puls raste. Der Schweiß lief ihm die Stirn hinunter, was man jedoch glücklicherweise unter der Kapuze nicht erkennen konnte. Sein Körper war aufs Höchste angespannt. Aufgeregt musterte er die Wärter, die den Eingangsbereich absicherten. Sie hielten ihre Peitschen fest in den Händen und standen stramm in Reih' und Glied. Plötzlich beschlich Jan das Gefühl, dass ihn jemand beobachtete. Aus den Augenwinkeln heraus erkannte er, dass der Lagerkommandant ihn von der anderen Seite des Tors mit kaltem Blick fixierte. Nun flüsterte er etwas seinen Wärtern zu. Ob er etwas ahnte?

„Nur nicht den Kopf verlieren!", dachte Jan. Er beugte sich nach vorne und blickte durchs Tor. Da war schon Rosa Luxemburg, die das Ende des Zuges bildete! Gleich würde sie das Signal zum Angriff geben! Jan umschloss die Peitsche mit festem Griff.

Es war soweit! Die Luxemburg marschierte durch das Tor. Nun ging sie an ihm vorbei! Worauf wartete sie noch? Die Spannung stieg ins Unerträgliche. Jan hatte das Gefühl, die Zeit würde stillstehen. Er war wie gelähmt.

Dann – endlich – das Zeichen zum Angriff! Jan riss sich die Kapuze vom Kopf und rannte auf den Kommandanten zu. Mit einem scharfen Peitschenhieb traf er ihn mitten ins Gesicht. Er schmiss sich auf den Uniformierten, riss ihn zu Boden und würgte ihn solange, bis er sich nicht mehr wehrte. Bevor er ihn fesseln konnte, wurde Jan von zwei Wärtern weggerissen. Sie schlugen hart auf ihn ein. Jan fiel zu Boden. Zum Glück waren Ibo und einige seiner Genossen zur Stelle. Mit Hacken und Spaten machten sie die Aufseher unschädlich.

Jan lief zu dem Zahnrad, das den Tormechanismus antrieb und kurbelte so lange, bis das Tor wieder geschlossen war. Dann übertrug er Ibo das Kommando über die Wacheinheit, die den Eingang sichern sollte.

Mittlerweile waren die restlichen Aufseher von den Türmen hinuntergeeilt und hatten sich in die Schlacht geworfen. Der Kampf tobte an allen Stellen. Jan eilte in die Mitte des Exerzierplatzes, wo Elli gerade einen Aufseher mit einem harten Tritt zwischen die Beine niederstreckte. „Erinnere mich daran, dass ich niemals einen Streit mit dir anfange!", scherzte Jan.

Elli grinste einen Moment. Dann verzerrte sich ihr Gesicht: „Vorsicht, Jan! Hinter dir!"

Jan fuhr herum. Ein bulliger Aufseher, der sich irgendwie einer Hacke bemächtigt hatte, lief auf ihn zu. Jan ließ die Peitsche knallen. Der Kerl sank für einen Moment zu Boden, richtete sich aber sofort wieder auf. Jan war entsetzt. Er hatte so hart geschlagen, dass ihm die Peitsche aus der Hand geglitten war. Nun stand er mit leeren Händen da. Er ging einige Schritte nach hinten und schaute sich um. Der Aufseher rannte auf ihn zu. Zu seinem Glück erkannte Albert die Not des Freundes. Er warf ihm einen Spaten zu. Jan fing ihn auf und riss ihn in die Höhe – gerade noch rechtzeitig, um die Attacke des Aufsehers abzuwehren. Gekonnt ließ er den Aufseher ins Leere laufen. Er parierte dessen Schläge und schickte ihn mit einer schnellen Kombination von Spatenschlägen zu Boden.

„Das war knapp!", keuchte Jan, während er den Gottesschergen an Armen und Füßen fesselte.

„Hast du dich verletzt?", fragte Elli.

Jan schüttelte den Kopf.

Sie blickten sich um. Inzwischen waren auch die Insassen des Lagers aus ihren Baracken gekrochen und beteiligten sich am Kampf. Die Übermacht der Verdammten war erdrückend. Zwei Drittel der Aufseher lagen gefesselt am Boden. Einige wenige Aufseher kämpften noch. Die meisten anderen hatten sich bereits ergeben und ließen sich freiwillig fesseln.

Ibo lief ihnen entgegen und meldete, dass der Kommandant verschwunden sei: „Ich glaube, er hat sich in seinem Haus verbarrikadiert!"

Jan, Elli und Albert folgten Ibanovic zum Haus des Lagerkommandanten. Die Tür war von Innen verriegelt. Ibo warf sich mit der ganzen Schwere seines Körpers gegen die wuchtige Eichentür. Keine Wirkung. Er griff nach der Hacke und schlug mit aller Kraft zu. Es dauerte eine Weile, bis er ein kleines Loch aus der Tür herausgebrochen hatte. Er griff mit einem Arm durch die Öffnung und schob den Riegel zurück. Die Tür sprang auf.

Sie schlichen ins Innere des Gebäudes und staunten nicht schlecht. Das von Außen unscheinbare Haus entpuppte sich in seinem Inneren als prunkvoller Palast. Kostbare Teppiche schmückten den weißen Marmorboden. An den Wänden hingen Gemälde alter Meister. Der geräumige Flur führte in eine riesige Bibliothek, in deren hinteren rechten Ecke ein großer, weißer Bechstein-Flügel stand. Jan ging ans Klavier und studierte die Noten: „Bach, Beethoven, Schubert, Chopin...", murmelte er. Er schüttelte den Kopf: „Ein Schlächter mit musikalischen Ambitionen!"

„Schau dir erst einmal seine Bücher an!", sagte Albert. „Gesamtausgaben von Schiller, Goethe, Shakespeare... Verdammt! Der Kerl besitzt sogar Erstausgaben von Heine, Kant und Schopenhauer!"

„Das ist noch nicht alles!", rief Elli. Sie hatte ein Buch aus dem Regal gezogen und hielt es in die Höhe.

„Das gibt's doch nicht!", stammelte Albert.

„Überzeug' dich selbst! Er hat fast alle deine Werke!" Elli stellte sich auf die Zehen und las die Titel von den Buchrücken. *„Die Pest, der Fremde, der Fall, der Mythos des Sisyphos, der Mensch in der Revolte...* Eine gute Sammlung!" Sie lachte: „Ob Gott die Werke von missfälligen Autoren aufkaufen lässt, um sie dadurch aus dem Verkehr zu ziehen?"

„Zumindest würde dies die hohe Auflage meiner Bücher erklären!", scherzte Albert. „Auf jeden Fall steht fest, dass Gott seinen Getreuen wohl auch die ausgefallensten Wünsche erfüllt!"

Jan nickte: „Sieht so aus!" Er ging an den Regalen entlang. „Soweit ich das überblicken kann", stellte er fest, „sind die meisten Bücher in deutscher Sprache verfasst. Der Kommandant scheint Deutscher gewesen zu sein!"

„Das wundert mich nicht!", meinte Albert. „Nur Deutsche sind in der Lage, sich in ihrer Freizeit den größten Werken der Weltliteratur hinzugeben, anmutige Musik zu hören, über den aufrechten Gang zu philosophieren, um dann in ihrem Berufsleben noch blinder den barbarischen Befehlen ihrer Vorgesetzten zu folgen..."

„Auch die Deutschen haben sich in den letzten Jahrzehnten gewandelt!", wandte Jan ein.

„Mag sein", erwiderte Albert. „Aber dieser Kommandant ist ein Mann der alten Garde! Ein Mann wie Rudolf Höss, der seinen fünf Kindern ein liebevoller Vater war und der trotzdem Tag für Tag Tausende von Kindern in den Tod schickte! Ein Mann wie Johann Kremer, Doktor der Philosophie und der Medizin. Ein deutscher Bilderbuchgelehrter, der die Werke der Klassiker schätzte und der trotz seiner humanistischen Bildung in Auschwitz die abscheulichsten Experimente durchführte, die man sich nur vorstellen kann – an 'lebendfrischem Material', wie er das nannte!"

„Kremer war ein unglaubliches Schwein!", meldete sich Elli zu Wort. „Ich habe ihn einmal gesehen, als er im Lager nach ausgemergelten Häftlingen suchte. Er wählte kaltblütig eine Handvoll Unglücklicher aus, die dann wenig später auf seiner Schlachtbank landeten. Es hieß, er erforsche die Auswirkungen des Hungers auf die inneren Organe..."

Jan nickte: „Soweit ich weiß, hat man Kremer Ende 47 zum Tode verurteilt, das Urteil aber nie vollstreckt! Schon nach zehn Jahren kam er aus der Haft! Von da an lebte er mehr oder weniger unbehelligt in der Bundesrepublik..."

„Unfassbar!", sagte Elli.

„In der Tat!", erwiderte Albert. „Aber ich denke, wir sollten jetzt weiter nach dem Kommandanten Ausschau halten! Irgendwo muss sich der Hund doch verstecken!"

Sie suchten das Haus ab. Keine Spur vom Kommandanten! Dann entdeckte Elli im Keller eine verriegelte Tür. Sie rief die anderen zu sich. Ibo stieß mit der Hacke zu. Eine milde Prise wehte ihnen entgegen. „Ich rieche das Meer!", sagte Albert.

Ibo nickte und schaute durch die Öffnung: „Scheint so, als hätten wir den Eingang zum Privatparadies des Kommandanten gefunden!"

Er griff mit der Hand durch die Öffnung und entriegelte die Tür.

XXIX.

Das Meer lag tiefblau vor ihnen. Kokospalmen umgrenzten den weißen Strand. Die Sonne stand hoch am azurblauen Himmel und verlieh der Idylle einen unwirklichen, goldenen Glanz. Sie gingen einige Schritte auf das Meer zu. Der Sand kitzelte warm und weich unter ihren Füßen.

„Habt ihr jemals etwas Derartiges gesehen?", fragte Jan, den die Szenerie an die Eiswerbung im Kino erinnerte.

Die anderen schüttelten den Kopf.

Elli blieb stehen: „Hört ihr das?"

Sie lauschten.

„Ich höre so etwas wie Trommelschläge..."

„Ja, jetzt höre ich es auch!", sagte Albert.

„Ich glaube, es kommt von dort hinten!" Jan deutete auf eine weiße Strandvilla, die unweit entfernt lag, jedoch so sehr von Palmen und Kakteen umgeben war, dass sie ihnen im ersten Moment nicht aufgefallen war.

Die vier liefen auf die Villa zu. Über eine große Terrasse, an deren Ende sich eine gut ausgestattete Cocktailbar befand, gelangten sie in das Innere des Gebäudes.

„Das Trommeln kommt von oben!", sagte Ibo.

Vorsichtig schlichen sie die kunstvoll geschwungene Wendeltreppe hinauf.

Die obere Etage des Hauses bestand aus einem einzigen großen Raum. Der Kommandant hatte sich auf einem Liegestuhl niedergelassen und rauchte eine Zigarette. Vor ihm bewegten sich drei Bauchtänzerinnen mit lasziven Beckenschwüngen zum Rhythmus der Musik. In der hinteren Ecke des Raumes schlugen vier mit Blumenkränzen geschmückte Frauen auf ihre Trommeln ein.

Als der Kommandant die Eindringlinge entdeckte, machte er eine kurze Bewegung mit der rechten Hand. Augenblicklich verstummte die Musik. Wortlos verließen die Frauen den Raum.

„Ich habe euch bereits erwartet!", sagte der Kommandant. Er zog ein goldenes Etui aus seiner Jackentasche und klappte es auf: „Zigarette?"

Ibo schüttelte den Kopf, Elli, Jan und Albert griffen zu.

Der Kommandant reichte ihnen Feuer.

„Ich bin nicht der Unmensch, für den ihr mich wahrscheinlich haltet!", sagte er und blies eine große Rauchschwade in die Luft. „Ich bin gebildet, sensibel, ein Humanist! Wenn ich meine Musik und meine Bücher nicht gehabt hätte – die Torturen der letzten Jahre hätte ich nicht überstanden!"

Der Kommandant zog an seiner Zigarette. „Ihr glaubt mir nicht? Meint ihr etwa, es hätte mir Spaß gemacht, all die Unglücklichen ihrem grausamen Schicksal zuzuführen?" Er schüttelte den Kopf. „Nein, es war entsetzlich! Bevor ich den Posten hier unten bekam, musste ich zusehen, wie die Verdammten ins ewige Höllenfeuer geworfen wurden. Sie schrien fürchterlich, winselten um Gnade. Sie wussten ja, was ihnen bevorstand! Kein Mensch, der die himmlische Rampe gesehen hat, wird den Anblick je vergessen können!"

Er schmiss seine Zigarette auf den Boden, zündete sich aber sogleich die nächste an. „Selbstverständlich habe ich mir nichts anmerken lassen. Mit keiner Wimper habe ich gezuckt! Eiserne Disziplin! Das hat mir schon mein Vater beigebracht! Nur mit eiserner Disziplin kommst du durchs Leben! Man muss hart sein! Steinhart!" Er zog an seinem Glimmstengel: „Als sie mir dann den Posten hier unten angeboten haben, habe ich sofort zugegriffen! Was hätte ich anders tun sollen? Meine Hände waren gebunden! Ich konnte an den Verhältnissen ja ohnehin nichts ändern... Wollt ihr mich dafür verurteilen?"

„Du hättest dich weigern können!", sagte Elli.

„Wenn ich den Job nicht übernommen hätte, hätte ihn ein anderer gemacht!", erwiderte der Kommandant. „Glaubt mir: Ich habe das alles nicht gewollt, aber ich hatte meine Befehle! Ich musste gehorchen! Natürlich habe ich alles versucht, um den Gefangenen ihr Schicksal zu erleichtern. Folterungen und Prügelstrafen habe ich nicht geduldet. Ich wollte, dass alles korrekt abläuft..."

„Das Gleiche hat Höss auch behauptet!", entgegnete Albert.

„Es ist verdammt leicht, über andere zu urteilen, wenn man nicht in ihrer Haut steckt! Was wisst ihr schon über den Druck, dem man in einem solchen System ausgesetzt ist? Ich weiß, wovon ich spreche! Ich habe die Nazidiktatur von innen erlebt! Höss habe ich nie getroffen, aber ich kannte Eichmann. Er war mein Vorgesetzter!"

„Du hast für Eichmann gearbeitet?" Ellis Gesichtsmuskeln zuckten. Man spürte, dass sie Mühe hatte, ruhig zu bleiben.

Der Kommandant nickte: „Ich habe bei der Erstellung der Transportpläne mitgewirkt. Natürlich wusste ich, was mit den Gefangenen in den Konzentrationslagern geschieht. Das war in unserer Abteilung ein offenes Geheimnis! Wir haben aber nie darüber gesprochen und ich habe auch keine unnötigen Fragen gestellt!" Er saugte nervös an seiner Zigarette. Dann fuhr er fort: „Wenn ich nach Hause kam, habe ich Chopin gespielt, um das alles zu vergessen. Ich habe mir eingeredet, dass ich unschuldig bin, dass ich doch eigentlich nichts anderes tat, als harmlose Zugfahrpläne zu erstellen!"

„Abtransporte in den Tod!", warf Elli empört ein.

„Mein Gott, was hätte ich denn dagegen tun sollen? Ich hatte eine Familie zu versorgen! Außerdem hatte ich einen Eid geleistet, den ich nicht brechen konnte!" Er hustete: „Nein, man konnte mir nichts vorwerfen! Nach dem Krieg hat man mich nach kurzer Untersuchungshaft wieder ziehen lassen. Ich war ja nur ein kleines Rädchen im System!"

„Und hier unten hast du dann deine Karriere als blinder Befehlsempfänger fortgesetzt..."

„Ja, Eichmann legte ein gutes Wort für mich ein!"

Albert schüttelte den Kopf: „Ich habe mich immer gewundert, warum es eifrigen Nazis so leicht fiel, nach dem Zusammenbruch des Dritten Reiches zu ebenso eifrigen Christen zu mutieren!"

„Das ist nicht verwunderlich!", entgegnete der Kommandant. „Der Nationalsozialismus bestand im Kern aus einem einfachen Satz: Du musst dem Führer in blindem Gehorsam folgen! Im Christentum ist es ähnlich. Da gilt es, Jesus blind zu folgen. Versteht ihr? Die Führer und ihre Ideen sind austauschbar! Eigenes Denken ist in beiden Fällen unerwünscht!"

Jan schaute den Kommandanten entgeistert an. „Wie kann man, nachdem man das erkannt hat, weiterhin blind gehorchen? Wie kann man mit einem solchen Widerspruch leben?"

Ein verlegenes Lächeln huschte über das Gesicht des Kommandanten. „Ich habe mir in den dreißiger Jahren eine komfortable Persönlichkeitsspaltung zugelegt! Als Funktionsträger erledigte ich Aufträge, die ich als Mensch nie ausgeführt hätte! Und ich glaube, ich war nicht der Einzige, der sich die Dinge so zurecht legte..."

Jan nickte: „Eichmann hat in seinem Prozess Ähnliches ausgesagt..."

„Kann ich mir vorstellen..."

Albert hatte seine Zigarette ausgeraucht und warf sie auf den Boden: „Lassen wir das! Die Frage ist: Was machen wir jetzt mit ihm?"

„Was schon! Wir fesseln ihn und bringen ihn zu den anderen Aufsehern ins Lager!", antwortete Ibo.

„Ihr seid euch doch im Klaren darüber, dass Gott seine Armeen hierher senden wird, wenn die Verdammten nicht rechtzeitig an der Rampe abgeliefert werden?", warf der Kommandant ein.

„Wir haben nicht vor, darauf zu warten!", erwiderte Jan.

Elli warf ihm einen strafenden Blick zu. Sie wollte den Kommandanten auf keinen Fall in ihre Pläne einweihen.

Der Kommandant schien den Braten zu riechen. Er blickte fragend in die Runde: „Was habt ihr vor?"

„Kein Wort!", rief Elli. „Wir können dem Kerl nicht vertrauen!"

Jan nickte.

Der Kommandant ließ nicht locker: „Ihr habt vor, euch nach oben durchzukämpfen, nicht wahr?"

Keine Antwort.

„Ihr wollt Gott vom Thron stürzen und die Verdammten befreien?" Der Kommandant zog die Augenbrauen hoch: „Wirklich, ein verwegener Plan! Das muss ich zugeben!"

Er zog an seiner Zigarette und inhalierte tief. „Habt ihr euch ernsthaft gefragt, wie ihr den Weg zum Himmel finden wollt? Das System der Vorhöllen gleicht einem riesigen Labyrinth! Ihr werdet euch hoffnungslos verirren! Es sei denn..." Er machte eine bedeutungsvolle Pause.

„Es sei denn, was?"

„Es sei denn, ihr engagiert mich als Führer!"

Einen Moment lang waren Jan und seine Freunde sprachlos. Mit einem solchen Vorschlag hatte niemand gerechnet.

„Kommt überhaupt nicht in Frage!", brach es aus Elli heraus. Sie rang nach Worten. „Ich werde mich doch nicht einem verdammten Nazischergen anvertrauen!"

„Dem stimme ich zu!", sagte Ibo.

Der Kommandant zuckte mit den Schultern: „Ihr könnt es natürlich auch sein lassen! Aber dann werdet ihr den Weg nach oben mit Sicherheit nicht finden!"

Jan schaute dem Kommandanten scharf in die Augen: „Erklär' mir eins: Warum solltest ausgerechnet du uns helfen wollen? Was versprichst du dir davon?"

Der Kommandant lachte bitter: „Durch euren Aufstand ist mein Leben hier unten ohnehin verwirkt! Ich habe auf ganzer Linie versagt und Gott duldet keine Fehler! Ich werde brennen, ob ich euch helfe oder nicht!"

„Klingt plausibel", dachte Jan. Aber er war sich unsicher. Sprach der Kommandant die Wahrheit oder wollte er sie hinters Licht führen?

„Lasst uns den Vorschlag überdenken!", sagte Albert.

Jan, Elli und Ibo nickten. Die vier zogen sich in eine Ecke des Raumes zurück, während der Kommandant einen tiefen Schluck aus dem Cocktailglas nahm, das vor seinen Füßen stand.

„Ich traue ihm nicht!", flüsterte Elli. „Er wird uns bei der nächst besten Gelegenheit in den Rücken fallen..."

„Gut möglich!", sagte Jan. „Andererseits wissen wir tatsächlich nicht, was uns auf dem Weg nach oben erwartet. Möglicherweise sind wir auf seine Dienste angewiesen..."

„Ich denke, Jan hat recht!", meldete sich Albert zu Wort. „Auch mir ist unwohl bei dem Gedanken, den Kerl mitzunehmen, aber möglicherweise sagt er die Wahrheit!"

„Ich schlage vor, wir sprechen das mit den anderen ab!", meinte Ibo. „Wir wissen im Moment zu wenig, um eine Entscheidung zu treffen!"

„In Ordnung!", sagte Jan. Sie wandten sich wieder dem Kommandanten zu.

„Habt ihr euch die Sache überlegt?", fragte er.

Jan nickte: „Möglicherweise werden wir deinen Vorschlag annehmen! Wir werden uns darüber mit unseren Freunden beraten!"

Der Kommandant erhob sich von seinem Stuhl und seufzte: „Darf ich mich noch von meinen Frauen verabschieden? Es dauert nur einen kurzen Moment..."

Jan nickte. Der Kommandant griff nach einer kleinen goldenen Glocke, die neben seinem Stuhl stand. Kaum hatte er geläutet, erschienen die Frauen wieder. Der Kommandant verabschiedete sich von jeder Einzelnen mit einer Umarmung.

„Ich habe sie wirklich geliebt!", sagte er, während er mit den anderen die Treppe herabstieg.

„Alle sieben?", fragte Jan.

Der Kommandant nickte.

„Und sie... sie haben dich natürlich auch geliebt...!" Der scharfe Unterton in Ellis Stimme war kaum zu überhören.

„Ich weiß es nicht!" Der Kommandant zuckte mit den Schultern. „Zumindest waren sie mir von Herzen dankbar!"

„Dankbar?" Elli lachte spitz. „Wofür denn?"

„Ich habe sie aus der Vorhölle der Prostituierten gerettet, wo sie von morgens bis abends von wilden Tieren bestiegen wurden! Früher, so erzählten sie mir, waren sie Haremsdamen des Sultans vom goldenen Horn. Dort lebten sie mit hunderten von Frauen zusammen. Strengstens überwacht durch die Eunuchen des Sultans... Ja, ich glaube, es ist ihnen nie so gut gegangen wie hier bei mir!"

„Mein Gott, da haben wir ja einen wahren Menschenfreund unter uns!", sagte Elli. Ihre Verachtung für den Kommandanten war grenzenlos. „Bitte, lasst uns dieses Südseeparadies verlassen, bevor ich mich übergeben muss!"

Durch das Haus des Kommandanten gelangten sie wieder zurück ins Lager. Mittlerweile waren sämtliche Aufseher überwältigt. Unter den ehemaligen Gefangenen herrschte ausgelassene Stimmung. Ibo wurde ausgeschickt, um Feuerbach, Nietzsche, Marx, Bakunin und Sartre zu finden. Elli machte sich auf die Suche nach Simone de Beauvoir, Clara Zetkin, Jenny Marx und Rosa Luxemburg. Währenddessen nahmen Jan und Albert den Kommandanten in Gewahrsam. Sie schlossen ihn in seinem Schlafzimmer ein und zogen sich selbst in die Bibliothek des Hauses zurück, wo wenig später die anderen eintrafen, um über das weitere Vorgehen zu beraten.

XXX.

„Das ist nicht euer Ernst!" Rosa Luxemburg schaute Jan und Albert entgeistert an. „Ihr wollt euch wirklich diesem *Gottesschergen* anvertrauen? Er wird uns bei der erstbesten Gelegenheit verraten! Nur so kann er sich bei seinem Schöpfer wieder einschmeicheln..."

„Das ist gut möglich!", sagte Jan. „Aber welche Optionen haben wir sonst!?"

Albert blickte zu Feuerbach hinüber, der sich tief in das Sofa des Kommandanten eingegraben hatte. Er fragte ihn nach seiner Meinung. Schließlich wisse er am besten über das System der Vorhöllen Bescheid.

Feuerbach setzte sich nach vorne. „So schwer es mir auch fällt", sagte er langsam, „aber ich sehe im Moment keine andere Möglichkeit, als diesem Kerl zu vertrauen! Nach allem, was ich weiß, sind die Vorhöllen auf komplizierte Weise ineinander verschachtelt. Außerdem gibt es spezielle Codeworte und Signale, die man kennen muss, um von einem Ring zum nächsten zu gelangen!"

„Du schlägst also vor, wir sollten auf das Angebot des Kommandanten eingehen?", fragte Marx.

Feuerbach nickte.

„Vielleicht könnte er uns auch die Codeworte verraten und den Weg auf einer Karte einzeichnen!", schlug Simone de Beauvoir vor. „Dann müssten wir ihn nicht unbedingt mitnehmen!"

„Das wäre eine Überlegung wert!", meinte Feuerbach.

Clara Zetkin schüttelte den Kopf: „Ich denke nicht, dass uns das weiterbringt! Er könnte uns so noch leichter in die Falle laufen lassen! Nein, es ist besser, wir führen ihn mit uns! So können wir ihm wenigstens auf die Finger schauen beziehungsweise: gegebenenfalls schlagen..."

„Eine Karte zur Orientierung würde dennoch nicht schaden!", meinte Sartre.

Bakunin nickte. „Ja, dem stimme ich zu!" Er wandte sich an Jan und Albert. „Wo habt ihr den Kerl überhaupt versteckt?"

„Er ist in seinem Schlafzimmer!", antwortete Jan. „Soll ich ihn herbringen?"

Die anderen nickten.

Jan stand auf und marschierte zum Schlafzimmer des Kommandanten. Wortlos befreite er ihn von seinen Fesseln.

„Ihr nehmt meinen Vorschlag an?"

Jan nickte stumm.

Der Kommandant lächelte: „Mein Name ist Görlitz, Franz Görlitz."

Jan reichte ihm die Hand: „Jan Stollberg! Lass uns in die Bibliothek gehen! Die anderen warten schon!"

In der Bibliothek angekommen, stellte Jan den Kommandanten kurz vor. Görlitz begrüßte zur Verwunderung aller nahezu jeden Anwesenden mit dem korrekten Namen. Er schien neben einer profunden Bildung auch über ein fotografisches Gedächtnis zu verfügen.

Feuerbach fragte den Kommandanten nach einem Lageplan der Vorhölle. Görlitz ging zu seinem Schreibtisch und kramte aus einer Schublade einen Bleistift und einen riesigen Bogen Papier hervor. Er kehrte zurück an den großen Tisch, um den herum sich alle gruppiert hatten, und begann zu zeichnen.

„Der gute Dante hat sich zwar in vielem geirrt", führte er aus, nachdem er mit geübter Hand die Ringe der Vorhölle skizziert hatte, „aber in *einem* Punkt zumindest hat er richtig gelegen: Das System der Vorhöllen ist in der Tat trichterförmig aufgebaut."

Görlitz zeigte auf seine Zeichnung. „Wir befinden uns hier im untersten, dem siebten Ring der Vorhölle. Hierhin verbannt Gott all jene, die in besonders scharfer Weise gegen seine Gesetze verstoßen haben: Todsünder wie ihr, die seine Existenz konsequent leugneten, aber auch die so genannten 'Wollüstigen', die sich hemmungslos und ohne schlechtes Gewissen dem Sex hingaben, die 'Gierigen', die den Mund nie voll genug bekamen, die Mörder, die aus unchristlichen Motiven töteten und keine Beichte ablegten, und so weiter."

„Verstehe", sagte Bakunin. „In diesem Ring befinden sich die wirklichen Gesinnungstäter. Menschen, die sich auch hier unten nicht auf die von Gott vorgeschriebene Weise haben läutern lassen..."

Der Kommandant nickte. „Gewissermaßen die Elite der Sünder! Der nächst höhere Ring, der sechste, ist ausschließlich für gläubige Juden reserviert. Er hat ihnen nie verziehen, dass sie seinen Sohn verraten haben!"

„Aber das ist doch Unsinn!", warf Jan ein. „Nicht die Juden, sondern die Römer haben Jesus gekreuzigt!"

„Gott sieht das offensichtlich anders!"

Jan schüttelte energisch den Kopf: „Das ist absurd! Selbst wenn es so wäre, dass die Juden Jesus auf dem Gewissen hätten, wäre der Vorwurf fern jeder Logik! Es war doch Gottes Plan, Jesus hinrichten zu lassen, um dadurch die Welt zu erlösen!"

„Gottes Wege sind unergründlich...", bemerkte Feuerbach mit einem Augenzwinkern. „Aber lassen wir das theologische Geplänkel!" Er wandte sich wieder dem Kommandanten zu. „Wer befindet sich darüber, im fünften Ring?"

„Der fünfte Ring beherbergt all diejenigen, die beharrlich an fremde Götter glaubten und sich auch hier unten nicht eines Besseren belehren ließen..."

„Also strenggläubige Muslime, Hindus, Buddhisten..."

„Richtig, außerdem Mitglieder der verschiedenen nicht-christlichen Sekten... In dem Punkt versteht Gott keinen Spaß! Nicht umsonst steht das Gebot: 'Du sollst keine fremden Götter neben mir haben!' an allererster Stelle..."

„Ja, der Christen-Gott ist ein Gott der Eifersucht und Intoleranz!", bestätigte Nietzsche. „*Wie groß muss die Angst sein, die solchen Hass gebiert?*"

Der Kommandant zuckte mit den Schultern. Nietzsche bat ihn fortzufahren.

„In den vierten Ring hat Gott all die Musiker, Künstler, Schriftsteller, Gelehrten verbannt, die ihm nicht behagen, die aber in ihrer Gottesverneinung nicht so weit gegangen sind, dass man sie in den untersten Ring hätte verbannen können...“

„Soweit ich weiß, dient dieser Ring vielen ehemaligen Todsündern als Sprungbrett nach oben!“, erklärte Feuerbach.

Albert nickte: „Ich hörte, Brecht sei dort gelandet. Er hat sich in den Verhören so geschickt angestellt, dass die Inquisitoren ihn nicht fassen konnten. So wie einst vor dem McCarthy-Ausschuss gegen unamerikanische Umtriebe...“

„Ach, ich dachte, der arme B.B. wäre in der Vorhölle der Unkeuschen gelandet!“, sagte Jan und warf Elli einen verstohlenen Blick zu.

„Nein, dieses Martyrium ist ihm erspart geblieben!“, antwortete Albert und lächelte süffisant. „Ich meine, so schlimm hat er es wirklich nicht getrieben!“

„Was ich nicht so recht verstehe“, warf Feuerbach ein, „wie ist dieser vierte Ring theologisch begründet? Das Ganze macht doch keinen Sinn!“

„Keine Ahnung, ich weiß es wirklich nicht!“, entgegnete Görlitz. „Meines Erachtens hat Gott diese Vorhölle aus reinem Amüsement geschaffen. Er lässt sich von den Aufsehern dort regelmäßig Bericht erstatten. Die Streitereien der Künstler und Gelehrten scheinen ihn sehr zu belustigen!“

Feuerbach schüttelte verwundert den Kopf.

„Soll ich fortfahren?“, fragte Görlitz.

Feuerbach nickte.

„Der dritte Ring beherbergt gläubige Protestanten, orthodoxe Christen und allzu liberale Katholiken!“, erklärte Görlitz. „Merkwürdigerweise war die Einheit der Kirche selbst hier unten nicht wiederherzustellen...“

„Alles andere hätte mich auch sehr gewundert!“, meinte Jan. „Wer oder was befindet sich im darüber liegenden zweiten Ring?“

„Ungeborene oder in jungen Jahren verstorbene, ungetaufte Kinder!", antwortete Görlitz.

Jan erschrak bei dem Gedanken an eine von Föten bewohnte Vorhölle. Er selbst war stets entschieden für das Recht auf Schwangerschaftsabbruch eingetreten. Sollte er sich dafür nun schuldig fühlen? Er beruhigte sich damit, dass viele dieser Wesen, hätten sie gelebt, vielleicht in einer weit unangenehmeren Vorhölle gelandet wären. Wenn man den Theologen Glauben schenken konnte, gab es im so genannten *„Limbus puerorum"* keine wirklichen Höllenqualen, die Kinder mussten nur die Abwesenheit Gottes ertragen, was für Jan nicht unbedingt das größte Übel war.

Eine Zwischenfrage von Ibo riss Jan aus den Gedanken: „Wenn ich die Zeichnung und deine bisherigen Ausführungen richtig verstanden habe", sprach er den Kommandanten an, „werden die Ringe, je weiter wir nach oben vorstoßen, größer, was dann im Endeffekt auch diese Trichterform ergibt..."

„Richtig!"

„Aber: Gibt es wirklich so viele totgeborene, abgetriebene und frühzeitig verstorbene Kinder?"

„Selbstverständlich!", erwiderte Görlitz. „Tagtäglich kommen Zehntausende hinzu, die in irgendeiner Armutsregion frühzeitig verrecken, pardon...", Görlitz merkte, dass seine Wortwahl bei den anderen auf Empörung stieß, „... die dort ihr Leben lassen müssen..."

„Aus dem Hungerelend direkt in die Vorhölle?"

Görlitz nickte.

„Verstehe! Aber..." Ibo stockte und deutete auf Görlitz' Zeichnung: „Es muss doch Abermillionen gläubige Hindus, Muslime und Buddhisten gegeben haben! Ich verstehe nicht, warum der fünfte Ring so geringe Ausmaße hat!"

„Die meisten Menschen sind lange nicht so strenggläubig, wie sie vorgeben zu sein!", antwortete Görlitz. „Sie arrangieren sich lediglich mit den Verhältnissen, unter denen sie leben. Wachsen sie in einer christlichen Gesellschaft auf, nun, dann werden sie eben gute Christen! Sie lassen ihre Kinder brav taufen, erscheinen im Gottesdienst, verkaufen Bratwürste auf dem Pfarrgemeindefest..."

„Du meinst, ihr Glauben ist beliebig austauschbar", unterbrach Elli, „nichts weiter als Fassade?"

„Richtig! Würden sie unter anderen Umständen leben, wären sie ebenso gute Muslime, Hindus oder Juden..." Görlitz lachte spöttisch. „Sobald sie hier unten ankommen, lassen sie ihre alten Glaubensvorstellungen in Windeseile fahren. Aus protestantischen, hinduistischen, muslimischen, jüdischen, aber auch atheistischen Mitläufern werden über Nacht gute Katholiken! Die meisten von ihnen landen gleich nach dem ersten Verhör im obersten Ring der Vorhölle, der für die Lauen, die Gleichgültigen aller Konfessionen bestimmt ist..."

„Dieser erste Ring muss ja gigantische Ausmaße haben!"

„In der Tat! Zwei Drittel aller Verstorbenen befinden sich dort! Sie sind nicht gläubig genug, um den Sprung nach oben zu schaffen. Aber das stört niemanden! Sie sind in der Regel ganz zufrieden mit dem Leben, das sie in dieser Vorhölle führen..."

„Zufrieden? Mit dem Leben in der Vorhölle?" Jan konnte es nicht glauben.

„Du darfst den Begriff 'Vorhölle' nicht zu eng fassen!", erwiderte Görlitz. „Es ist weniger eine Hölle als ein... – wie soll ich es nennen? – ein katholisches Spießerparadies!"

„Spießerparadies?"

„Ja, ausgestattet mit allem, was das Spießerherz begehrt! Allerdings ist es nur ein Paradies auf Zeit!"

„Was meinst du damit?"

„Am Ende aller Tage, am Tage des Jüngsten Gerichts, wird Gott auch die Lauen und Gleichgültigen ausspeien und in die Hölle verdammen! Das wird dann ein großes Heulen und Zähneklappern geben! Im Moment aber sind die Leute dort glücklich und zufrieden. Sie führen ihr kleines, angepasstes Leben und denken sicherlich, es würde immer so weiter gehen..."

„Nach allem, was du bisher geschildert hast", sagte Jan, „vermute ich, dass es dort keine Aufseher gibt?"

„Nein! Die braucht es dort nicht!"

„Weil sich niemand auflehnt..."

„Richtig!"

„Kommen wir zu den praktischen Fragen!", drängte Albert. „Mit wie vielen Leuten sollen wir den Aufstieg wagen?"

„Ich denke, wir sollten nicht mehr als hundert Gefangene und fünfzig Aufseher sein!", antwortete Görlitz. „Zumindest am Anfang werden wir einigen Grenzposten begegnen. Wenn wir mit einer größeren Truppe da anrücken, werden sie Verdacht schöpfen..."

„Wie lange wird der Aufstieg dauern?", fragte Elli.

„Zwei Tage, wenn nichts dazwischen kommt!"

„Und wann werden die Verdammten an der himmlischen Rampe erwartet?"

„In zwei, spätestens in drei Tagen!"

„Das bedeutet, wir sollten sofort aufbrechen?!"

Görlitz nickte: „Heaven can't wait! Zumindest in unserem Fall! Wir haben keine Zeit zu verlieren..."

XXXI.

Das Tor, das zum Himmelspfad führte, befand sich am hinteren Ende des von massivem Felsgestein umgebenen Lagers. Als es sich öffnete, erschrak Jan. Vor ihm lag ein dunkles, feuchtes und ziemlich übel riechendes Loch. Den Weg zum Himmel hatte er sich doch etwas freundlicher vorgestellt.

Görlitz schien seine Gedanken zu erraten: „Keine Sorge", sagte er, „die Umgebung wird freundlicher, je näher wir dem Himmel kommen!"

Vorsichtig betraten sie den Tunnel. Görlitz ging voran, dicht gefolgt von Clara, Friedrich, Jan und Elli. Am Ende des Trosses marschierten Ibo und Rosa. Während des Aufstiegs klärte Görlitz die hinter ihm Gehenden darüber auf, was sie im sechsten Ring der Vorhölle erwartete: „Die meisten der dort stationierten Aufseher sind ehemalige Nazis, die sich freiwillig für diese Aufgabe gemeldet haben. Am besten, ihr überlasst es mir, mit ihnen zu sprechen!"

Clara drückte die Knute ihrer Peitsche in Görlitz' Rücken: „Nur *ein* falsches Wort..."

„Keine Sorge!", sagte Görlitz.

Der Pfad ging steil nach oben. Immer wieder lagen Felsbrocken im Weg, die nur mit größter Anstrengung zu überwinden waren. Zudem war die Luft so stickig, dass man kaum atmen konnte. Jan schnaufte. Er griff unter seine Kapuze und wischte sich den Schweiß von der Stirn: „Wie lange dauert es noch, bis wir den Ring erreichen?"

„Wir sind gleich am Ziel!", antwortete Görlitz.

Der Weg machte eine scharfe Biegung nach rechts. Das Ende des Tunnels lag knapp fünfzig Meter vor ihnen.

„Das Tor zum sechsten Ring!", keuchte Görlitz. „Ich werde jetzt anklopfen! Drei mal drei Schläge – das ist das verabredete Zeichen!"

„Wehe dir, wenn das eine Falle ist!", zischte Clara Zetkin hinter ihm.

Görlitz drehte sich um. „Wenn ich euch hätte verraten wollen, dann hätte ich dies längst tun können! Ich wäre vorangelaufen und hätte mit drei mal sechs Schlägen ans Tor geklopft. 666 ist, wie ihr vielleicht wisst, das Zeichen des Teufels. Die Wärter hätten umgehend Vorsichtsmaßnahmen getroffen!"

Clara schaute ihn einen Moment scharf an, dann nickte sie. Görlitz ging auf das Tor zu. Er klopfte.

„Wer da?", brüllte jemand von der anderen Seite des Tores.

„Ich bin's, Görlitz, mit einer Truppe von Todsündern, die zur Selektion an der himmlischen Rampe bestimmt sind!"

„In Ordnung!"

Das Tor wurde geöffnet.

Zwei Männer in grauen Uniformen und schwarzen Militärstiefeln erschienen.

„Grüß Gott, Franz!", sagte einer der beiden. „Dich habe ich ja 'ne halbe Ewigkeit nicht mehr gesehen!" Der Mann lachte: „Wie kommt's, dass du höchstpersönlich diesen Transport begleitest? Ist dir da unten etwa langweilig geworden?"

„Wir haben diesmal ziemliche Prominenz dabei und da wollte ich mir die Selektion auf keinen Fall entgehen lassen!"

„Prominenz?", fragte der Uniformierte.

Görlitz nickte: „Karl Marx nebst Gattin, sowie Ludwig Feuerbach und Michail Bakunin..."

„Dass du dir die Selektion von Marx nicht entgehen lässt, kann ich verstehen! Schade, dass wir den Burschen nicht hier hatten! Mengele hätte große Freude daran gehabt, den Urvater der Sozialistenbrut unter die Lupe zu nehmen!"

„Er experimentiert also fröhlich weiter?"

„Du kennst ihn doch! Wann hatte unser Freund je die Möglichkeit, Menschen lebend zu sezieren?" Der Kerl grinste über beide Backen. „Er ist sehr eifrig bei der Sache und hat bereits Mittel und Wege gefunden, den automatischen Heilungsprozess zu verlangsamen! Neulich ist es ihm gelungen, das Hirn eines Juden rund vier Stunden lang zu untersuchen, ohne dass sich die Schädeldecke wieder schloss!"

„Beachtlich!"‚ sagte Görlitz, ohne eine Miene zu verziehen.

„Wie du dir sicher denken kannst, ist diese Erkenntnis für uns von großem Nutzen! Wir können das verdammte Judenpack jetzt weit besser bestrafen! Und das erleichtert unsere Arbeit ungemein!"

„Verstehe! Ihr müsst nicht mehr unaufhörlich auf sie einprügeln, um dauerhafte Schmerzen auszulösen..."

„Genau! Ich meine, das war doch wirklich kein Zustand! Du schlägst so ein Schwein zusammen – und der Kerl steht nach kurzer Erholungspause wieder auf, als sei nichts geschehen! Du kannst dir ja vorstellen, wie frustrierend sowas ist!"

„Gewiss!"‚ erwiderte Görlitz. „Vielleicht könnt ihr mir bei Gelegenheit Mengeles Trick verraten..."

„Wenn du willst, kann ich dich gleich zu ihm führen! Es wird ihn sicherlich freuen, wenn seine Erkenntnisse auch im siebten Ring auf fruchtbaren Boden fallen!"

„Danke für das Angebot!"‚ sagte Görlitz eilig. „Aber wir sind in Zeitverzug! Ich werde auf dein Angebot zurückkommen, wenn ich wiederkehre..."

„Alles klar!"‚ sagte der Uniformierte. „Sollen wir dir für den Aufenthalt im sechsten Ring Geleitschutz zur Verfügung stellen?"

„Nicht nötig!"‚ antwortete Görlitz. „Wir haben die Leute sicher im Griff!"

„Selbstverständlich!" Der Uniformierte und sein Kollege traten zur Seite: „Wir wünschen einen angenehmen Aufenthalt! Bis bald, Franz!"

Görlitz nickte.

Der Tross marschierte durchs Tor. Jan blickte sich nach allen Seiten um. Wie es schien, bestand der sechste Ring aus einem einzigen, überdimensionalen Konzentrationslager. Die einzelnen Sektoren waren durch Stacheldraht umgrenzt. In der Ferne lag ein protziger Gebäudekomplex, der von Albert Speer hätte entworfen sein können. Görlitz erklärte, dass sich dort die Kommandantur und das Experimentallabor Mengeles befänden.

Jan erschauderte bei dem Gedanken, welches Leid den Menschen dort zugefügt wurde. Er schaute zu Elli hinüber. Zwar konnte er ihr Gesicht unter der Kapuze nicht erkennen, aber er war sich sicher, dass sie mit den Tränen kämpfte.

Jan hatte mit Vielem gerechnet, aber diese Jenseits-Nachbildung eines deutschen Konzentrationslagers übertraf seine schlimmsten Erwartungen. Je länger er allerdings darüber nachdachte, umso logischer erschien ihm das Ganze. Schon Paulus hatte die Juden verflucht, „die den Herrn Jesus und die Propheten getötet und uns verfolgt haben, die Gott missfallen und allen Menschen feind sind". Die alten Kirchenlehrer stießen meist ins selbe Horn und riefen mehr als einmal zur Vernichtung der vermeintlichen Gottesmörder auf.

Luther, der Reformator, der so vieles an der Kirche auszusetzen hatte, war da nicht besser. Jan erinnerte sich nur zu gut an Luthers Hetzschrift *Von den Juden und ihren Lügen*: „Darum wisse Du, lieber Christ, und zweifel nichts daran, dass Du, nähest nach dem Teufel, keinen bittern, giftigern, heftigern Feind habest, denn einen echten Juden..." Luther verlangte, dass man die Juden vertreiben müsse, und gab seinen Anhängern einen verhängnisvollen, „teuren Rat": „Erstlich, dass man ihre Synagoge oder Schule mit Feuer anstecke, und was nicht brennen will, mit Erde überhäufe und beschütte, dass kein Mensch einen Stein oder Schlacke davon sehe ewiglich... Zum anderen, dass man auch ihre Häuser dergleichen zerbreche und zerstöre..."

War es angesichts solcher Worte noch ein Wunder, dass der Judenhass der Nazis bei den deutschen Christen so gut ankam? Nein! Jan schüttelte den Kopf. Die Nazis waren in gewisser Weise nur die Vollstrecker einer Jahrhunderte alten Mordlust! Und wie es schien, hatten sie nicht nur die Theologen, sondern den Schöpfer selbst auf ihrer Seite...

Der Weg führte nun dicht an einem Lagersegment vorbei. Auf der anderen Seite des Stacheldrahtzaunes kauerten zwei Dutzend Gefangene im Dreck. Ihre Köpfe waren kahl geschoren. An ihrer Häftlingskleidung prangte ein gelber Judenstern. Jan überlegte, ob er ihnen Trost zusprechen sollte, aber da entdeckte er, dass von hinten ein Aufseher auf die Gruppe zulief. Er befahl ihnen, sich vom Zaun zu entfernen. Die Gefangenen reagierten nicht. Der Aufseher begann, mit einem schwarzen Schlagstock auf sie einzuprügeln.

Jan konnte kaum hinsehen. Heiße Wut stieg in ihm auf. Am liebsten wäre er den Ärmsten zu Hilfe geeilt, aber er wusste, dass er damit die ganze Mission gefährden würde. Hilflos starrte er auf den Boden. Plötzlich wurde er von hinten angestoßen. Jan drehte sich um. Vor ihm stand Ibo, der sich vom Ende des Zuges nach vorne vorgearbeitet hatte: „Jan, wir können das nicht zulassen!", sagte er. Seine Stimme zitterte vor Erregung.

„Ich weiß!", antwortete Jan. „Aber was sollen wir tun? Wir dürfen unsere Mission nicht gefährden!"

„Wir können diese Menschen doch dieser Tortur nicht länger aussetzen!", erwiderte Ibo.

Elli und Clara nickten.

Als Görlitz bemerkte, dass die Gruppe hinter ihm stehen geblieben war, kehrte er zurück und fragte, was los sei. Elli erklärte, dass man die Gefangenen dieser Vorhölle nicht einfach ihrem Schicksal überlassen könne. Görlitz erwiderte, dass dies kaum der geeignete Ort für Diskussionen sei. Er schlug vor, noch fünfhundert Meter zu gehen. Dort sei eine Stelle, die Schutz vor den neugierigen Blicken der Aufseher böte.

Görlitz' Vorschlag wurde akzeptiert. Als sie den Ort erreichten, bemühte sich Jan, das Dilemma in kurzen Zügen zu umreißen. Er selbst, schloss er seine Ausführungen, neige dazu, weiterzuziehen, da ansonsten die Gefahr zu groß sei, dass das gesamte Unternehmen scheitere.

Bakunin widersprach mit aller Vehemenz: „Wir können diese Menschen nicht eine Minute länger ihren Schlächtern überlassen!

In einem Fall wie diesem muss man taktische Erwägungen über Bord werfen und handeln!"

Marx schüttelte energisch den Kopf: „Dein blinder Aktionismus wird noch alles verderben! Wann begreifst du endlich, dass man den richtigen Zeitpunkt abwarten muss, um zuschlagen zu können?!"

„Wenn es nach dir geht, Karl, müsste man die Revolution auf den Sankt Nimmerleinstag verschieben!", wehrte sich Bakunin. „Willst du erst eine Partei gründen und ein überflüssiges Fünfhundertseitenbuch schreiben, bevor wir endlich handeln können?"

„Ich möchte einen Vorschlag zur Güte machen!", schaltete sich Albert ein. „Wir könnten eine Handvoll Leute in den siebten Ring zurückschicken! Sie könnten dort eine kampfstarke Truppe zusammenzustellen und mit ihr versuchen, diese Vorhölle zu erobern!"

Jan erwiderte, dass das sicherlich eine gute Idee sei. Aber: Wie solle man den Naziwärtern erklären, dass eine Gruppe von Aufsehern, kaum dass sie den sechsten Ring erreicht hatten, wieder zum siebten Ring zurückkehren wolle?

Albert zuckte mit den Schultern: „Sie könnten behaupten, Görlitz habe ihnen neue Befehle erteilt…"

Görlitz meinte, das dies durchaus funktionieren könne, da die Kontrollen für den Weg nach unten nicht allzu scharf seien. Problematischer sei es, die Wachen später dazu zu bringen, das Tor zum sechsten Ring wieder zu öffnen.

„Werden die Wachen keinen Verdacht schöpfen, wenn so kurz nach dem ersten Transport ein zweiter erfolgt?", fragte Elli.

„Möglich!", antwortete Görlitz. „Allerdings: Der Trick mit der 'Order von oben' funktioniert in einem hierarchischen System fast immer! Wenn ich schon darauf reinfalle, werden es diese braunen Hohlköpfe zweimal tun…"

Jan grinste: „Gut, dann bleibt nur noch zu klären, wer den Job übernimmt…"

Es meldeten sich zwei Dutzend Aufständische, darunter auch Bakunin. Jan hatte einige Mühe ihm klarzumachen, dass er für die

Aufgabe nicht in Frage kam, weil er an der himmlischen Rampe erwartet werde. Schließlich einigten sie sich darauf, dass Sartre, Simone, Rosa und Ibo den Rückweg zum siebten Ring antreten und die Befreiung des sechsten Rings koordinieren sollten.

Nachdem die vier sich verabschiedet hatten, machten sich die übrigen wieder auf den Weg. Ohne weitere Verzögerungen durchquerten sie das Gelände. Da die Aufseher, die das Ausgangstor des Rings bewachten, keinen Verdacht schöpften, gelangten sie problemlos in den Tunnel, der sie zum fünften Ring führen sollte. Er war weniger dunkel und muffig als der vorangegangene. Obwohl der Aufstieg mühsam war, legten sie keine Pausen ein und so dauerte es nicht allzu lange, bis sie das Tor zum fünften Ring erreichten. Görlitz ging auf das Tor zu und klopfte.

XXXII.

Das Tor öffnete sich wie von Geisterhand. Jan trat unwillkürlich einen Schritt zurück. Er starrte durch die Öffnung in der Felswand. Merkwürdigerweise war auf der anderen Seite niemand zu sehen.

Görlitz wandte sich um: „Ihr könnt die Kapuzen jetzt abnehmen! In den höheren Ringen gibt es keine Aufseher – nicht einmal im fünften, dem gefährlichsten aller Ringe! Gott hat seine Wächter vor vielen Jahrzehnten abgezogen! Er hat wohl festgestellt, dass seine Leute nicht notwendig sind, um das Leben hier zur Hölle zu machen...“

„Was meinst du damit?“, fragte Jan, während er sich die Kapuze vom Kopf zog.

„Warte, du wirst es mit eigenen Augen sehen!“

Görlitz drehte sich um und marschierte durchs Tor. Als Jan das Tor passiert hatte, stellte er mit Beunruhigung fest, dass sie sich auf einem Felsplateau befanden, von dem aus es etwa zweihundert Meter in die Tiefe ging.

Görlitz deutete auf den gewaltigen Graben, der vor ihnen lag: „Vor uns liegt der Ring der Muslime, Hindus, Buddhisten und der anderen nichtchristlichen Fundamentalisten... Der Zugang zum vierten Ring befindet sich auf der anderen Seite des Tals!“

Jan starrte auf das Felsmassiv, das jenseits des Grabens in beängstigend weiter Ferne lag. Vorsichtig tastete er sich zum Abhang vor und schaute hinab. Direkt unter ihnen entdeckte er eine kleine Stadt. Die meisten Häuser waren zerstört, viele standen in Flammen. Auf der rechten Seite tobte eine hitzige Schlacht. Man konnte die Schreie der Menschen deutlich hören.

„Die Muslime befinden sich mal wieder im heiligen Krieg!“, erklärte Görlitz. „Die einzelnen Sekten des Islam bekämpfen sich zwar immer wieder untereinander, manchmal aber schließen sie sich zusammen, wenn es gegen die Hindus oder die Buddhisten geht. Und das ist – wie es scheint – zur Zeit der Fall...“

„Woher willst du das wissen?", fragte Elli.

„Die Armee dort unten ist ein muslimisches Elitekorps, bestehend aus Sunniten und Schiiten, wie man an den Fahnen erkennt. Sie haben gerade eines der Dörfer der Unberührbaren verwüstet. Wahrscheinlich haben sie vor, tiefer ins Hinduland einzudringen..."

„Die Hindus halten selbst hier unten noch an ihrem Kastensystem fest?" Jan schüttelte ungläubig den Kopf. „Warum? Sie müssten doch längst eingesehen haben, dass ihr Glaubenssystem auf Sand gebaut ist! Ich meine, immerhin befinden sie sich in der christlichen Vorhölle..."

„Du unterschätzt die Kraft des Glaubens!", erwiderte Feuerbach, der sich neben Jan gestellt hatte und die Schlacht beobachtete. „Wahrscheinlich interpretieren sie die Vorhölle als eine besondere Herausforderung für ihren Glauben!"

Görlitz nickte: „Richtig! Viele von ihnen erwarten nach all den Torturen, die sie dort unten erdulden müssen, sicherlich eine glanzvolle Wiedergeburt als Brahmane!" Er lachte bitter. „Man kann sie mit den besten Argumenten nicht vom Gegenteil überzeugen! Es ist hoffnungslos!"

„Man kann die Menschen nicht durch Argumente von einem Glauben abbringen, zu dem sie nicht durch Argumente gefunden haben!", sagte Nietzsche.

„Aber wie steht es um die Buddhisten?", wollte Albert wissen. „Halten die sich wenigstens aus dem Gemetzel heraus?"

Görlitz winkte ab: „Im Gegenteil! Die einzelnen Klöster bekämpfen sich gegenseitig bis aufs Blut! Am schlimmsten die Tibeter! Du kannst dir nicht vorstellen, was passiert, wenn die einzelnen 'Inkarnationen' des Dalai Lama aufeinandertreffen! Sie werfen einander vor, Hochstapler zu sein und führen Kriege, die an Brutalität kaum zu überbieten sind! Wenn sie könnten, wie sie wollten, dann hätten sie sich längst gegenseitig ausgerottet! Aber dieser Spaß ist ihnen hier unten nicht vergönnt, wobei ich nicht einmal weiß, ob das nun ein Fluch oder ein Segen ist!"

„Ein ewiger Religionskrieg!", staunte Albert. „Es muss schrecklich sein, in einer Welt zu leben, in der die Religiösen das Sagen haben! In gewisser Weise ist es fast ein Segen, dass die Christen und Juden dort unten nicht auch noch mitmischen!" Er schüttelte den Kopf: „Gab es keine Versuche, einen Frieden unter den Religionen herzustellen?"

„Doch!", antwortete Görlitz. „Aber die hoffnungsvoll antretenden Friedensstifter scheitern meist schon im eigenen Lager! Selbst Buddha hatte keine Chance, seine Leute zu überzeugen! Sie haben ihn erst verlacht und dann später, als er weiter auf einer friedlichen Lösung bestand, mit brutaler Gewalt aus den eigenen Reihen verbannt! Seitdem lebt er mit einer Gruppe Dissidenten einsam auf einem Berg. Wir werden ihnen begegnen, kurz bevor wir das Ende dieses Rings erreichen..."

„Apropos", hakte Elli ein, „wie sollen wir dorthin gelangen? Ich sehe keinen Weg, der nach unten führt!"

„Gott sei Dank!", erwiderte Görlitz. „Keine zehn Pferde würden mich nach dort unten bringen!"

„Auf welche Weise sollen wir denn sonst die andere Seite erreichen? Ich meine, Flügel sind uns ja noch nicht gewachsen!"

Görlitz lächelte: „Wir brauchen keine Flügel!" Unvermittelt machte er ein paar Schritte nach hinten. „Schaut her!"

Plötzlich und für alle unerwartet lief er auf die Klippe zu.

„Verdammt!", schrie Jan. Er warf sich dem Kommandanten entgegen. Doch er kam zu spät. Görlitz sprang. Ein Aufschrei ging durch die Gruppe. Jan kniff die Augen zusammen.

Einen Moment lang herrschte tödliche Stille. Dann aber ertönte lautes Gelächter.

„Tut mir leid!", rief Görlitz. „Ich konnte es mir einfach nicht verkneifen!"

Jan öffnete die Augen. Görlitz stand sechs oder sieben Meter von ihm entfernt – in der Luft! Jan konnte nichts erkennen, was seinen Absturz verhinderte.

Görlitz ging langsam auf ihn zu: „Gott hat so manchen Trick auf Lager! Als er die Wachtruppen abzog, schuf er diese unsichtbare Brücke über das Tal der religiösen Eiferer..." Er streckte Jan die Hand entgegen: „Überzeuge dich selbst!"

Jan zögerte einen Moment. Die Sache war ihm nicht geheuer, aber er wollte auch nicht als Feigling dastehen. Zaghaft ergriff er Görlitz' Hand. Er zitterte am ganzen Körper, als er über die Klippe trat. „Nur nicht nach unten schauen!", dachte er. Vorsichtig ging er ein paar Schritte, die Augen starr auf Görlitz gerichtet. Seltsamerweise hatte er noch immer das Gefühl, festen Boden unter den Füßen zu haben. Jan schaute nach unten. Tatsächlich: er stand in der Luft! Jan drehte sich um. Obwohl ihm leicht schwindelig war, lächelte er Albert und Elli zu, die ihn besorgt vom Plateau aus beobachteten. „Alles in Ordnung!", sagte er, „Es ist nichts dabei! Versucht es selbst!"

„Ich hoffe, in dieser unsichtbaren Brücke gibt es keine unsichtbaren Löcher!", rief Albert misstrauisch.

„Keine Sorge!", entgegnete Görlitz. „Zumindest in dieser Hinsicht kann man Gott vertrauen!"

„Ist die Brüstung auch hoch genug, dass man nicht durch einen unachtsamen Tritt in die Tiefe fällt?

„Auch diese Befürchtung kann ich euch nehmen!", sagte Görlitz. „Die Brücke ist nach allen Seiten hin abgeschlossen! Es kann wirklich nichts geschehen!"

„Also gut!" Elli war die erste, die sich einen Ruck gab. Mutig schritt sie über die Klippe. Clara, Nietzsche und Albert folgten. Auch die anderen rückten langsam nach.

„Auf diesen Schreck muss ich erst mal etwas zu mir nehmen!", sagte Jan. Er griff nach dem Rucksack, in dem er die Früchte aus dem Garten verstaut hatte.

„Was ist da drin?", fragte Görlitz.

„Früchte aus dem Garten der Aufseher...", antwortete Jan.

„Schmeiß' das Zeug weg!", rief Görlitz. „Die Früchte sind außerhalb des Gartens völlig ungenießbar! Du würdest fürchterliche Schmerzen bekommen! Gott wollte unter allen Umständen verhindern, dass mitleidige Aufseher den Verdammten etwas zustecken!"

Jan erbleichte: „Hoffentlich haben Ibo und die anderen nicht schon von den Früchten gekostet!" Görlitz nickte.

Jan teilte den anderen mit, dass sie die Rucksäcke liegen lassen sollten, weil die Früchte verdorben seien. Er fragte Görlitz, wo sie neuen Proviant finden könnten. Ohne weitere Nahrung würden sie den Weg zum Himmel kaum überstehen. Görlitz erklärte, dass sich im vierten Ring eine Art Großkantine befände. Die Qualität des Essens sei zwar bescheiden, aber man könne – sähe man von den Erholungsparks der Aufseher ab – in den unteren Ringen kaum etwas Besseres finden.

Nach einigen hundert Metern hatte sich Jan an die Höhe gewöhnt. Während des Marsches über die Brücke studierte er das Tal. Sie hatten bereits ein Dutzend zerstörte Hindutempel hinter sich gelassen und erreichten nun das Hoheitsgebiet der Muslime. Unter ihnen lag eine große Moschee, vor der sich Zehntausende versammelt hatten. Ein Mann, der an der Vorderseite der Moschee stand, sprach zu den Gläubigen. Jan konnte von hier oben zwar die meisten seiner Worte nicht verstehen, glaubte aber, dass er seine Ausführungen mit einem Vers aus der 64. Sure des Korans beendete: „Fürchtet nun Gott, soviel ihr eben könnt. Und hört zu und gehorcht." Die Masse der Gläubigen jubelte. „Der oberste islamische Rechtsgelehrte dieser Region!", erklärte Görlitz. Jan erblickte eine Gruppe von Gefangenen, die an Händen und Füßen gefesselt auf ein Podest geführt wurden.

„Besser, du schaust nicht hin!", meinte Görlitz. „Sie werden den Verurteilten erst die Hände, dann die Füße und zum Schluss die Köpfe absäbeln!"

Jan erbleichte: „Was haben die Ärmsten denn verbrochen?"

„Was weiß ich? Vielleicht sind es Apostaten, Ehebrecher oder Homosexuelle..."

„Glücklicherweise wachsen die abgetrennten Glieder und Köpfe wieder nach, nicht wahr?"

„Ob das ein Glück ist, vermag ich nicht einzuschätzen!", sagte Görlitz. „Um ein Äquivalent zur Todesstrafe zu finden, haben die Rechtsgelehrten schon vor vielen Jahren das Prinzip der Dauerhinrichtung eingeführt. Sieben Tage und Nächte lang werden die Ärmsten dort unten dem Beil des Scharfrichters ausgeliefert sein!"

„Was?"

„Du hast richtig gehört!"

Die Menschenmenge unter ihnen wurde auf einmal tödlich still.

„Jetzt geht's los!", sagte Görlitz.

Der dumpfe Klang eines niederfahrenden Beiles und der verzweifelte Schrei eines Gepeinigten hallten durch die Luft. Jan zuckte zusammen. Der grausame Vorgang wiederholte sich drei Mal. Nach dem vierten Beilschlag brachen die Gläubigen in frenetischen Jubel aus. Offensichtlich hatte einer der Gepeinigten seine erste Hinrichtung für heute überstanden.

„Nur weg hier!", dachte Jan. Er und die anderen beschleunigten das Tempo. Die Schreie der Verurteilten verfolgten sie noch eine Zeit lang. Als sie endlich nicht mehr zu hören waren, entdeckte Jan vor ihnen einen Berg, auf dessen Spitze sich eine Reihe von Menschen versammelt hatte. Görlitz erklärte, dass dies der Berg der Dissidenten sei. Jan fragte, ob es möglich sei, mit ihnen zu sprechen. Görlitz nickte.

XXXIII.

Die Dissidenten saßen ruhig in einem Halbkreis und meditierten. Als sie den Zug der Verdammten auf der unsichtbaren Brücke entgegen kommen sahen, standen einige von ihnen auf. Sie bewegten sich auf den vorderen Rand des Bergplateaus zu.

Jan schlug vor, den Dissidenten entgegenzugehen. Zu seiner Verwunderung schien sich niemand außer ihm für eine Begegnung mit Buddha und seinen Freunden zu interessieren. Albert schob vor, er sei müde und wolle sich einen Moment ausruhen. Elli meinte, Jan könne ja später alles Wesentliche berichten. Als sie ihn zum Abschied küsste, glaubte Jan, einen merkwürdig besorgten Ausdruck in ihren Augen zu entdecken. Er war verwirrt. Er konnte sich nicht vorstellen, dass seine Freunde freiwillig auf ein Gespräch mit Buddha verzichteten. Vielmehr schien es so, als ob sie ihn bewusst alleine gehen ließen. Aber aus welchem Grund?

Jan versuchte sich dem Berg so weit zu nähern, wie dies nur irgend möglich war. Eine unsichtbare Barriere verhinderte, dass er die Hochebene selbst erreichen konnte. Wenige Meter vor der Klippe blieb er stehen. Er starrte den Männern entgegen, die von der anderen Seite nun immer näher rückten. Als Jan die kleine Gestalt entdeckte, die in der Mitte der Gruppe angeregt diskutierte, traf ihn fast der Schlag: Mahatma Gandhi! Auch der Mann, der rechts neben ihm ging, kam Jan bekannt vor. Er fahndete in seinem Gedächtnis fieberhaft nach der Identität des Mannes. Plötzlich schoss ihm sein Name durch den Kopf: „Gora!"

Je näher die Gruppe kam, desto sicherer war Jan, dass dies Gora sein musste, der Mann, der in Indien das berühmte atheistische Zentrum gegründet hatte! Jan kannte sich in der Lebensgeschichte des indischen Atheisten gut aus. Er selbst hatte einst eine anstrengende Indienreise unternommen, nur um das *Atheist Centre* in Vijayawada mit eigenen Augen zu sehen. Das Zentrum hatte ihn damals sehr beeindruckt. Es war einer der wenigen Orte in Indien, wo das Kastensystem keinerlei Rolle spielte, wo

Muslime, Christen, Hindus, Buddhisten und Konfessionslose vorurteilsfrei miteinander umgingen. „Merkwürdig!", dachte Jan. Warum war Gora nicht im Ring der Todsünder gelandet? Ob der Gott der Christen so voreingenommen war, dass er die indischen Atheisten schlichtweg ignorierte?

Jan konzentrierte sich auf die drei anderen Männer. Er konnte ihre Gesichter nicht eindeutig zuordnen. Ob einer dieser drei der sagenumwobene Siddhartha Gautama war, der Mann, auf den sich die Buddhisten in aller Welt beriefen – mehr zu Unrecht als zu Recht, wie Jan meinte? Den bekannten Buddha-Statuen am ehesten glich vielleicht der Mann, der links neben Gandhi ging. Er hatte eine lange Nase, große Ohren – wenn auch nicht die Elefantenohren des *Stehenden Buddhas von Anuradhapura*, volle Lippen, hoch liegende Augenbrauen und mandelförmige Augen, die ihn, wie Jan nun, da die Männer ihm direkt gegenüberstanden, erkannte, mit schelmischem Ausdruck musterten.

„Friede sei mit dir, Jan!", sagte der Mann mit den Mandelaugen. „Schön, dass du bei uns vorbeischaust!"

„Woher – um alles in der Welt – kennst du meinen Namen?", stammelte Jan.

Der Mann lächelte: „Wenn die Zeit gekommen ist, wirst du es verstehen!"

„Welche Zeit?"

„*Deine* Zeit!"

„Wenn *meine* Zeit gekommen ist, werde ich verstehen?"

Der Mann nickte: „So ist es!"

„Du sprichst in Rätseln!", sagte Jan und runzelte die Stirn.

„Tun wir das nicht alle?", erwiderte der Mann und lachte.

„Möglich!", sagte Jan. Er überlegte, was dieser merkwürdige Gesprächsbeginn zu bedeuten hatte. Wollte der Mann ihn hochnehmen? Was führte er im Schilde und warum drückte er sich so dunkel aus?

Jan beschloss, zunächst einmal die elementarsten Dinge zu klären. Er fragte den Mandeläugigen nach seinem Namen.

„Namen sind Schall und Rauch!", sagte der Mann. Er grinste: „Aber da du es nun einmal wissen willst: Bei meiner Geburt gab man mir den Namen Siddhartha Gautama. Später nannte man mich 'Buddha, den Erhabenen'. Unter uns: Lieber hätte ich gehört, man hätte mich 'den Heiteren' genannt. Aber so sind sie, die Religiösen: Es dürstet sie nach Ernst, nach tödlichem Ernst. Mit Heiterkeit lässt sich schwerlich herrschen!"

„Statt heiterer Wahrheiten setzen sie lieber ernste Lügen in die Welt!", meldete sich Gandhi zu Wort.

Gora nickte: „Mit dem Ernst der Religiösen ist nicht zu spaßen! Andererseits: Was hatten wir für einen Spaß, als wir den einfachen Leuten Indiens die Tricks der Gurus erklärten. Wir liefen übers Feuer und tanzten den ganzen Abend!"

„Es ist jammerschade, dass ich Gora erst am Ende meines Lebens getroffen habe!", sagte Gandhi. „Mancher Irrtum wäre mir erspart geblieben! Erst als ich sah, wie sich Gora und seine Leute über alle religiösen Schranken hinwegsetzten, wurde mir klar, dass ich zum Super-Atheisten werden musste!"

„Zum Super-Atheisten?", fragte Jan.

Gandhi nickte: „Gora und ich haben viel über diese Fragen diskutiert. Irgendwann musste ich einsehen, dass er die besseren Argumente hatte! Er sagte, es gäbe keine Hindus, Muslime, Christen und Juden, keine Reichen und keine Armen, keine Weißen und keine Schwarze, sondern nur Menschen. Er schlug eine weltweite Bekehrung zum Menschsein vor und ich musste zugeben, dass seine Position der meinen überlegen war..."

„Wohin es führt, wenn man zulässt, dass die religiösen Unterschiede das Leben bestimmen, hast du ja hier unten gesehen!", sagte Gora. „Frag Baha'u'llah! Er hat den bitteren Ernst der Religiösen am eigenen Leib erfahren wie kaum ein anderer!"

„Baha'u'llah? Der Begründer der Baha'í-Religion?"

„Eigentlich heiße ich Mizra Husain Ali Nuri!", sagte der Mann, der ganz rechts stand. „Den Namen Baha'u'llah habe ich mir zu Zeiten zugelegt, da ich noch an die Existenz eines liebenden, allmächtigen Gottes glaubte. Aber das ist nun vorbei!"

„Du hast deinen Glauben verloren?", fragte Jan.

„Ich habe die Wahrheit gefunden! Einen Großteil meines Lebens habe ich in Gefängnissen gesessen, weil die Anhänger des Korans glaubten, dass ich ihren Glauben an Allah verraten hätte. Ich hoffte, ich könnte den Grundstein für einen religiösen Weltfrieden legen, indem ich die Lehren aller Religionen in den Baha'í-Glauben aufnahm. Aber das führte nur dazu, dass uns die meisten umso mehr hassten! Meine ganze Lehre war ein schrecklicher Irrtum, der vielen das Leben kostete, nichts weiter! Ich nahm die Religion zu ernst! Ich hätte über den ganzen Unsinn lachen sollen!" Ein Lächeln huschte über Bahas Gesicht: „Weißt du, was ich tun würde, wenn ich noch einmal die Gelegenheit hätte, die Erde zu betreten?"

Jan schüttelte den Kopf.

Baha lachte: „Ich würde die nächstbeste Kneipe aufsuchen und mich richtig voll laufen lassen!"

„Aber du hast doch den Genuss von Alkohol strengstens untersagt!"

„Eben drum!" Baha schüttelte sich vor Lachen. „Eben drum!"

„Und ich hätte Lust auf ein saftiges, argentinisches Rindersteak!", kicherte Gandhi.

„Oder auf einen Hamburger mit Zwiebeln und Speck!" Buddha klopfte sich bei dem aberwitzigen Gedanken auf die Schenkel: „Das Zeug soll zwar fürchterlich schmecken, aber probieren würde ich es doch gerne einmal!"

Die vier krümmten sich vor Lachen. Jan schaute amüsiert von einem zum anderen. So heiter hätte er sich die orientalischen Weisen nicht vorgestellt. Sein Blick fiel auf den fünften Mann, der bis jetzt geschwiegen hatte. Er musterte Jan mit einem leicht abwesend wirkenden, jedoch freundlichen Lächeln.

„Ich habe mich bisher noch nicht vorgestellt!", sagte er. „Mein Name ist Nisargadatta Maharaj!"

Jan schaute Maharaj verwundert an. Was hatte Maharaj, der „Meister Eckart" des Hinduismus, hier zu suchen?

„Warum wunderst du dich?", fragte Maharaj, der – wie Jan mit Erschrecken feststellte – offenbar seine Gedanken lesen konnte. „Du bist es doch, der mich in diese Welt gerufen hat!"

„Ich verstehe nicht!", sagte Jan wahrheitsgemäß.

„Diese Welt ist deine Illusion! Nichts hier ist real!"

„Was?"

„Keiner von uns existiert wirklich. Wir leben allein in deiner Vorstellung!" Maharaj lächelte: „Und nun, nun willst du Gott von seinem Thron stoßen, nicht wahr?"

Jan nickte stumm.

„Wie kommst du auf den absurden Gedanken, dass Gott außerhalb von dir existiert?"

Jan zuckte hilflos mit den Schultern.

„Dein Gott heißt Jan Stollberg! Und du kannst dich von ihm befreien – hier und jetzt!"

„Murti!", hakte Buddha ein. „Siehst du nicht, dass du unseren Freund hoffnungslos verwirrst? Wenn die Zeit kommt, wird er von selbst verstehen!"

„Er könnte sich die Sache leichter machen!", antwortete Maharaj.

„Für manchen ist der schwerere Weg der leichtere!", sagte Buddha.

Gora nickte: „Manch einer muss Gott töten, um zu erkennen, dass er nie existiert hat!"

Er wandte sich Jan zu: „Hab keine Sorge: Du bist auf dem richtigen Weg! Am besten, du gehst zurück zu deinen Freunden! Sie warten bereits auf dich!"

„Aber..." Jan wollte noch so vieles fragen.

Gandhi schüttelte den Kopf: „Wir können dir nichts sagen, was du nicht ohnehin schon weißt! Du brauchst uns nicht!"

Jan wollte sich nicht so leicht abwimmeln lassen: „Was hat Maharaj gemeint?"

„Nichts von Bedeutung!", sagte Baha. „Vergiss es! Du wirst es früh genug verstehen!"

„Wenn deine Zeit gekommen ist!", ergänzte Buddha. Auf seinem Gesicht erschien wieder dieses seltsame Lächeln.

„Was?" Jan verstand gar nichts mehr.

„Wir werden uns wiedersehen, sobald du Gott von seinem Thron gestürzt hast!", erklärte Gora. „Friede sei mit dir!"

Die fünf Weisen verneigten sich. Jan erwiderte den Gruß. Wortlos drehten sie sich um und zogen von dannen. Fassungslos starrte Jan ihnen nach. Das Gespräch hatte ihn maßlos verwirrt.

XXXIV.

Jan war noch immer beunruhigt, als er bei seinen Freunden eintraf. Erleichtert stellte er fest, dass sich niemand für sein Gespräch mit den Dissidenten interessierte. Er hätte auch kaum etwas Vernünftiges berichten können.

Görlitz mahnte zu raschem Aufbruch. Schnellen Schrittes gelangten sie an das Ende des fünften Ringes. Der Kommandant öffnete die große Holztür, hinter der sich der Aufgang zum vierten Ring befand.

Die Verdammten staunten nicht schlecht, als sie das Tor passierten. Sie standen in einem großen, alten Treppenhaus, das Jan an ein altes Universitätsgebäude erinnerte. Der erste Eindruck täuschte nicht. An den Wänden hingen riesige Portraits, auf denen, wie man anhand der Bildlegenden ablesen konnte, das Lehrpersonal der einzelnen Fakultäten abgebildet war: Männer in fürstlichen Roben, die auf ihren Köpfen feudale Perücken trugen. „Die Studentenbewegung hat hier nicht stattgefunden!", dachte Jan. Während er die knarrenden Treppen emporstieg, las er die Namen der Professoren. Außer ein paar Kirchenvätern waren ihm die meisten unbekannt.

Es dauerte eine Weile, bis sie die obere Etage des Treppenhauses erreichten. „Katholische Hochschule für religiöse Werke" stand in großen Lettern über dem Eingangstor geschrieben.

Görlitz stieß die Tür auf.

Vor ihnen lag ein langer dunkler Gang.

„Dieser Bereich gehört zur Theologisch-Psychologischen Fakultät", erklärte Görlitz. „Schaut euch um: Wie in so manchem psychologischen Laboratorium gibt es hier Einwegscheiben, durch die man die 'Versuchspersonen' beobachten kann..."

Erst jetzt entdeckte Jan das große Fenster, das sich auf der rechten Seite des Gangs befand. Über dem Fenster prangte eine goldene Inschrift. „Narzissus 3549" war dort zu lesen. Jan fragte, was es damit auf sich habe. Görlitz erklärte, dass es sich hierbei um Feldversuch 3549 der Abteilung für Theologische Narzissmusforschung handle. Jan schüttelte den Kopf und starrte durch das Fenster.

Doch was war das? Ein Schönheitssalon? Im ersten Moment sah es so aus. In dem Raum befanden sich rund fünfzig junge Frauen. Schauspielerinnen, Tänzerinnen oder Mannequins, wie Jan aufgrund ihres Aussehens vermutete. Sie saßen vor großen Spiegeln, toupierten sich die Haare und schminkten sich. Vor ihnen war ein beachtliches Arsenal von Kosmetika aufgebaut. Jan fiel auf, dass die Frauen sich sehr hektisch bewegten. In ihren Gesichtern konnte man den Ausdruck von Verzweiflung erkennen. Den meisten von ihnen standen Tränen in den Augen. Was ging da vor? Jan konnte sich auf das Geschehen keinen Reim machen.

„Schau genauer hin!", riet Görlitz.

Jan konzentrierte sich auf eine blonde Frau, die direkt vor ihm saß. Sie tupfte sich fortwährend hektisch die Stirn. Jan konnte nicht verstehen, was sie damit bezweckte. Sie sah blendend aus, ihr graziles Gesicht hätte jedes Modemagazin schmücken können. Warum diese Hektik und Verzweiflung?

Jan ging einen Schritt zur Seite, um einen Blick auf den Spiegel zu werfen, vor dem sie saß. Schlagartig erkannte er ihr Problem: Ein häßlicher, bläulich-grüner Fleck prangte mitten auf ihrer Stirn. Hatte er diesen gewaltigen Schönheitsmakel wirklich übersehen?

Jan wechselte wieder in seine alte Position. Nein, in der Realität war der Fleck nicht vorhanden! Das Spiegelbild verzerrte die Wirklichkeit. Mit Absicht, wie es schien.

Jan schüttelte den Kopf. „Wer denkt sich nur solche Spielchen aus!"

Görlitz deutete mit dem Finger nach oben. „Das hier ist noch vergleichsweise harmlos! Du solltest einmal die anderen Laboratorien sehen!"

„Nein, danke!", antwortete Jan. Er warf einen weiteren Blick in den Salon der gequälten Schönheiten: „Was ich nicht verstehe, ist: Die Frauen könnten sich doch gegenseitig davon überzeugen, dass sie völlig in Ordnung sind! Dann hätte der ganze Spuk schnell ein Ende!"

„Du unterschätzt den gewaltigen Konkurrenzkampf unter den Frauen!", erwiderte Görlitz. „Man hat ihnen gesagt, dass die Schönste unter ihnen einen Platz an der Seite des himmlischen Vaters bekommt! Du verstehst, was das bedeutet?"

Jan verstand: „Sie würden den schmeichelhaften Worten einer Konkurrentin niemals vertrauen, nicht wahr?"

„Niemals!"

„Das ist purer Sadismus!", sagte Jan.

„So ist es! Komm, lass uns weiterziehen!"

Jan nickte.

Sie setzten ihren Marsch fort. Jan vermied es, in weitere Fenster zu starren. Die Vorhölle der Psychoanalytiker hätte ihn zwar brennend interessiert, aber sie lag nach Görlitz Angaben zu weit entfernt.

Plötzlich war aus der Ferne ein merkwürdiges Summen und Klopfen zu hören.

„Es kommt direkt von dort vorne!", sagte Elli.

Jan nickte: „Eine Gefahrenquelle?"

Görlitz zuckte mit den Schultern: „Ich denke, wir sollten auf jeden Fall auf Nummer Sicher gehen! Stellt euch in Zweierreihen auf! Ich gebe das Kommando!"

Nachdem die Gruppe sich formiert hatte, schritten sie langsam voran. Die Geräusche wurden lauter. Wie sich herausstellte, stammten sie von einem Mann, der unmittelbar vor ihnen damit beschäftigt war, einen großen schwarzen Kasten zusammenzubauen. Jan erkannte den Mann sofort. Er lachte erleichtert auf. „Entwarnung!", sagte er. „Das ist Wilhelm Reich!"

„Reich?", fragte Elli.

Jan nickte. Amüsiert beobachtete er den einstigen Musterschüler Freuds, dem es innerhalb kürzester Zeit gelungen war, aus sozialistischen wie auch psychoanalytischen Kreisen ausgeschlossen zu werden. Jan vermutete, dass die Herren Psychoanalytiker ihn auch hier unten aus ihrem Dunstkreis verbannt hatten.

Als Reich die Verdammten auf sich zukommen sah, sprang er ungestüm nach vorne: „Halt!", rief er. „Ich will euch eine Erfindung vorführen, die die Welt verändern wird: den sagenhaften Orgonakkumulator!"

„Orgon...- was?" Elli hatte als Jugendliche begeistert an Reichs Sexpol-Aktivitäten teilgenommen, aber durch ihr Martyrium in Auschwitz war es ihr verwehrt gewesen, Reichs weitere Entwicklung zu verfolgen.

„Der Orgonakkumulator ist die größte Innovation seit der Erfindung des Rads!", führte Reich aus. „Er beseitigt Krebsgeschwüre, stabilisiert den Kreislauf, reinigt umgekippte Flüsse, heilt schwerste Depressionen, Insektenstiche sowie Gallensteine. Außerdem hat er sich als wirksames Gegenmittel gegen unangenehmen Fußgeruch bewährt..."

„Der hat doch nicht mehr alle Tassen im Schrank, oder?" Nietzsche tippte sich mit dem Finger an die Stirne.

„Er war einst einer der brillantesten Köpfe des zwanzigsten Jahrhunderts! Aber die Ignoranz seines Umfeldes hat ihn immer weiter in die Isolation getrieben!", erklärte Jan. „Er starb einsam und verkannt in einem amerikanischen Gefängnis..."

„Der Akkumulator verbessert den Empfang von Rundfunkstationen sowie den Geschmack von Rohkostsalaten, vom Orgasmusreflex ganz zu schweigen! Schon die Ägypter haben sich beim Bau der Pyramiden meines Akkumulators bedient. Er ist auch eine gute Putzhilfe im Haushalt..."

Jan nutzte die kleine Pause, die Reich machte, um ihn von ihrem Vorhaben in Kenntnis zu setzen. Er schlug Reich vor, sich ihnen anzuschließen. Reich zog erstaunt die Augenbrauen hoch. Einen Moment lang schien er völlig klar zu sein. Dann aber funkelte wieder der Irrsinn in seinen Augen. „Ich kenne einen besseren Weg! Setz dich in meinen Akkumulator und er wird dich in Windeseile auf Gottes Thron katapultieren! Auch Jesus saß vor seiner Auferstehung in meinem Akkumulator! Erst kürzlich entdeckte ich Johannes, den Täufer, in einem meiner Heu-aufgüsse..." Reich begann zu kichern.

„Komm, lass ihn gehen!", sagte Elli und zog Jan zu sich. „Da ist Hopfen und Malz verloren..."

„Der Kerl ist ja völlig von Sinnen!", bestätigte Nietzsche. „Und ich weiß, was das bedeutet!"

Jan sah ein, dass man Reich nicht mehr helfen konnte. Er nickte resigniert. Der Tross setzte seinen Marsch fort.

„Ignoranten! Dilettanten! Idioten!", brüllte ihnen Reich hinter-her. „Ihr könnt der US-Regierung ausrichten, dass sie sich ihre verdammten Gesetze sonstwohin stecken kann! Orgon, steh mir bei!"

Reich verschwand in seinen Akkumulator und setzte die Arbeit fort.

XXXV.

Nach einigen hundert Metern erreichten die Aufständischen die *Fakultät der Schönen Künste*. Im Zentrum der Fakultät befand sich die große Kantine, von der Görlitz gesprochen hatte. „Wurde auch Zeit!", dachte Jan. Sein Magen knurrte bedenklich.

Die Kantine war wenig besucht. Sie stellten sich hintereinander an der Essensausgabe an. Das Angebot war nicht gerade üppig. Es gab zähflüssige Erbsensuppe, Butterbrote sowie ein durchsichtiges, lauwarmes Getränk, das entfernt an Kamillentee erinnerte.

Sie setzten sich an die schmucklosen Tische und würgten das Essen herunter. Es schmeckte ungeheuer fad, stillte aber das bohrende Hungergefühl. Als Jan seinen Blechnapf geleert hatte, schaute er sich im Raum um. Sein Blick fiel auf eine hagere Gestalt, die sich mutterseelenallein an einem Tisch in der hinteren rechten Ecke des Raumes niedergelassen hatte. War das nicht? Jan schaute genauer hin. Natürlich! Diese Gesichtszüge, die lange Nase, der spöttische Blick und vor allem dieser merkwürdige Bart waren unverwechselbar! Jan fragte Görlitz nach Zigaretten und Feuer, der beides bereitwillig herausrückte. Jan stand auf und ging zu dem Mann hinüber, der gedankenverloren in seine Blechtasse starrte.

„Zigarette?", fragte Jan.

Der Mann schaute auf und schob sich mit einer lässigen Handbewegung die langen, schwarzen Haare aus dem Gesicht: „Da sag ich nicht nein!" Er grinste: „Schwarzen Kaffee hast du nicht zufällig dabei, oder?"

Jan schüttelte den Kopf: „Bedauere!"

Der Mann griff sich die Zigarette.

Jan reichte ihm Feuer: „Frank Zappa, nicht wahr?"

Zappa nickte.

„Ich hatte immer gehofft, dich einmal zu treffen", sagte Jan. „Ich besaß alle deine Platten – von den frühen *Mothers of Invention* bis zu *Yellow Shark*..."

„Tja, die guten alten Zeiten!", sagte Zappa, hustete und begann zu schimpfen. „Sieh, was aus mir geworden ist! Früher fraß ich Zigaretten zum Frühstück und heute... pah! ...heute huste ich beim ersten Zug wie ein katholisches High School-Flittchen, das sich auf der Schultoilette blöde kichernd das erste Nikotin reinpfeift!" Er nahm einen weiteren kräftigen Zug – diesmal hustete er etwas weniger: „Statt Kaffee kriegst du hier Gesundheitstee! Ich schütte mir manchmal ein wenig Tinte rein, damit das Zeug 'ne angenehmere Farbe bekommt und ich mir einbilden kann, es wäre Kaffee..."

Jan lächelte: „Das Essen ist nicht unbedingt besser..."

Zappa hob verächtlich die Augenbrauen: „Ich dachte früher, ich hätte schon einmal so etwas Ähnliches wie Scheiße gefressen, nämlich 1973 am Buffet des Holiday Inn in North Carolina! Aber der Fraß in dieser katholischen Besserungsanstalt setzt allem die Krone auf!"

„Und wie steht's um die Musik?"

„Hör auf! Sie zwingen uns, dumme Liedchen in C-Dur zu schreiben! Wenn Du etwas anderes benutzt als Tonika, Dominante und Subdominante, schicken sie dich ins Fegefeuer! Zum Glück sind sie nicht sonderlich gescheit! Letztens habe ich die Melodie von *Bobby Brown* als Begleitfigur in einem Choral verwendet. Hat von den Deppen niemand gemerkt!"

Zappa zog fest an seiner Zigarette: „Am schlimmsten sind diese morgendlichen Meditationen! Weißt du, früher auf der Erde, wenn meine Kinder mal was ganz Übles ausgefressen hatten, habe ich sie manchmal damit bestraft, dass sie sich diese strohdummen, christlichen Moralprediger im Fernsehen anschauen mussten! Das war mein wirksamstes Erziehungsmittel und ich habe es natürlich nur im äußersten Notfall eingesetzt! Ich meine, ich war vielleicht ein Zyniker, aber doch kein Unmensch!" Er lachte: „Aber jetzt,

jetzt muss ich mir jeden Morgen diese gequirlte Scheiße hirntoter Jesus-Freaks anhören!"

„Hast du hier unten keine interessanten Leute kennengelernt?", wollte Jan wissen.

„Doch!", sagte Zappa. „In einem dieser C-Dur-Trainingscamps habe ich Varese, Webern, Schönberg und Mahler getroffen. Tolle Leute, aber doch gefährlich nahe am Rande des Nervenzusammenbruchs! Außerdem schleichen Hendrix, Joplin und Morrison manchmal hier herum, aber die sind völlig high von all dem Weihrauch und den Hostien, die sie von morgens bis abends schlucken! Der interessanteste Typ, den ich hier unten getroffen habe, ist zweifellos Kafka! Du weißt doch, der Kerl mit der Strafkolonie... Sie zwingen ihn, Kirchenlyrik zu schreiben, aber er wehrt sich standhaft dagegen! Kafka hat mir gesagt, manchmal beschleiche ihn das Gefühl, er sei nichts weiter als eine bedeutungslose Randfigur in dem Roman eines reichlich überspannten Schriftstellers! Das habe ich gut verstanden! Mir geht es genauso..."

Zappa drückte die Zigarette in seinem Blechnapf aus. „Könnte ich noch eine haben?", fragte er.

„Hier, nimm sie alle!", sagte Jan.

Zappa griff freudig zu: „Vielen Dank, Kamerad!" Er zündete sich gleich die nächste Zigarette an und inhalierte tief: „Und was hat dich in diese Alptraumfabrik der Schönen Künste geführt?"

„Wir sind gewissermaßen auf der Durchreise..."

„Du machst eine Art Sightseeing-Tour durch die Vorhöllen?"

„Wenn du so willst! Wir sind gestern vom siebten Ring aus aufgebrochen..."

„Dem Ring der Todsünder?"

Jan nickte.

„Am Anfang hat es mich ja ziemlich gewurmt, dass sie mich nicht dorthin geschickt haben!" Zappa grinste: „Ich meine, immerhin habe ich die 'Kirche des amerikanischen säkularen Humanismus' (kurz C.A.S.H.) gegründet und ganz Amerika zum Missionsgebiet erklärt! Aber diese völlig degenerierten Arschlöcher haben dies wohl für einen Scherz gehalten!"

„War's das nicht auch?"

„Na ja, in gewisser Hinsicht schon! Dennoch: Ich hatte ernsthaft vor, diesen christlichen Lackaffen und ihrem Big Boss in die Suppe zu spucken! Wenn du mich fragst, ist dieser 'Imaginäre Typ in den Wolken' ein elender Schmock! Falls du ihn mal treffen solltest, kannst Du ihm von mir kräftig in den Arsch treten!"

Jan lachte: „Okay, werde ich tun!"

„Das hoffe ich doch!" Zappa packte Zigarettenpäckchen und Feuerzeug ein. „War nett, dich getroffen zu haben, Jan!"

„Woher kennst du meinen Namen?", fragte Jan erstaunt.

Zappa zuckte mit den Schultern: „Vielleicht entwickle ich langsam hellseherische Fähigkeiten! Für irgendwas müssen diese morgendlichen Meditationen doch gut sein, nicht wahr?" Er drückte die Zigarette aus und grinste. „Tut mir leid, Mann! Aber ich muss jetzt zurück in diesen gottverdammten Kirchen-Kanon-Kurs. Wenn mein Bass fehlt, fällt das sofort auf!"

Zappa drückte Jan ein Auge zu, stand auf und verschwand.

Jan blieb noch eine Weile alleine am Tisch sitzen und schmunzelte still vor sich hin. Er stellte sich vor, wie er dem himmlischen Big Boss in den Hintern trat: „Mit den besten Grüßen von Frank Zappa!" Ein herrlich absurder Gedanke!

Elli kam zu ihm hinüber.

„Mit wem hast du da eben gesprochen?", fragte sie.

„Frank Zappa, einer der genialsten Musiker des 20. Jahrhunderts!", schwärmte Jan. „Wirklich schade, dass du niemals etwas von ihm hast hören können! Seine Musik war zum Schreien komisch!"

Er lachte: „Wenn ich früher einen Anflug von Liebeskummer hatte, wenn ich Gefahr lief, sentimental zu werden, habe ich mir Zappas Songs angehört, zum Beispiel *Broken Hearts are for Assholes*! Das wirkte besser als Johanniskraut! Ich musste sofort über mich selbst lachen..."

„Gebrochene Herzen sind was für Arschlöcher?"

Jan nickte: „Ich gebe zu: Der gute Zappa hatte eine etwas eigentümliche Sicht der Dinge..."

„Scheint mir auch so zu sein!", meinte Elli.

Albert klopfte ihnen von hinten auf die Schulter: „Die Erholungspause ist vorbei! Görlitz macht Druck!", sagte er. „Er will, dass wir sofort aufbrechen!"

„In Ordnung!", sagte Jan. „Ich bin sehr gespannt, was uns im dritten Ring erwartet!"

„Nun, Görlitz meint, er sei für ihn immer einer der unangenehmsten Orte auf dem Weg nach oben gewesen!"

„Ach ja?", erwiderte Jan gut gelaunt. „Das werden wir ja sehen..."

XXXVI.

Das Tor am Ende des vierten Rings führte in eine kleine Kapelle. Der Raum war dunkel, nur durch ein halbes Dutzend Kerzen erleuchtet. Im Altarbereich stand eine mit Blumen geschmückte Marienstatue. Görlitz ging nach vorne und ergriff ein Weihrauchfässchen, das er hektisch hin und her schwenkte.

„Muss das sein?", beschwerte sich Jan, der den Geruch von Weihrauch seit seiner Zeit als Messdiener schwer ertragen konnte.

„Meinst du, ich mache das aus Spaß, weil mir das so gut gefällt?", fragte Görlitz. Er befahl den anderen, sich auf die Holzbänke zu knien und sich gut festzuhalten.

Albert runzelte misstrauisch die Stirn.

„Bitte tut, was ich euch gesagt habe! Haltet euch an den Bänken fest und schaut nach oben!" Görlitz kniete sich in die erste Bank und wartete, bis alle seiner Anweisung gefolgt waren.

Dann begann er laut zu beten: „Gegrüßet seist du Maria, voll der Gnade. Der Herr ist mit dir. Du bist gebenedeit unter den Weibern. Und gebenedeit ist die Frucht deines Leibes, Jesu. Heilige Mutter Gottes, bete für uns Sünder! Jetzt und in der Stunde unseres Todes! Amen."

Kaum hatte er die letzten Worte gesprochen, riss das Dach der Kapelle auf. Die Kirchenbänke begannen zu vibrieren. „Festhalten!", rief Görlitz.

Die Bänke schossen pfeilschnell nach oben. Innerhalb kürzester Zeit wurden die Todsünder einige hundert Meter in die Höhe katapultiert. Jan wurde schwarz vor Augen.

Als er wieder zu Sinnen kam, befand er sich auf einem mittelalterlichen Marktplatz. Sie waren umringt von einer laut grölenden Menschenmenge.

„Elende Sünder!", hörte er die Leute rufen. „Fahrt zur Hölle! Der Teufel wartet auf euch! Verdammtes Gesindel!"

Ehe er sich versah, landete eine faule Tomate in seinem Gesicht. „Verdammt! Was ist denn hier los?", fragte Jan.

„Christliche Eiferer aller Konfessionen!", erklärte Görlitz. „Sie streiten sich den ganzen lieben Tag lang über blödsinnigste theologische Probleme, aber eines vereint sie doch immer wieder: ihr abgrundtiefer Hass auf die Todsünder! Lasst uns schnell von hier verschwinden!"

Gegen diesen Vorschlag hatte niemand etwas einzuwenden. Sie überquerten den Marktplatz, so schnell es eben ging. Aber die aufgebrachte Christenmeute ließ sich nicht abschütteln. Wohin sie auch gingen, überall bot sich ihnen das gleiche Bild: Von heiligem Zorn erfüllte Christenmenschen standen an jeder Straßenecke, schimpften und warfen mit faulem Obst.

„Ein nettes Völkchen, diese Christen!", meinte Jan.

„Jetzt reicht's!", hörte er jemanden hinter sich brüllen. Bakunin, der von einem faulen Ei getroffen worden war, sprang seinen Peinigern entgegen und würgte einen von ihnen am Hals. Im Handumdrehen entstand eine handfeste Keilerei. Christen und Rebellen schlugen wild aufeinander ein.

Dann, plötzlich – ohne jede Vorankündigung – begann die Erde zu vibrieren. Gewaltige Blitze donnerten vom Himmel herab. Die Christen sanken zu Boden und bekreuzigten sich. Am Firmament erschien eine leuchtende Gestalt: „Richtet nicht, so dass ihr nicht gerichtet werdet!", rief das Lichtwesen mit einer alles durchdringenden Stimme. „Die Verdammten werden ihrem gerechten Urteil nicht entgehen! Lasst sie durch! So will es der Herr über Himmel und Erde! Amen!"

Die Lichtgestalt verschwand so plötzlich, wie sie erschienen war.

Jan schaute sich um. Die Worte des Engels hatten ihr Wirkung nicht verfehlt: Die Christenmeute zog sich kleinlaut zurück.

Einsam zog der Tross der Verdammten nun durch die engen Gassen. Hin und wieder spuckte ihnen ein Christ aus einem Fenster der anliegenden Häuser auf den Kopf. Ansonsten verlief der Marsch ohne weitere Zwischenfälle. Als sie jedoch das Stadttor erreichten, mussten sie feststellen, dass sich dort eine stattliche Gruppe von Menschen versammelt hatte, die ihnen mit einer Sitzblockade eisern den Weg versperrte.

Görlitz vermutete, dass es sich um eine Gruppe von liberalen Katholiken oder Protestanten handeln könnte, die mit der 'Endlösungspolitik Gottes' nicht einverstanden sei. Er sollte Recht behalten.

Ein Mann erhob sich aus der Mitte der Gruppe und wandte sich an den Kommandanten: „Mein Name ist Friedrich Spee! Ich habe vor Jahrhunderten gegen den Irrsinn der Hexenverbrennungen gekämpft. Meine Freunde und ich können es nicht zulassen, dass diese Menschen dem ewigen Feuer übergeben werden. Kein Mensch hat eine solch barbarische Strafe verdient!"

„Euer Mitgefühl in allen Ehren!", antwortete Görlitz. „Aber ihr wisst doch, dass Gott, der Allmächtige, es so und nicht anders verfügt hat! Wie könnt ihr euch dem widersetzen?"

„Es muss sich um einen schrecklichen Irrtum handeln!", antwortete Helmut Gollwitzer, der neben Spee aufgesprungen war.

„Wie kommst du auf den aberwitzigen Gedanken, dass Gott, der Allwissende, Allmächtige, sich irren könnte?", fragte Görlitz.

„Gott ist die Liebe!", rief Paul Tillich. „Wie könnte ein liebender Gott ewige Qualen verlangen?"

„Mir scheint, ihr habt die Bibel nicht gründlich genug gelesen!"

„Es steht geschrieben: Liebe deinen Nächsten wie dich selbst!", sagte Albert Schweitzer.

„Stimmt! Aber Jesus sagte auch: Ich bin nicht gekommen, um Frieden zu bringen, sondern das Schwert!"

„Das Schwert der Liebe!", behauptete Camilo Torres, der ebenfalls inmitten der Blockierer saß.

„Dummes Theologengeschwätz!", schimpfte Nietzsche, der sich jetzt nach vorne kämpfte. „Macht Platz! Wir haben Wichtigeres zu erledigen, als mit Pfaffen zu verhandeln!"

„Nietzsche!", sagte Gollwitzer und erbleichte.

„Richtig!", erwiderte der Philosoph und strich sich energisch über den Bart.

„Was habt ihr vor?", stammelte Schweitzer.

„Wir werden IHM einen gehörigen Strich durch die Rechnung machen!", sagte Clara Zetkin.

„Ihr wollt euch gegen den Schöpfer auflehnen?", fragte Tillich.

„Selbstverständlich! Wenn nicht jetzt, wann sonst?" Nietzsche ballte die Faust.

„Aber..."

„Was?"

„Ihr seid nur Menschen!"

„Na und?", herrschte Nietzsche ihn an. „Was ist ER? Ein Gott, ein Gespenst, ein imaginäres Wesen, das hirnkranke Menschen braucht, um überhaupt existieren zu können!"

„Ihr solltet um Vergebung beten!", sagte Torres.

Nietzsche lachte: „Aus dem Weg mit euch! Ihr habt uns genug Zeit gestohlen!"

„Wir können es nicht zulassen, dass ihr einen Anschlag auf unseren Schöpfer ausübt!" Spee zitterte vor Erregung.

„Sollen wir uns etwa verbrennen lassen?", fragte Jan.

„Nein!"

„Was also?"

Spee zuckte hilflos mit den Schultern.

„Genau das ist das Problem mit euch!", erwiderte Nietzsche. „Ihr lebt nach der Devise: *Wasch mir den Pelz, aber mach mich nicht nass!*" Er lachte spöttisch: „Nein und nochmals nein! Geht zur Seite! Ich habe nicht vor, dieses Gewinsel länger zu ertragen!"

Beherzt marschierte Nietzsche auf die Versammlung zu. Die Theologen gingen wortlos zur Seite. Jan und die anderen folgten. Als sie das Tor passiert hatten, klopfte Jan Nietzsche von hinten auf die Schulter: „Wie sagt man so schön? Die guten Christen sind am gefährlichsten, man verwechselt sie mit dem Christentum!"

„Guter Satz!", sagte Nietzsche. „Von dir?"

Jan schüttelte den Kopf. Er erklärte, dass der Satz von Karlheinz Deschner sei, einem Kirchenkritiker, der seit vielen Jahren an einer großen *Kriminalgeschichte des Christentums* schreibe.

Nietzsche grinste verwegen: „Scheint so, dass sich der gute Marx böse getäuscht hat, als er 1844 schrieb, die Kritik der Religion sei in Deutschland bereits erledigt..."

„Friedrich!", erwiderte Clara Zetkin. „Soll ich aufzählen, in wie vielen Punkten du dich geirrt hast? Ich kann gleich damit beginnen!"

„Schon gut!", versuchte Nietzsche sie zu beschwichtigen. „Bevor du auf mich einprügelst, gebe ich es lieber selbst zu: Nietzsche ist der größte Depp diesseits des Jenseits!"

Clara lachte: „Du musst ja nicht gleich übertreiben! Ich meinte doch nur..." Sie stockte: „Verdammt, was ist denn das?!"

Jan folgte ihrem Blick und erstarrte.

XXXVII.

„Die Niagarafälle!"

Görlitz nickte: „Richtig, allerdings mit einem unverkennbaren Unterschied..."

„Das Wasser...", stammelte Jan, „es fällt nicht nach unten, sondern schießt in die Höhe! Sag mir nicht, dass wir dort hinauf müssen!"

„Tut mir leid!", erwiderte Görlitz.

„Da mache ich nicht mit!", sagte Jan, der auf einen Schlag kreidebleich geworden war. „Mir wird schon bei einer einfachen Bootsfahrt übel!"

„Du wirst doch jetzt nicht aufgeben wollen, oder?" Elli schaute ihm spöttisch in die Augen.

Jan atmete tief durch: „Nein, natürlich nicht..."

Sie liefen zum Hafen hinunter und bestiegen das bereitstehende Segelboot. Görlitz ließ den Anker heben und stellte sich an das Steuerruder. Das Schiff setzte sich in Bewegung. Die Strömung trieb sie direkt auf den seltsamen Wasserfall zu.

„Haltet euch fest!", brüllte Görlitz.

Das Schiff wurde in die Höhe geschleudert. Jan klammerte sich mit aller Kraft an der Reling des Schiffes fest. Er biss die Zähne zusammen, konnte aber einen tiefen Angstschrei nicht unterdrücken. Das Schiff sauste in irrem Tempo den Abhang hinauf. Jans Magen schlug Saltos. Er verdrehte die Augen. Zu seinem Glück dauerte die Höllenfahrt nur wenige Sekunden.

Danach glitt das Schiff wieder ruhig über das Wasser. Jan wischte sich den Schweiß von der Stirn und lief zu Görlitz hinüber, der das Steuerrad fest in der Hand hielt.

„Wie lange dauert es noch, bis wir den zweiten Ring erreichen?", fragte Jan.

„Wir sind schon da!", antwortete Görlitz.

„Was?"

„Schau ins Wasser! Dann wirst du verstehen!"

Jan lief zurück zur Reling und beugte sich hinüber. Er sah einen Schwarm Fische im Wasser schwimmen. Zumindest dachte er im ersten Moment, dass es sich um Fische handelte. Dann aber sah er genauer hin. Ein kalter Schauder lief ihm über den Rücken.

„Millionen und Abermillionen von Embryonen und Föten!", sagte Albert, der neben ihm stand.

Jan schluckte. Sein Blick fiel auf einen schrecklich missgebildeten Fötus, der gerade am Bug des Schiffes vorbei schwamm. Er hatte einen mächtig aufgeblähten Wasserkopf und nuckelte hilflos an seinem Daumen. Ob dort auch die Föten schwammen, die Jans Freundinnen hatten abtreiben lassen? Jan drehte sich um. Nein, das musste er sich nicht länger antun.

Elli kam zu ihm hinüber. Sie spürte sofort, dass Jan sich nicht besonders wohl fühlte. „Wollen wir uns nicht in die Sonne legen?", fragte sie. „Ich glaube, du könntest ein wenig Erholung gebrauchen!"

„Gerne!", sagte Jan.

Sie legten sich auf den Holzboden des Schiffes. Es dauerte eine Weile, bis Jan die Föten vergessen konnte. Nach und nach befreite er sich aber von dem Gedanken. Die Sonne schien angenehm in sein Gesicht. Er streckte genüsslich alle Viere von sich.

„Ist es nicht herrlich?", seufzte Elli. „Die Sonne, das Wasser, der Wind..."

Es wurde wärmer. Elli zog sich die Kutte über den Kopf.

Jans Blick wanderte fasziniert über Ellis makellosen Körper. „Wie schön sie ist!", dachte er. Er spürte, wie langsam das Verlangen in ihm wuchs.

„Willst du dich nicht auch ausziehen?", fragte Elli.

Jan schüttelte den Kopf: „Besser nicht!" Er lächelte ein wenig verlegen: „Ich fürchte, ich könnte... Du weißt schon!"

Elli beugte sich lachend zu ihm hinüber: „Wenn du meinst, dass du die Kutte aus Sittlichkeitsgründen anbehalten musst, dann will ich dich natürlich nicht zum Gegenteil verführen! Ich will dich ja nicht vor all den Leuten in Verlegenheit bringen..."

„Das ist reizend von dir!", sagte Jan.

„Andererseits, wenn ich mir die Sache genau überlege...", Ellis Stimme nahm einen lasziven Ton an, „vielleicht würde es dich von so mancher Triebblockade befreien! Du kennst doch Reichs Theorie vom Orgasmusreflex, nicht wahr? Auf dem Gebiet bin ich wahre Expertin..."

„Oh, bitte, Elli!", stöhnte Jan. „Lass uns über etwas anderes sprechen!"

„Wie du willst!" Elli lachte laut los.

Jan schaute sich um. Sein Blick fiel auf Görlitz, der das Steuerrad fest umgriffen hatte und konzentriert nach vorne schaute: „Mich würde interessieren, was du von ihm hältst..."

„Von wem?"

„Von Görlitz! Am Anfang warst du ihm ja nicht gerade wohlgesonnen..."

Elli drehte sich um und blickte in Richtung des Kommandanten. „Nein, ich habe ihn abgrundtief gehasst! Aber ich muss zugeben, dass ich mich vielleicht in ihm getäuscht habe! Schwer zu glauben, dass er sich von den Nazis hatte einspannen lassen!"

„Wahrscheinlich wäre es uns genauso ergangen, wenn wir in dieselbe Situation geraten wären!", meinte Jan.

Elli schüttelte den Kopf: „Nein, ich hätte mich niemals zum Handlanger dieser Schlächter machen lassen!"

„Wenn du wie Görlitz aufgewachsen wärest, wärst du nicht DU gewesen!"

„Wie meinst du das?"

„Wir sind das, was wir aufgrund unserer Erfahrungen sein müssen!"

„Du meinst, es gibt keinen freien Willen?"

„Nein!"

„Wie kommst du darauf?"

Jan richtete sich auf: „Überleg doch mal: Unser Wille könnte doch nur dann frei sein, wenn er keine Ursachen hätte, nicht wahr?"

Elli nickte.

„Wenn etwas keine Ursachen hat und dennoch existiert", fuhr Jan fort, „so sprechen wir in der Regel von einem 'Wunder' – was auch immer dieses merkwürdige Wort bedeuten mag!"

„Verstehe!", sagte Elli. „Deiner Meinung nach wäre es absurd, jeden Willensakt als ein Wunder zu bezeichnen... "

„Richtig!", bestätigte Jan. „Das würde den Begriff des Wunders doch arg strapazieren!"

Elli dachte einen Moment lang nach: „Wenn das stimmt, was du sagst, würde das doch bedeuten, dass es keinen wirklichen, moralischen Unterschied zwischen Gut und Böse gibt, nicht wahr? Dann wäre niemand frei, sich für oder gegen eine bestimmte Ideologie zu entscheiden!"

Jan nickte: „Gandhi und Hitler waren gleichermaßen dem Gesetz von Ursache und Wirkung unterworfen. Es waren banale Zufälle, die bestimmten, welchen Lebensweg sie einschlugen..."

„Bitte?"

„*Es gibt nicht nur eine Banalität des Bösen, sondern auch eine Banalität des Guten!*", sagte Jan. „Hätten die Geschwister Scholl in der Hitler-Jugend ihre alten Wandervogel-Lieder singen dürfen, wären sie wahrscheinlich niemals zu Widerstandskämpfern geworden! Wäre der Obdachlose Adolf Hitler in Wien nicht zufällig auf die Schriften des Jörg Lanz von Liebenfels gestoßen, hätte er *Mein Kampf* nie geschrieben und der Holocaust hätte nie stattgefunden!"

„Es gibt also gute und schlechte Taten, aber keine guten oder schlechten Menschen?"

„So könnte man es formulieren!", meinte Jan. „Deshalb ist dieses göttliche Höllentribunal auch so absurd! Natürlich gibt es Verhaltensweisen, die von einem bestimmten ethischen Standpunkt aus als richtig oder falsch erscheinen, aber die Vorstellung, die Menschen würden sich frei für das eine oder das andere entscheiden, entbehrt jeder wissenschaftlichen Grundlage! Wir tun das, was wir aufgrund unserer Erfahrungen tun müssen. Punkt! Das ganze Konzept von Schuld und Sühne ist im höchsten Maße unlogisch!"

Elli war noch nicht überzeugt: „Aber wie kommt es, dass ich trotzdem das Gefühl habe, als freies Individuum über mein Leben entscheiden zu können?"

„Das ist ein kulturelles Vorurteil!", antwortete Jan. „Wir nehmen es gewissermaßen mit der Muttermilch auf. Selbstverständlich will ich nicht bestreiten, dass jedes Individuum seine eigene Geschichte macht, aber die Frage ist doch: *Wer ist dieses ICH, das über die eigene Geschichte befindet?* Wenn du nach innen schaust und alles abziehst, was du im Laufe deiner Lebensgeschichte erworben hast, wirst du feststellen, dass dein ICH keinen wirklichen Inhalt besitzt. Verstehst du, was ich meine?"

Elli schüttelte den Kopf.

„Losgelöst von unseren genetischen Vorprägungen und von all den von außen an uns herangetragenen Ideen, sind wir unbestimmt. *In unserem Wesen sind wir weder gläubig noch ungläubig, weder Gelehrte noch Ungebildete, weder gut noch böse. Wir SIND einfach! Im Kern sind wir kernlos!*"

„Ich glaube, ich verstehe, was du meinst!", sagte Elli. „Deine Ausführungen erinnern mich an den christlichen Mystiker oder Ketzer – wie du es auch immer sehen willst – Meister Eckart. Bei seiner Suche nach Gott stieß er auf ein allumfassendes, alle Gegensätze aufhebendes, letztlich unbegreifbares *Nichts*. Mir scheint, es ist dir bei deiner Suche nach dem Wesen des Menschen ähnlich ergangen..."

Jan nickte: „Interessant, dass du das so siehst..."

„Um noch einmal auf unseren Ausgangspunkt zurückzukommen", hakte Elli ein, „wenn das alles stimmt, was du sagst, haben wir uns nicht frei zu diesem Gespräch entschlossen!"

Jan nickte: „Richtig! Wenn du dir die Kutte nicht ausgezogen hättest, hätte ich nicht nach einem Thema suchen müssen, das mich von deinen Reizen ablenkt! Der arme Görlitz stand zufällig oder notwendigerweise – wie du auch immer willst! – in meinem Blickfeld. Und so ergab das eine das andere..."

„Also war letztlich doch Gott an allem schuld!", stellte Elli lächelnd fest. „Hätte er die Sonne nicht so stark scheinen lassen, hätte ich das Kleid nicht ausziehen müssen, deine Hormone hätten nicht verrückt gespielt und du hättest nicht nach abstrakten philosophischen Gesprächsthemen suchen müssen!"

„Gott könnte nur dann schuldig sein, wenn er selber einen freien Willen besäße, also wirklich die letzte Ursache aller Wirkungen wäre. Warum aber unterstellst du, dass Gott einen freien Willen hat?"

„Du meinst, sein Wille ist nicht frei?"

Jan zuckte mit den Schultern: „Wer weiß? Warum sollte Gott anderen Gesetzen unterliegen als die Natur?"

Noch bevor er den Gedanken weiter ausführen konnte, wurde er durch Görlitz unterbrochen: „Dort vorne endet der zweite Ring! Wir werden gleich aussteigen müssen..."

Elli streifte sich hastig die Kutte über. Görlitz steuerte das Schiff in eine große Höhle, die im Inneren durch riesige Pechfackeln erleuchtet war. Nachdem Görlitz den Anker zu Wasser gelassen hatte, verließen alle das Schiff. Der Steg führte sie zu einer gewaltigen Felswand, in die eine große, silberfarbene Schiebetür eingelassen war. Görlitz drückte auf den Knopf, der sich neben der Tür befand.

„Sieht aus wie ein Fahrstuhl!", sagte Jan verwundert.

Lautlos öffnete sich die Tür. Görlitz drückte auf den obersten Knopf an der Armaturenleiste des Aufzugs: „Zum Glück müssen wir nicht alle Sektoren des ersten Rings durchwandern!", erklärte er. „Das würde eine Ewigkeit dauern! Die oberste Sektion reicht schon aus, um sich zu Tode zu langweilen!"

Der Aufzug setzte sich in Bewegung. Obwohl er sehr schnell fuhr dauerte es erstaunlich lange, bis der Fahrstuhl sein Ziel erreichte. Mit einem Ruck blieb der Aufzug stehen. Ein heller Glockenton erklang. Die Fahrstuhltür öffnete sich langsam...

XXXVIII.

„Willkommen im *Paradiso*!", tönte es sanft aus den Lautsprechern. „In *Gottes Wunderbarem Geschenke-Center* erhältst du alles, was dein Herz begehrt! Gepriesen sei der Vater, der Sohn und der Heilige Geist. In Ewigkeit. Amen!"

„Was ist das? Ein katholischer Supermarkt?", fragte Jan entgeistert.

„Ja, so könnte man es bezeichnen!", antwortete Görlitz „Für jeden Rosenkranz, den die Leute beten, und für jede Messe, die sie besuchen, bekommen sie Bonuspunkte auf ihrer Kreditkarte gutgeschrieben. Wenn sie genügend Punkte gesammelt haben, können sie hier einen Großeinkauf starten..."

„Und da soll man noch sagen, Beten lohnt sich nicht!", murmelte Jan.

„Das ist Ansichtssache!", meinte Elli. „Schau dir doch mal das Zeug an, das die hier verscherbeln!"

Sie zeigte auf einen Kleiderständer, an dem schwindelerregende Kombinationen von braunen Kordhosen und grün-gelb karierten Hemden hingen.

„Das erklärt vieles! Ich habe mich immer gefragt, woher Theologiestudenten ihre scheußlichen Outfits beziehen!", scherzte Jan. „Unglaublich! Wer entwirft denn solchen Mist?"

„Gequälte Modedesigner aus dem vierten Ring", erklärte Görlitz. „Unter Aufsicht strenger Nonnen erlernen sie die Feinheiten der katholischen Haute Couture..."

„Die Ärmsten!", sagte Elli.

„Wohl wahr!", erwiderte Görlitz. „Aber warum sollte es Ihnen besser ergehen als den Dichtern, Komponisten oder Malern? Schaut euch diese geschmacklosen Madonnenkitschbilder dort vorne an! Es würde mich nicht wundern, wenn sich darunter so mancher van Gogh, Picasso oder George Grosz befände..."

„Du machst Witze!", sagte Jan. Er schüttelte ungläubig den Kopf.

Sie gingen einige Meter weiter. Jans Blick wanderte über die üppig ausgestattete *Abteilung für Rosenkränze und allerheiligste Reliquien*. Wie er amüsiert feststellte, kostete ein halber Liter „Tränen der heiligen Jungfrau Maria" 150 Bonuspunkte (*Bopus*), während die Fingerkuppen eines Heiligen aus dem Mittelalter für lächerliche 10 zu erwerben waren. Als „Angebot der Woche" wurde eine *Familienpackung Kreuzessplitter* angepriesen, die für schlappe 55 *Bopus* über den Ladentisch ging.

Ein gemischter Chor baute sich vor dem Stand mit den Kreuzessplittern auf. Die Sängerinnen und Sänger begannen, eine naive Melodie zu intonieren.

> *Der liebe Jesus liebt dich,*
> *drum prei-ei-set den Herrn!*
> *Jesus lässt dich nie im Stich!*
> *Er hat dich wirklich gern!*

„Um Himmels Willen!", dachte Jan. „Sind die denn hoffnungslos verblödet?"

> *Jesus ist die Rose,*
> *die in unserm Garten blüht!*
> *Jesus ist der Große,*
> *der uns zum Vater führt!*

„Ich glaube, ich muss mich gleich übergeben!", sagte Jan.

„Warte, das Beste kommt noch!", meinte Görlitz und grinste.

> *In unbefleckten Herzen,*
> *da brennen holde Kerzen,*
> *Jesus, Jesus, Jesuslein,*
> *möcht' immer bei dir sein!*
> *Ja, ja, ja!*
> *Jesus, Jesus, Jesuslein*
> *Möcht' immer bei dir sein!*

„Halleluja!", rief ein schmalbrüstiger Tenor mit breitem Lächeln.

„Hallelu-u-u-jaaaaaaa!" retournierte der Chor.

Schluss. Jan atmete befreit auf. Die Tortur war zu Ende und das christliche Publikum völlig aus dem Häuschen. Der Applaus wollte nicht abnehmen. Die Sängerinnen und Sänger des Chores verneigten sich artig.

„Was für ein grauenvolles Machwerk!", schimpfte Jan.

„Stimmt!", sagte Görlitz. „Und doch ist der Song hier oben außergewöhnlich beliebt, was nicht zuletzt an den prominenten Verfassern liegt..."

„Bitte?"

„Die Melodie ist von Schubert, der Text von Goethe..."

„Was?!"

„Es ist leider so!"

„Du willst mich auf den Arm nehmen!"

Görlitz schüttelte den Kopf.

Jan blies sich die Backen auf. Er stellte sich vor, unter welchen psychischen Qualen der Dichterfürst dieses Machwerk geboren haben musste. Ob er sich selbst noch im Spiegel ansehen konnte? Jan tröstete sich mit dem Gedanken, dass Goethe sich vielleicht nur einen Spaß mit der Dummheit der Religiösen erlaubt hatte.

Albert klopfte Jan von hinten auf die Schulter: „Ist dir schon dieses zwanghafte Grinsen der Leute hier aufgefallen?", fragte er.

„Natürlich, sie sehen aus wie...", Jan lachte, „... wie geistig zurückgebliebene Zeugen Jehovas! Eigentlich kein Wunder, bei der Musik, die sie über sich ergehen lassen müssen..."

„Das Leben in diesem Ring ist ein ewiger Sonntagnachmittag, ein *verkaufsoffener Sonntagnachmittag*, versteht sich!", erklärte Görlitz. „Die Leute hocken in klimatisierten Einfamilienhäusern, gehen zur Messe, beten den Rosenkranz, essen Streuselkuchen und polieren ihre Gartenzwerge. Hin und wieder besuchen sie die Kegelbahn oder den Kuschelzoo, wo sie zahme Löwen und Tiger streicheln. *Selbst die Natur hat hier ihren Biss verloren...*"

„Diesen elenden Dauergrinsern scheint das auch noch zu gefallen!", erboste sich Nietzsche. „Unerträglich! Vegetarische Kuschellöwen – das ist der Höhepunkt der Dekadenz!"

Jan nickte: „Ich glaube, diese christlichen Schafe werden noch 'Der Herr ist mein Hirte' blöken, wenn sie zum Schlachter geführt werden..."

„Das ist gut vorstellbar!", meinte Görlitz. „Möglicherweise aber – ich will es nicht beschwören – werden sie am Tag des Jüngsten Gerichts schweißgebadet aus ihrem Spießertraum erwachen und um Hilfe schreien... Aber dann wird es zu spät sein!"

Der Chor begann wieder, seine naive Weise anzustimmen: „Der liebe Jesus liebt dich, drum prei-ei-set den Herrn..."

„Kommt, lasst uns schnell hier verschwinden!", sagte Elli. „Es kann auf Dauer nicht gesund sein, sich diesem Schwachsinn auszusetzen..."

Eilig durchschritten sie die Reliquienabteilung. Durch eine Glastür gelangten sie auf eine breite Terrasse. Jetzt erst erkannte Jan, in welcher Höhe sie sich befanden. Die Erde lag einige hundert Meter unter ihnen.

„Streckt eure Arme nach oben!", befahl Görlitz. „Es wird gleich etwas ruppig werden, aber ihr braucht keine Angst zu haben! Es wird euch nichts geschehen!"

Görlitz hob seine Arme in die Höhe: „Veni creator spiritus!", rief er mit lauter Stimme. „Da gaudiorum praemia! Komm, Schöpfer Geist! Schenk uns die Freuden des Himmels!"

Jan schaute nach oben. Die Wolken begannen, sich im Kreis zu bewegen. In ihrer Mitte erstrahlte ein helles Licht. Der kreiselnde Tanz der Wolken wurde wilder und wilder. Jan verlor die Orientierung. Er schwankte.

„Am besten, ihr schließt jetzt die Augen!", empfahl Görlitz.

Jan folgte dem Rat. Er spürte, wie sein Körper langsam von der Terrasse abhob. Der Sog wurde stärker, sein Flug durch die Lüfte schneller. Jan hatte das Gefühl, die Beschleunigung würde seinen Körper zerreißen. Er konnte kaum noch atmen. Er rief nach Hilfe. Aber niemand antwortete. Wenige Sekunden später verlor er das Bewusstsein.

XXXIX.

Als Jan erwachte, lag er auf einer ausladenden Freitreppe, die zu einem großen Tor führte. Auch die anderen kamen langsam wieder zu sich.

Görlitz strich sich die Uniform zurecht. Er klopfte.

Das Tor öffnete sich.

Ein kleiner grauer Mann kam zum Vorschein. An seinem weißen Gewand haftete ein großes Namensschild: „Petrus, der Fels".

Er schlug sich mit der rechten Hand auf die Brust und begrüßte Görlitz mit heiserer Stimme: „Gepriesen sei der Herr, der Herrscher über Himmel und Erde, der Vater, der Sohn und der heilige Geist!"

„In Ewigkeit. Amen!"

Petrus warf einen müden Blick auf die versammelten Menschen. „Todsünder?", fragte er.

Görlitz nickte.

Der Apostel runzelte die Stirn: „Warum so viele?"

„Anordnung von höchster Stelle!", erwiderte Görlitz.

„Typisch! Nie werde ich ordentlich informiert!", sagte Petrus in weinerlichem Ton. „Aber ich bin ja nur der dumme Türsteher, nicht wahr?"

Er ging auf Görlitz zu und flüsterte ihm ins Ohr: „Paulus und seine Gefolgsleute tun alles, um mich zu erniedrigen! Er war es auch, der mir dieses Namensschild an die Brust heftete. 'Petrus, der Fels!' Ausgelacht hat er mich! Weißt du, warum ihn das so amüsiert?"

Görlitz schüttelte den Kopf.

„*Weil ich Jesus verleugnet habe!*", brüllte Petrus. Leise fügte er hinzu: „Drei Mal hintereinander, so steht es in den Evangelien! Ich sei wirklich ein toller Fels in der Brandung, spottet Paulus... *Mein Gott, wie lange soll mich diese blöde Geschichte noch verfolgen*? Meinst du nicht, dass zweitausend Jahre Spott genug sind?"

„Doch!", antwortete Görlitz. „Mehr als genug!"

„Freut mich, dass du das auch so siehst!" Petrus wirkte erleichtert.

„Dürfen wir jetzt eintreten?", fragte Görlitz.

„Oh, natürlich!" Petrus ging einen Schritt zur Seite. „Du kennst doch die Prozedur, nicht wahr?"

Görlitz nickte.

„In Ordnung! Ihr könnt passieren! Gepriesen sei der Herr!"

„Amen!"

Die Verdammten marschierten durchs Tor und gelangten in eine große Eingangshalle, die in weißem Marmor erstrahlte. Als sie das Ende der Halle erreichten, ertönte ein Glockenschlag.

Eine Frauenstimme hallte durch den Raum: „Achtung! Vor dem Eintritt in das Allerheiligste sind die Hygieneduschen in Gebrauch zu nehmen! Männer zum linken, Frauen zum rechten Eingang! Gepriesen sei der Herr!"

„Was soll das?", fragte Jan.

„Gott ist auf peinliche Sauberkeit bedacht!", antwortete Görlitz. „Wer immer den Himmel betritt, muss sich vorher einer gründlichen Reinigung unterziehen..."

Wie die meisten anderen war auch Jan durch die Anweisung verunsichert. Hygieneduschen und Selektion nach Geschlechtern – das ließ böse Erinnerungen wachwerden! Elli, die sich nur allzu genau an die vermeintlichen Duschen von Auschwitz erinnern konnte, war kreidebleich im Gesicht und zitterte am ganzen Körper.

Clara ging auf Jan und Nietzsche zu. „Mir ist nicht wohl bei der Sache!", flüsterte sie. „Werft unbedingt ein Auge auf Görlitz!"

Jan und Friedrich nickten stumm. Bevor sie sich trennten, nahm Jan Elli noch einmal in den Arm. „Hab keine Angst!", sagte er.

Sie nickte tapfer und folgte Clara, die als erste den hell erleuchteten rechten Eingang betrat.

Jan winkte ihr noch einmal zu, dann marschierte er den anderen Männern hinterher. Mit Unbehagen registrierte er das große „Buße macht frei!"-Schild, das über dem Eingang prangte. Der Gang führte sie in einen großen, weiß gekachelten Raum.

Kaum hatten sie den Raum betreten, ertönte ein weiterer Glockenschlag.

„Ausziehen!", befahl eine Stimme von oben.

Augenblicklich ging das Licht aus. Ein Aufschrei ging durch den Raum.

Jans Herz pochte wild. Wie musste Elli sich jetzt fühlen? Der Gedanke, dass er ihr in diesem Moment nicht beistehen konnte, marterte ihn. Zudem fragte er sich, ob Görlitz noch unter ihnen weilte. In der Dunkelheit konnte er niemanden erkennen.

„Görlitz!", brüllte er. „Verdammt noch mal! Hat jemand Görlitz gesehen?"

Die Antwort kam postwendend: „Jan, beruhige dich! Ich stehe direkt neben dir!"

Jan atmete tief durch. Görlitz' Anwesenheit beruhigte ihn ein wenig: „Warum, um alles in der Welt, haben die das Licht abgeschaltet?"

Görlitz lachte: „Kannst du es dir nicht denken?"

„Nein!"

„Ist doch ganz einfach: Nacktheit gilt hier als unzüchtig!"

„Was?"

„Gott, der katholischste unter den Katholiken, ist hoffnungslos verklemmt! Am liebsten würde er den Sex ganz abschaffen!"

Görlitz hob seine Stimme an, damit alle Männer ihn hören konnten: „Bitte folgt den Anweisungen! Wenn ihr euch nicht auszieht, werden die Duschen nicht eingeschaltet und wir kommen hier niemals raus!"

Jan riss sich die Kutte vom Leib. Wenige Augenblicke später brauste das Wasser auf ihn herab. Es war angenehm warm und duftete nach Lavendel.

Das Licht ging wieder an. Zu Jans Überraschung war seine Kutte, die auf dem Boden gelegen hatte, verschwunden. Stattdessen trug er ein strahlend weißes Gewand am Leib. Görlitz lachte über Jans verdutztes Gesicht.

Die Türen auf der gegenüberliegenden Seite des Duschraums sprangen auf. Die Männer marschierten durch sie hindurch und gelangten in eine weitere Marmorhalle. Dort warteten sie auf die Frauen. Es dauerte eine Weile, bis sie erschienen. Auch sie trugen weiße Gewänder.

Jan nahm Elli in den Arm.

„War es sehr schlimm?", fragte er.

„Nein!", log sie. Sie versuchte zu lächeln.

Görlitz klatschte in die Hände: „Leider haben wir keine Zeit für Verschnaufpausen! Paulus, der Chef der Heiligen Inquisition, erwartet uns! Ich fürchte, dass wir ihn nicht überlisten können! Aber möglicherweise gelingt es uns, ihn solange abzulenken, dass einige den Tempel Gottes erreichen können!"

Ein Glockenschlag ertönte. Die Türen am Ende der Halle öffneten sich.

„Es ist soweit!", murmelte Görlitz. Er war sichtlich nervös. „Unser Kampf tritt in die entscheidende Phase!"

XL.

„Kniet nieder! Ihr tretet vor die Augen des heiligen Paulus!", donnerte eine Stimme von oben herab.

Jan und seine Gefährten warfen sich zu Boden.

Während sie als Zeichen ihrer Demut auf dem kalten Steinboden nach vorne kriechen mussten, begannen Abertausende von Stimmen das *Dies irae* anzustimmen:

> *Tag des Zornes, Tag der Zähren,*
> *wird die Welt in Asche kehren,*
> *wie Sibyll' und David lehren.*
> *Welch ein Graus wird sein und Zagen,*
> *wenn der Richter kommt, mit Fragen*
> *streng zu prüfen alle Klagen!*

Die Atmosphäre war gespenstisch. Jan hatte das Gefühl, in einem Gemälde von Hieronymus Bosch gelandet zu sein. An den Seiten brannten riesige Fackeln. Über ihnen befanden sich mächtige Emporen auf denen sich Abertausende von Menschen versammelt hatten. Geläuterte, Selige, vielleicht sogar Heilige, wie Jan vermutete.

> *Laut wird die Posaune klingen,*
> *mächtig in die Gräber dringen,*
> *bis zum Throne alle zwingen.*
> *Schaudernd sehen Tod und Leben*
> *sich die Kreatur erheben,*
> *Rechenschaft dem Herrn zu geben.*
> *Dies irae, dies illa,*
> *Solvet saeculum in favilla...*

Seitlich des prunkvollen paulinischen Throns befanden sich zwei Ausgänge. Der rechte war in warmes, weiches Licht gehüllt, der linke stockdunkel. Einen kurzen Moment lang glaubte Jan, dort blutrote Flammen auflodern zu sehen.

Der Chor hatte seinen Choral beendet. Paulus erhob sich von seinem Thron. Er war in prächtiges Ornat gekleidet und trug in seiner Rechten einen goldenen, mit Diamanten und Smaragden besetzten Hirtenstab.

„Die Aufseher mögen sich erheben und zur Seite treten!", befahl er.

Görlitz nickte Jan zu. Er und die restlichen „Aufseher" versammelten sich auf der rechten Seite des Throns.

„Auf diesen Tag habe ich lange gewartet!", sagte Paulus. „Feuerbach, Marx und Bakunin, kommt nach vorne!"

Die drei erhoben sich.

Paulus schlug mit seinem Stab hart auf sie ein. „Ihr habt Gott gelästert und die Menschen vom rechten Weg abgebracht! Dafür werdet ihr in der Hölle schmoren! In alle Ewigkeit!"

Er hob seinen Stab mit beiden Händen in die Höhe: „Halleluja! Der Tag der Abrechnung ist gekommen! Menschen aller Völker, preiset den Herrn!"

„Preiset den Herrn!", antwortete die Versammlung.

Paulus wandte sich Görlitz zu: „Wie ich sehe, habt ihr dieses Mal mehr Verdammte angeliefert, als auf meiner Liste stehen! Kannst du mir das erklären?"

Görlitz fiel auf die Knie und küsste den Ring des Apostels. „Allerheiligste Eminenz!", begann er. „Wir haben das Verfahren, wie ihr es befahlt, beschleunigt! Dabei kamen wir schneller voran, als wir erhofften! Wir haben rund um die Uhr geschuftet, um die Quoten zu erhöhen! Zu Ehren des Vaters, des Allmächtigen, des Herrschers über Himmel und Erde!"

Paulus strich Görlitz sanft über den Kopf: „Gute Arbeit, mein Sohn! Steh auf, ich bin sehr zufrieden mit dir!"

Der Apostel ging durch die Reihen der Aufseher. Er blieb vor Jan stehen: „Merkwürdig, dich habe ich noch nie gesehen!"

Jan wusste nicht, was er sagen sollte. Er schaute zu Görlitz hinüber. Der Kommandant sprang in die Presche: „Eminenz, wir mussten neue Leute anheuern, um das Verfahren zu beschleunigen.

Er ist einer von ihnen. Ich dachte, es würde ihn beflügeln, wenn er einen Blick auf die Herrlichkeit Gottes werfen dürfte..."

Paulus drehte sich zu Görlitz um und nickte: „Ich werde einen Boten zu den Engeln entsenden! Sie werden euch zum Thron des Allmächtigen führen..."

Unvermittelt hielt er inne. Er schien ein bekanntes Gesicht entdeckt zu haben. Paulus schob Görlitz zur Seite und ging auf Nietzsche zu.

„Zeig mir deinen linken Arm!", befahl der Apostel.

Nietzsche reagierte nicht.

„Du sollst mir deinen linken Unterarm zeigen!"

Widerwillig streckte Nietzsche seinen Arm aus. Paulus streifte Nietzsches Gewand nach oben und entdeckte das blutrote Kainsmal.

Er drehte sich wutschnaubend zu Görlitz um: „Was um alles in der Welt..."

Weiter kam er nicht. Görlitz riss Paulus den Hirtenstab aus der Hand und schlug ihn mit drei gezielten Stößen nieder.

Ein Aufschrei ging durch den Raum. Von allen Seiten stürzten Menschen herbei, um dem Apostel zur Hilfe zu eilen. Jan und seine Gefährten wehrten sich, so gut es ging. Mitten im Gefecht hörte Jan ein lautes Surren, das ihn an einen Hornissenschwarm erinnerte. Er schaute nach oben und erschrak. Ein Heer von Engeln sauste durch die Luft. Sie schleuderten Blitze auf die Verdammten herab.

Direkt über Feuerbach hatte sich ein Engel postiert.

„Ludwig, pass auf!", brüllte Jan.

Feuerbach schaute nach oben, aber es war zu spät. Der Engel hatte sein Geschoss bereits abgefeuert. Dort, wo Feuerbach gestanden hatte, war nur noch ein Häufchen Asche zu sehen.

Jan blieb wie versteinert stehen. Anscheinend gab es doch Möglichkeiten, das ewige Leben zu verlieren. Einen Moment lang trauerte er um den toten Freund. Dann hörte er, wie sein Name gerufen wurde. Er drehte sich um. Es war Görlitz.

„Jan!", rief er. „Du musst versuchen, dir mit ein paar Leuten den Weg zum rechten Ausgang freizukämpfen!" Er schlug mit dem Hirtenstab des Paulus zwei Angreifer nieder. „Hast du gehört, was ich gesagt habe?"

Jan nickte.

„Worauf wartest du noch? Wir werden versuchen, das Gesindel hier so lange wie möglich zu beschäftigen! Aber lange werden wir das nicht schaffen!"

Görlitz warf Nietzsche den Hirtenstab zu und bat ihn, Jan zu begleiten. In dem Moment wurde Görlitz von zwei bulligen Patres zu Boden gerissen. Jan und Nietzsche wollten ihm zu Hilfe eilen, aber Görlitz rief ihnen entgegen, sie sollten sich auf den Weg machen.

Mit Hilfe von Elli, Clara und Albert kämpften sich Jan und Nietzsche bis zum Ausgang vor. Kurz bevor sie ihr Ziel erreichten, hörte Jan abermals ein Surren. Ein Engel landete wenige Meter vor ihnen und verstellte den Weg.

„Gepriesen sei der Herr!", rief der Engel mit donnernder Stimme.

„Verflucht sei eure ganze Sippe!", brüllte ihm Nietzsche entgegen.

Der Engel holte aus, um den Philosophen mit einem Feuerstrahl zu erledigen. Im letzten Moment schubste Clara Nietzsche zur Seite. Entsetzt beobachtete Jan, wie der Feuerstrahl des Engels auf Claras Körper traf. Sie verkohlte vor seinen Augen.

Nietzsche sprang auf. Seine Augen glühten vor Hass. Er rannte laut schreiend auf den Engel los. Noch bevor dieser reagieren konnte, stieß Nietzsche ihm den Hirtenstab ins Herz. Der Engel brach zusammen.

Jan, Elli und Albert liefen nach vorne. Nietzsche war zu Boden gesunken. „Verdammt, verdammt!", rief er immer wieder.

„Clara war eine mutige Frau! Sie wusste, was sie tat!", versuchte Elli ihn zu beruhigen.

„Sie hat sich für mich geopfert!", schluchzte Nietzsche. Er hatte Tränen in den Augen.

Elli nickte: „Ihr Opfer darf nicht umsonst gewesen sein! Wir müssen weiter!"

Nietzsche schwieg einen Moment. Dann richtete er sich auf und ballte die Faust. Er lief voran, so schnell, dass die anderen kaum folgen konnten. Aber schon nach hundert Metern musste er stehen bleiben. Ein riesiger Feuerwall versperrte ihnen den Weg.

„Was nun?", fragte Jan

„Ich weiß nicht!", antwortete Elli. „Ob das eine Art 'Mutprobe' ist!"

„Du meinst, wir sollten einfach hindurchgehen?" Albert war skeptisch. „Vielleicht muss man vorher irgendein Gebet aufsagen, zum Beispiel das Ave Maria oder das Credo, was weiß ich..."

„Ich tippe auf das Kyrie oder das Tedeum!", erwiderte Jan.

„Papperlapapp!", sagte Nietzsche. Er atmete tief durch und stieg ins Feuer.

„Friedrich!", brüllte Jan ihm hinterher.

Keine Antwort.

Jan, Elli und Albert schauten sich schweigend an.

„Was machen wir jetzt?", fragte Elli.

Jan zuckte mit den Schultern.

„Ich glaube, es bleibt uns nichts anderes übrig, als ihm zu folgen!", sagte Albert.

Elli nickte.

„Also gut!", sagte Jan. Er nahm tief Luft. „Lasst uns die Sache so schnell wie möglich hinter uns bringen!" Er küsste Elli auf die Stirn, drehte sich um und sprang beherzt ins Feuer.

Im ersten Moment hatte er das Gefühl, in den Flammen verglühen zu müssen. Dann aber ließ der Schmerz nach. Er legte einen Schritt zu und glaubte bald, Nietzsche vor sich zu erkennen. Plötzlich aber war der Philosoph wie vom Erdboden verschluckt. „Wahrscheinlich das Ende des Feuerwalls!", dachte Jan. Er beeilte sich, an die Stelle zu gelangen, an der Nietzsche verschwunden war. Kaum hatte er sie erreicht, wurde er aus dem Feuerwall hinausgeschleudert.

Er landete auf einer grünen Wiese. Nietzsche lag vor ihm im Gras. Elli und Albert purzelten kurze Zeit später hinterher.

„Wer ist wie Gott?", donnerte eine Stimme von oben. „Wer ist wie Gott?"

„Der Erzengel!", flüsterte Elli.

Sie richteten sich auf.

„Wer ist wie Gott?", wiederholte die Stimme.

Die Erde begann zu beben.

„Antwortet! Wer ist wie Gott?"

Das Beben wurde stärker.

„*Wer ist wie Gott?*" Die dröhnende Stimme des Erzengels ließ die Erde noch heftiger erzittern.

„Was sollen wir ihm antworten?", fragte Jan.

„Wer ist wie Gott...", murmelte Nietzsche ärgerlich. Er sprang auf und schrie: „Das ist eine selten dämliche Frage!"

Augenblicklich stoppte das Beben.

Der Engel lachte: „Das ist eine wirklich gute Antwort!"

Es donnerte und blitzte. Dann stand Michael vor ihnen. Er hatte die gleichen Ausmaße wie Luzifer, etwa dreimal so groß wie ein Mensch. Sein Körper erstrahlte in gleißend hellem Weiß. In seiner rechten Hand hielt er das Flammenschwert, mit dem er einst Luzifer und sein Gefolge aus dem Paradies vertrieben hatte: „Ja, ich denke, ihr könntet den Schneid haben, Gott entgegenzutreten!"

„Du hast uns erwartet?", fragte Jan ungläubig.

Der Erzengel nickte: „Ich habe so meine Kontakte..."

„Wirst du uns das Schwert überlassen?"

Michael lächelte und streckte ihm das Schwert entgegen: „Greif zu!"

Vorsichtig ging Jan auf den Erzengel zu. Er zögerte einen Moment, dann ergriff er das Flammenschwert mit beiden Händen. Es war höllisch schwer. Jan gab sich alle Mühe, das überdimensionale Schwert nicht fallenzulassen.

„Macht eure Sache gut!", sagte Michael. „Ihr habt nur diese *eine* Chance!"

Der Erzengel hob die Hände in die Höhe. Das Licht, das von ihm ausging, wurde heller und heller. Die Umgebung tauchte ein in ein strahlendes Weiß. Das Licht blendete so sehr, dass Jan und seine Freunde die Augen schließen mussten.

Als sie sie wieder öffneten, standen sie vor einem großen weißen Palast.

„Der Tempel Gottes!", sagte Albert. Die vier hielten einen Moment inne.

Dann stieß Albert das Tor auf. Sie stürmten hinein. Obwohl sich in dem weißen Marmortempel viele strahlende Heilige befanden, stellte sich ihnen niemand in den Weg. Engel und Heilige schauten die ganze Zeit über entrückt auf den roten Vorhang, hinter dem sich Gottes Thron verbarg.

Die vier Rebellen liefen vorbei an den Heiligsten der Heiligen. Selbst der allerheiligsten Jungfrau Maria, die sich von Josemaría Escrivá die Füße küssen ließ, schenkten sie keine Beachtung. Sie rannten die Treppen hinauf, die zum Throne Gottes führten. Jetzt trennten sie nur noch wenige Meter vom Sitz des Allmächtigen.

Jans Herz pochte wild. In wenigen Sekunden würde er Gott von Angesicht zu Angesicht gegenüberstehen! Wie er wohl aussah? Jan dachte an die Gottesdarstellungen der Vergangenheit. War Gott ein alter Greis mit Bart, wie er als Kind geglaubt hatte? Oder trug er die Züge einer Frau, wie feministische Theologinnen immer wieder behaupteten?

Jan nahm die letzten Stufen mit einem Satz. Noch bevor die anderen die Empore erreichten, riss er den Vorhang beiseite. Gottes Thron erstrahlte vor ihm in aller Herrlichkeit. Zehn goldene, mit Diamanten und Smaragden verzierte Stufen führten hinauf zum Sitz des Allmächtigen.

Jan blickte auf und erstarrte...

XLI.

Er hatte mit Vielem gerechnet, aber das...? Jan fehlten die Worte.

Albert und Elli stürzten herbei. Auch sie blieben wie angewurzelt stehen.

„Seht ihr, was ich sehe?", flüsterte Jan. Er ließ das Schwert sinken.

„Ich denke schon!", stammelte Elli.

„Ich weiß nicht weshalb, aber..." Albert stockte.

Elli schüttelte verwundert den Kopf: „ER sieht aus... wie..."

„... wie ICH!", ergänzte Jan.

Albert fuhr herum: „Was redest du da?"

„ER ist mein Ebenbild!", sagte Jan.

„Unsinn!", erwiderte Albert. „ER sieht aus wie Ich! Gott ist Albert Camus!"

Elli sah das ganz anders: „Für mich ist ER eine SIE! Und SIE sieht aus wie Elli Baumgart!"

„Was steht ihr hier herum wie die Ölgötzen?", keuchte Nietzsche, der als Letzter die Empore erreichte. Er schaute auf und lachte: „Ach so, deshalb!" Nietzsche zuckte mit den Schultern: *„Ich habe schon immer gewusst, dass ich Gott bin..."* Er starrte die anderen an: „Was ist los? Warum zögert ihr? Haut diesem Tyrannen doch endlich den Kopf ab! Ihr werdet doch keine Hemmungen haben, nur weil er zufällig meine Züge trägt!"

Jan schüttelte den Kopf: „Ich kann nicht! Er sieht so hilflos aus! Er will nicht sterben! Er will die Welt regieren, jetzt und in alle Ewigkeit!"

„Unsinn!", fuhr Nietzsche dazwischen. „Was scheren uns die dummen Allmachtswünsche eines größenwahnsinnigen Diktators? Gib mir das Schwert!"

Jan reagierte nicht. Er war wie gelähmt.

„Gottverdammt!" Nietzsche riss ihm das Flammenschwert aus den Händen und rannte auf „Gott" zu. Regungslos verfolgte Jan, wie Nietzsche sich dem Thron näherte. „Gott" rührte sich nicht. Er riss nur erschrocken die Augen auf, starrte ungläubig dem wutentbrannten Philosophen entgegen. Nietzsche holte zum entscheidenden Schlag aus. Jan sah das Flammenschwert durch die Luft fliegen. Sein Doppelgänger auf dem Thron stieß einen ohrenbetäubenden Schrei aus. Das Schwert sauste nieder. Jan verfolgte, wie sich die Klinge in den Hals des Allmächtigen bohrte. Obwohl das Ganze nur einen kurzen Augenblick dauerte, hatte Jan das Gefühl, es würde sich eine Ewigkeit lang hinziehen. Er hörte ein Klirren. Der Schrei verstummte. Ein dumpfes Geräusch ertönte. Der Kopf des Tyrannen fiel. Er rollte den Thron herab, Stufe um Stufe, und landete schließlich direkt vor Jans Füßen.

„Es ist vollbracht!", rief Nietzsche triumphierend und warf das Flammenschwert auf den Boden. „Gott ist tot! Gott bleibt tot! Und wir haben ihn getötet! Das Heiligste und Mächtigste, was die Welt bisher besaß, es ist unter unseren Messern verblutet! Es gab nie eine größere Tat – und wer nur immer nach uns geboren wird, gehört um dieser Tat willen in eine höhere Geschichte, als alle Geschichte bisher war!"

„Amen!", riefen Elli und Albert im Chor.

Jan ging in die Knie, nahm den Kopf des Diktators in beide Hände und hob ihn in die Höhe. Tatsächlich: Das waren *seine* Augen, das war *seine* Nase, *sein* Mund! *Ein Gott nach seinem Ebenbild!* Komisch und erschreckend zugleich! Jan dachte an Luzifer. Hatte er nicht gewarnt, dass es schwer sei, Gott zu töten, weil man einen Teil seiner Selbst töten müsse?

Der Kopf in Jans Händen, das Haupt des gestürzten Gottes, begann sich zu verändern. Er schien sich aufzulösen. Jan beobachtete, wie Gottes Antlitz mehr und mehr verblasste und am Ende gänzlich verschwand.

Ein befreites Lächeln machte sich auf Jans Gesicht breit. Er begann zu lachen, er lachte immer lauter, immer wilder, lachte, wie er noch nie in seinem Leben gelacht hatte! Der Marmorboden, auf dem er stand, fing an zu vibrieren, die Wände des Tempels stürzten ein, die Decke fiel herab. Die Welt um ihn herum drehte sich im Kreis, schneller und schneller. Aber Jan lachte noch immer.

Plötzlich riss der Boden unter seinen Füßen auf. Jan stürzte in die Tiefe. Er schloss die Augen.

Er sah die Stationen seines Lebens an sich vorbeiziehen: seine Geburt, die ersten Wochen an Mutters Brust, seine ersten Gehversuche, sein erster Schultag. Er sah sich beim Fußballspielen, sah seine ersten tölpelhaften Versuche, bei den Mädchen Eindruck zu schinden, sah, wie er seinen ersten großen Weltschmerz in Alkohol ertränkte und wie er danach über der Kloschüssel seiner Eltern schwor, niemals wieder einen Tropfen anzurühren. Er beobachte sich selbst bei der Abiturfeier, beim Studium, bei Demonstrationen, im Hörsaal, im Kino, auf der Bühne, am Schreibtisch, im Bett. Er erinnerte sich an Erlebnisse mit Frauen, die er längst vergessen hatte. Er sah seine Kinder heranwachsen, sah, wie er selbst rastlos von einem Termin zum anderen hetzte, wie ihn der erste Herzinfarkt ereilte und wie er am Ende im Hörsaal zusammenbrach. Er beobachtete die verzweifelten Wiederbelebungsversuche seiner Ärzte, ihr vergebliches Bemühen, jenes ermattete Stück Fleisch am Leben zu erhalten, das einst sein Körper gewesen war.

„Jan! Hörst du mich?", hörte er eine Stimme aus der Ferne rufen.

„Elli!", dachte er

Er öffnete die Augen.

XLII.

„Was ist geschehen?", fragte Jan.

Er lag auf dem Rücken. Elli streichelte sein Gesicht. „Es ist vorbei!", sagte sie leise.

„Wir haben gesiegt?"

Elli lächelte: „Ja, das haben wir..."

Jan versuchte, sich aufzurichten, war aber zu schwach. „Wo sind wir?", fragte er.

„Im Niemandsland zwischen Leben und Tod!", antwortete Elli.

„Ich versteh' nicht... Ich fühl' mich so merkwürdig... Was geschieht mit mir?"

Elli schaute ihn ernst an: „Kannst du es dir nicht denken?"

Jan schwieg. Natürlich ahnte er, was geschah. Aber er wollte es nicht wahrhaben. „Ich sterbe, nicht wahr?", sagte er leise.

Elli nickte.

Jan schüttelte den Kopf „Warum jetzt? Warum ausgerechnet jetzt?"

„Du hattest einen Herzinfarkt, erinnerst du dich?"

„Sicher, aber das meine ich nicht!", antwortete Jan. „Warum jetzt – im Moment des größten Triumphes? Nachdem Gott gestürzt ist, könnten wir glücklich sein! Jetzt zu sterben, macht keinen Sinn..."

„Das Leben hat keinen Sinn, warum sollte das Sterben einen haben?", fragte Elli.

„Das ist eine sehr trostlose Vorstellung!", sagte Jan. „Habe ich all die Kämpfe durchgestanden, damit ich..." Er schluckte: „... damit ich jetzt sang- und klanglos verlösche?"

„Das ist der Lauf der Dinge!", antwortete Elli. „Menschen werden gezeugt, geboren, sie leben kurze Zeit, dann sterben sie. Der Zyklus beginnt von neuem. Die Toten werden vergessen. Und irgendwann wird selbst das Vergessen vergessen sein..."

„Ich weiß, ich weiß...", sagte Jan. „Das Leben ist ein tragischer Witz, nicht wahr?" Er schwieg einen Moment. Dann setzte er von neuem an: „Wenn wir Gott nicht zur Strecke gebracht hätten, würde ich dann weiterleben? Zumindest eine Zeit lang?"

„Sei nicht albern, Jan!", antwortete Elli. „Gott hat damit nicht das Geringste zu tun..."

„Entschuldige!" Jan lächelte verlegen: „Ich habe das Ganze nur geträumt, nicht wahr? Das Jenseits, die Vorhöllen, die Verhöre, der Aufstand... nichts von all dem ist je geschehen?"

Elli schüttelte den Kopf.

„Aber es schien... es schien so real zu sein!"

„Es *war* ja auch real!" antwortete Elli. „Für DICH *war* es real!"

„Und für dich?" Jan blickte tief in Ellis Augen. „Unsinn, du bist ja..." Er stockte: „Hat es je eine Elli Baumgart gegeben?"

Elli zuckte mit den Schultern.

Jan schwieg betreten.

„Wir alle sind Geschöpfe deiner Fantasie!", sagte eine Stimme, die Jan sehr vertraut war. Er schaute auf. Es war Albert. Er stand neben ihm – und nicht nur er! Hunderte von Menschen hatten sich um Jan herum versammelt. Sie alle waren ihm während seines Abenteuers begegnet. Selbst Paulus und Petrus, Luzifer und Michael hatten sich eingefunden.

„Meinst du wirklich, der echte Camus wäre in der Vorhölle der Unkeuschen standhaft geblieben?", fragte Albert amüsiert.

„Wohl kaum!", sagte Jan. Er lächelte.

„Und Nietzsche? Meinst du, er war wirklich so verrückt, dass er die Überreste deines Mensaessens vertilgt hätte?"

„Das menschliche Gehirn ist ein seltsames Wunderwerk!", erklärte Haeckel. „Wenn es mit dem Unbegreiflichen konfrontiert wird, schafft es sich eigene Welten, in denen es sich zurechtfinden kann..."

„Den meisten Menschen genügt es, wenn sie im Moment des Todes die Anwesenheit verstorbener Bekannter herbei halluzinieren!", sagte Marx. „Du aber hast den größten Kampf gekämpft, den ein Mensch kämpfen kann!"

„Du hast bis zum letzten Atemzug gegen das Absurde revoltiert!", ergänzte Albert. „Mehr kann man von einem Menschen nicht erwarten..."

„Nun, wenn ich das alles richtig verstanden habe", hakte Jan ein, „habe ich die ganze Zeit über mit mir selbst gesprochen, ich habe mich selbst bekämpft, mich selbst geliebt und am Ende auch über mich selbst triumphiert, nicht wahr?"

Maharaj nickte: „Du hast den Aufseher in dir niedergeschlagen, die Frau in dir geliebt, den Diktator in dir gestürzt. Du hast mit niemand anderem als deinen eigenen Vorstellungen gerungen! Das tun alle Menschen – in jedem Augenblick ihres Daseins! Jeder erschafft sich seine eigene Welt..."

Jan musste lachen: „Wenn ich das vorher gewusst hätte, hätte ich mir ein Paradies erschaffen!"

„Ja, das hättest du zweifellos getan, wenn du es hättest tun können...", erwiderte Gora.

„So aber konntest du einen großen Kampf kämpfen!", sagte Nietzsche und grinste. „Du weißt doch: Nichts ist schwerer zu ertragen als eine Reihe von guten Tagen! Ohne Gefahr gibt es keinen Triumph!"

„Du meinst, ich habe diesen christlichen Foltergott erschaffen, damit ich später das Gefühl auskosten konnte, mich von ihm zu befreien?"

„So dumm ist das nicht!", sagte Albert: „Du kennst doch den alten Witz: Warum sollte man sich hin und wieder mit einem schweren Eisenhammer auf den Daumen schlagen?"

„Weil es so schön ist, wenn der Schmerz nachlässt!" antwortete Jan.

Camus nickte.

„Genauso ist es mit Leben und Tod!", meldete sich Buddha zu Wort.

Jan verstand nicht.

„Man lebt nur, weil es so schön ist, wenn mit dem Tod der Schmerz nachlässt!"

Jan dachte einen Moment lang über diesen dunklen Satz Buddhas nach. Dann schüttelte er den Kopf: „Nein, Leben ist weit mehr als Schmerz! Das Leben hat so unendlich viel zu bieten: Die strahlenden Augen eines Kindes, dem man eine Freude macht; das Lächeln eines Unbekannten, dem man zufällig auf der Straße begegnet; den Geruch von frisch gebackenem Brot am Morgen, das Abenteuer einer scharfen Diskussion am Abend, die Anmut einer Bach-Fuge, die Schönheit eines Bildes von Picasso, die Wärme eines Menschen, den man liebt..."

„Von all dem wirst du dich nun trennen müssen...", sagte Elli behutsam.

„Ich weiß!" Jan blinzelte. Seine Lider wurden schwerer. „Ich bin müde! Unendlich müde..."

„Ruh dich aus..."

Jan nickte.

Ellis Konturen wurden undeutlicher. Jan versuchte, nach ihr zu greifen, aber er konnte sie nicht mehr fassen.

„Du warst der schönste Gedanke, den ich jemals hatte!", flüsterte er ihr zu. „Ich bin so dankbar, dass du bei mir warst..."

Jan drehte sich den anderen zu, die wie Elli nun mehr und mehr verblassten. „Ich danke euch allen..."

Elli küsste ihn ein letztes Mal. Jan sah, wie ihre Erscheinung immer lichter wurde, bis sie gänzlich verschwand.

Er war allein.

Sein Körper begann sich aufzulösen. Er fühlte weder Schmerz noch Trauer. Nur Müdigkeit. Unendliche Müdigkeit.

Jan legte den Kopf zur Seite.

„Sterben ist wirklich das Letzte!", dachte er.

Zugegeben: Das war nicht die beste Pointe aller Zeiten, aber sie verfehlte ihre Wirkung nicht: Jan blickte dem Unvermeidlichen entgegen, wie er es sich stets gewünscht hatte – mit einem Lächeln auf den Lippen.

XLIII.

„... 15.37 Uhr, Todesursache: Herzversagen." Die Stimme der Ärztin klang weniger sachlich als üblich.

„Haben Sie den Mann gekannt?", fragte der Assistenzarzt, während er half, Jans Leiche auf ein Rollbett zu heben und in den Nebenraum zu schieben.

Die Ärztin schaute ihn verwundert an. Sie klärte ihn darüber auf, dass es sich bei dem Toten um *Jan Stollberg* gehandelt habe, den berühmten Philosophen, Biologen und Religionskritiker.

Ihr Kollege zeigte keinerlei Reaktion.

„Sagen Sie nur, Sie haben noch nie etwas von ihm gehört?"

Der Assistenzarzt zuckte lässig mit den Schultern: „Für Philosophie habe ich mich nie sonderlich interessiert!" Er erklärte, dass er mit seiner Zeit Sinnvolleres anzufangen wisse, als sich in dicke, staubige Bücher zu vergraben. Er habe viele Hobbys, spekuliere erfolgreich an der Börse, verreise in ferne Länder.

Der Mann plapperte unverdrossen weiter, aber seine Kollegin hörte schon lange nicht mehr zu. Sie beobachtete, wie die Krankenschwester mit nüchterner Routine den toten Stollberg entkleidete und wusch. Sie zog ihm ein weißes Krankenhaushemd über und legte eine Binde an, um den Unterkiefer abzustützen. Zum Schluss faltete sie seine Hände.

Die Ärztin erkundigte sich, ob das wirklich sein müsse. Der Tote sei Atheist gewesen und eine derart demütige Haltung hätte ihm sicher nicht behagt. Die Krankenschwester erwiderte, dass das Falten der Hände zum vorgeschriebenen Ablauf gehöre. Die Leichenstarre trete immer ein, gleich ob man an Gott glaube oder nicht. Außerdem könne es einem Atheisten doch ziemlich egal sein, was nach seinem Tod mit dem Körper geschehe.

„Sie haben Recht!", sagte die Ärztin und lächelte ein wenig verlegen.

Nachdem der Assistenzarzt und die Krankenschwester das Zimmer verlassen hatten, beugte sie sich noch einmal zu dem Toten hinüber. Ihr kam der letzte Satz aus Stollbergs *Philosophie des Absurden* in den Sinn: „Der religiöse Schrecken wird erst dann ein Ende haben, wenn das Ende ohne Schrecken ist..."

Sie fragte sich, ob dem Philosophen ein Ende ohne Schrecken vergönnt war. Immerhin: Seine Züge wirkten entspannt, fast heiter. Aber sie wusste, dass das wenig zu bedeuten hatte. Wer konnte schon ahnen, was sich in den letzten Momenten seines Daseins in den Windungen seines Hirns abgespielt hatte? Hatte ihn vielleicht doch noch die Verzweiflung gepackt? Oder hatte er sich unerschrocken dem Unausweichlichen gestellt – mit der gleichen, aufrechten Haltung, die sein vorangegangenes Leben ausgezeichnet hatte? Sie hoffte es inständig. Für ihn – und für sich.

Ihr Pieper riss sie aus den Gedanken. Der nächste Einsatz stand bevor. Jan Stollberg war unter ihren Händen gestorben, aber das Leben ging weiter. „Es geht immer weiter – unbeeindruckt vom Schicksal des Einzelnen...", dachte sie.

Ein banaler Gedanke. Zugegeben! Aber: War nicht das Leben selbst *auf erschreckende Weise banal? Banal und wundersam zugleich?*

Sie richtete sich auf, warf einen letzten Blick auf Stollbergs Leiche und schloss die Tür.

Glossar

Die historischen Personen des Romans und ihr postmortales Schicksal

Adorno, Theodor W. (1903-1969): dt. Philosoph und Soziologe, neben Max Horkheimer einer der Hauptvertreter der sog. „Kritischen Theorie". In der Annahme, dass es „kein richtiges Leben im falschen" gibt, forderte A. vom Intellektuellen „unverbrüchliche Einsamkeit" als letzte Gestalt der Solidarität mit den Entrechteten. Jeder Schritt hin zu bürgerlichen Freuden sei „einer zur Verhärtung des Leidens". Folglich fürchtete der unverbesserliche Kulturpessimist, nach jedem Besuch des Kinos „bei aller Wachsamkeit dümmer und schlechter" herauszukommen. Obwohl sich A. nur wenig mit theologischen Fragestellungen beschäftigte, dürfte seine Forderung nach „äußerster Askese jeglichem Offenbarungsglauben gegenüber" sowie seine intensive Auseinandersetzung mit Freud und Marx dazu geführt haben, dass er in *Stollbergs Inferno* in den Ring der Todsünder verbannt wurde. Wegen seiner pessimistischen, negativ-dialektischen Weltanschauung bezeichnet Jan Stollberg ihn als „philosophischen Punk mit aristokratischer Diktion".

Hauptwerke: Dialektik der Aufklärung (mit Horkheimer); Philosophie der neuen Musik; Studien zum autoritären Charakter; Minima Moralia; Negative Dialektik; Die musikalischen Monographien; Noten zur Literatur; Eingriffe; Stichworte

Baha'u'llah (eigentlich: Mizra Husain Ali Nuri) (1817-1892): Religionsstifter, lehrte einen transzendenten Gott, der sich in Propheten wie Zarathustra, Jesus, Mohammed usw. manifestierte. B. verhieß ein Zeitalter des Friedens, in dem die gegenseitige Liebe aller Menschen ohne Ansehen von Geschlecht, Rasse und Nation vorherrschen sollte. In *Stollbergs Inferno* gehört er zum Kreis der Dissidenten, die den ewigen Krieg der Weltreligionen im 5. Ring beenden wollen. Mit diesem ehrenvollen Anliegen scheitert er hier jedoch genauso wie zu seinen Lebzeiten.

Bakunin, Michail Alexandrowitsch (1814 -1876): russ. Anarchist und Revolutionär, an zahlreichen Aufständen beteiligt, mehrfach inhaftiert, politischer Mitstreiter, aber auch Gegenspieler von Marx. Bakunins Kampf richtete sich gegen sämtliche Formen von Herrschaft – und deshalb konsequenterweise auch gegen die Vorstellung eines allmächtigen Gottes. In *Stollbergs Inferno* zählt er zur treibenden Avantgarde der Todsünder. Sein Bonmot: „Wenn Gott wirklich existierte, müsste man ihn beseitigen!" wird hier zum Programm.

Hauptwerke: Gott und der Staat; Staatlichkeit und Anarchie; Russische Zustände; Die Reaktion in Deutschland.

Beauvoir, Simone de (1908-1986): frz. Schriftstellerin, Mitstreiterin und Lebensgefährtin von J.P. Sartre, eine der Hauptvertreterinnen des frz. Existentialismus. B. engagierte sich stark in sozialen und politischen Fragestellungen und avancierte zu einer der wichtigsten Theoretikerinnen der internationalen Frauenbewegung. Aufgrund ihrer materialistischen und atheistischen Weltanschauung wird sie in *Stollbergs Inferno* in den Ring der Todsünderinnen verbannt.
Hauptwerke: Das andere Geschlecht; Die Mandarins von Paris; Memoiren einer Tochter aus gutem Hause; In den besten Jahren; Der Lauf der Dinge; Alles in allem; Die Zeremonie des Abschieds.

Bloch, Ernst (1885 -1977): dt. Philosoph, verstand (in der Nachfolge von Hegel und Marx) Geschichte als dialektisch vermittelten, auf das sog. „Reich der Freiheit" ausgerichteten Prozess. B. avancierte nach seiner mehr oder weniger unfreiwilligen Übersiedlung aus der DDR zu einem der Lieblingsphilosophen der „Neuen Linken". Obgleich sich viele „progressive" Theologen das „Prinzip Hoffnung" auf ihre Fahnen schrieben, war B. ein bekennender, marxistischer Atheist. Da er den Pessimismus als eine zutiefst unmoralische Geisteshaltung verstand, kann B. auch postmortal den Kampf nicht aufgeben. Das Projekt des „aufrechten Gang" ist für ihn unkündbar – auch unter den scheinbar aussichtslosen Bedingungen der Vorhölle.
Hauptwerke: Geist der Utopie; Thomas Münzer als Theologe der Revolution; Das Prinzip Hoffnung; Atheismus im Christentum.

Brecht, Bert(olt) (1898-1956): dt. Schriftsteller und Regisseur, begann seine Karriere mit expressionistisch-anarchistischen Dramen („Baal", „Trommeln in der Nacht", „Mann ist Mann") und feierte seinen ersten großen Erfolg 1928 mit der „Dreigroschenoper". Nach intensiver Beschäftigung mit der marxistischen Theorie verfasste er die sog. „Lehrstücke" (u.a. „Die Maßnahme"). Im Exil entstanden seine bekanntesten Bühnenstücke, darunter u.a.: „Mutter Courage und ihre Kinder", „Herr Puntila und sein Knecht Matti" „Der gute Mensch von Sezuan" und „Leben des Galilei". Neben seinen Stücken ist vor allem Brechts Lyrik („Hauspostille", „Svendborger Gedichte") von bleibender Bedeutung. Dass der „arme B.B." weder in der Vorhölle der Todsünder noch in der Hölle der Wollüstigen (wie Elli Baumgart und Jan Stollberg vermuten) gelandet ist, verdankt er seinem schlitzohrigen Verhandlungsgeschick, das er schon zu Lebzeiten in den Verhören vor dem „McCarthy-Ausschuss für unamerikanische Umtriebe" eindrucksvoll unter Beweis stellte.

Buddha (eigentlich: Siddhartha Gautama) (ca. 560-480 v.u.Z.): ind. Religionsstifter. Der Legende nach wuchs B. als Sohn eines nepalesischen Fürsten in Luxus auf und verließ mit 29 Jahren seine Heimat, um den Sinn des Lebens zu erkunden. Nachdem er sieben Jahre vergeblich versucht hatte, mittels Askese zur „Erleuchtung" zu gelangen, entwickelte er die Idee des sog. „Mittleren Pfads", eine Lebenshaltung meditativen Gleichmuts, mit deren Hilfe B. den vermeintlich „ewigen Kreislauf des Leidens" (Karma- und Reinkarnationslehre) zu überwinden hoffte. Gegenüber dem damals vorherrschenden brahmanischen Denk- und Herrschaftssystem stellte B. heraus, dass allein der individuelle Lebenswandel – nicht die Geburt in einen bestimmten Stand! – der Maßstab zur Bewertung eines Menschen sein müsse. Er proklamierte eine Lehre, die entgegen brahmanischen Standesdünkel alle Menschen prinzipiell ethisch gleichsetzte (freilich ohne hieraus politische Forderungen abzuleiten). Diese ursprüngliche buddhistische Lehre kam ohne religiöse Hierarchien aus. In ihrem Zentrum stand das Individuum, das seinen Weg zur Überwindung des Leidens mit Hilfe der buddhistischen Lebenstechniken selbst finden musste. Dies änderte sich jedoch bald nach Buddhas Tod, als die buddhistischen Gemeinden neue Organisationsformen wählten und sich durch die Integration fremder religiöser Kulte mehr und mehr von der buddhistischen Ursprungsidee entfernten. In *Stollbergs Inferno* gehört B. zum Kreis der Dissidenten, die sich im 5. Ring vergeblich um eine friedliche Koexistenz der Religionen bemühen.

Camus, Albert (1913-1960): frz. Schriftsteller und Philosoph, Nobelpreisträger für Literatur, sah den Sinn des Lebens in der Revolte gegen die „Absurdität" der menschlichen Existenz. Scharf wandte er sich gegen *jegliche* Form des Despotismus, wodurch er in einen Konflikt mit seinem langjährigen Weggefährten Jean-Paul Sartre geriet, der zeitweilig mit den Kommunisten sympathisierte. C. ist die erste historische Persönlichkeit, der Stollberg in seinem Jenseits-Abenteuer begegnet. Dass ausgerechnet er zu Stollbergs permanentem Begleiter wird, ist beileibe kein Zufall, denn Camus' philosophisches Hauptanliegen, der Kampf mit dem Absurden, dem in letzter Instanz vergeblichen Versuch, der menschlichen Existenz dauerhaften Sinn zu geben, ist (jenseits aller Religionskritik) das eigentliche Thema des Romans.
Hauptwerke: Der Fremde; Die Pest; Der Fall; Der glückliche Tod; Der Mythos des Sisyphos; Der Mensch in der Revolte.

Darwin, Charles (1809-1882): brit. Naturwissenschaftler (Zoologie, Geologie, Anthropologie etc.), Begründer der modernen Evolutionstheorie. D. revolutionierte das Welt- und Selbstbild des Menschen wie kaum ein anderer Wissenschaftler oder Philosoph. Seine Darlegungen zum Wechselspiel von Mutation und Selektion führten nicht nur zum größten Paradigmenwechsel in der Geschichte der Biologie und Anthropologie, sondern wurden auch auf viele andere Wissensgebiete (u.a. Ökonomie, Soziologie, Medizin, Ästhetik, Erkenntnistheorie) fruchtbar übertragen. Nicht zuletzt trug Darwins Theorie zur radikalen Entzauberung und Erschütterung der religiösen Wirklichkeitsentwürfe bei. D. selber waren die enorm weitreichenden Konsequenzen seiner Theorie frühzeitig bewusst. Aber er schreckte (auch aus Rücksicht gegenüber seiner im traditionellen Glauben verhafteten Gattin) lange Zeit davor zurück, diese auch öffentlich zu formulieren. So erschien seine Arbeit über die „Abstammung des Menschen" erst rund 40 Jahre nach seiner berühmten Weltreise auf der „Beagle" und immerhin 12 Jahre, nachdem er in dem Grundlagenwerk „Die Entstehung der Arten durch natürliche Zuchtwahl" bereits die allgemeinen Prinzipien der Evolution dargelegt hatte. Im Unterschied zu seinem wohl wichtigsten Mitstreiter Ernst Haeckel trug D. seine revolutionären Erkenntnisse in einem äußerst moderaten Ton vor und versuchte tunlichst, weltanschaulichen Konfrontationen aus dem Weg zu gehen. Wahrscheinlich ist dies der Hauptgrund dafür, dass D. in *Stollbergs Inferno* nicht in die Vorhölle der Todsünder verbannt wurde, wo man ihn angesichts seiner großen Leistung für das Projekt der Aufklärung eigentlich hätte erwarten dürfen.

Hauptwerke: Reise um die Welt; Die Entstehung der Arten durch natürliche Zuchtwahl; Das Variieren der Tiere und Pflanzen im Zustande der Domestikation; Die Abstammung des Menschen; Über den Ausdruck der Gemütsbewegung bei Menschen und Tieren.

Demuth, Helene (1820-1890): Haushälterin, Freundin und Mitstreiterin der Familie Marx, hatte ein heimliches Verhältnis mit dem Hausherrn, aus dem der Sohn Frederick „Freddy" Demuth hervorging. Um die Ehe zwischen Marx und Jenny nicht zu gefährden, gab Friedrich Engels vor, der Vater des Kindes zu sein. D. stand der Familie Marx stets treu zur Seite. Auch in *Stollbergs Inferno* taucht sie an der Seite von Jenny Marx auf.

Eichmann, Karl Adolf (1906-1962): SS-Obersturmbannführer, leitete das „Judenreferat" im Reichssicherheitshauptamt und organisierte die Transporte in die NS-Vernichtungslager. 1945 entkam er nach Argentinien, wurde dort 1960 vom israelischen Geheimdienst entdeckt, nach Jerusalem entführt und am Ende eines Aufsehen erregenden Prozesses zum Tode verurteilt. In *Stollbergs Inferno* hat sich E. vom Nazischergen zum Gottesschergen gewandelt und wird aufgrund seines Organisationstalents für die Neuorganisation des Vorhöllensystems eingesetzt.

Epikur (341-271): griech. Philosoph, verstand Philosophie als Instrument der Daseinsbewältigung. Ziel seiner radikal diesseitigen Philosophie war das gelingende, das glückselige Leben. Unter dem Einfluss des Christentums avancierte der Begriff „Epikuräer" zu einem Schimpfwort. Dabei verfestigte sich die Fehleinschätzung, E. habe einer ungezügelten Sinneslust das Wort geredet. In Wirklichkeit aber war E. davon überzeugt, dass Glückseligkeit nur durch eine weise Abwägung des Genusses, durch Selbstbeherrschung, wahre Erkenntnis und Gerechtigkeit erreichbar sei. Die in vieler Hinsicht bis heute aktuell gebliebene Philosophie des E. wurde nur bruchstückhaft durch seine Schüler übermittelt. In

Stollbergs Inferno schildert Ludwig Feuerbach das traurige Schicksal des Philosophen, der nach Eintritt des „neuen Bundes" zunächst die Glückseligkeit des Himmels erfahren durfte, dann aber doch in die ewigen Flammen geschickt wurde, weil er das Leiden der Verdammten nicht ohne Widerspruch tolerieren konnte.

Escrivá, Josemaría (1902-1975): Gründer des „Opus Dei", Marienverehrer und unumstrittener Großmeister der Selbstgeißelung, weshalb er von der katholischen Kirche in Rekordgeschwindigkeit erst selig (1992) und dann heilig (2002) gesprochen wurde. Überzeugt davon, dass es nur *einen* Weg zum Seelenheil gibt, forderte E. zur vollständigen „Christianisierung aller Völker und Institutionen" auf. Sollte es mit der freiwilligen Missionierung nicht so recht klappen, empfahl er die Anwendung des „heiligen Zwangs" (was das „Werk Gottes" beispielsweise unter der Diktatur des „guten Katholiken" Franco fleißig umsetzte). Jesus zu folgen, bedeutete für E., nicht nur bedingungslos zu glauben, sondern wie der Heiland am Kreuz heroisch Schmerzen zu ertragen und den (sinnlichen) Verführungen des Teufels zu widerstehen. In seinem Hauptwerk „Der Weg" heißt es hierzu: „Ich nenne dir die wahren Schätze des Menschen auf dieser Erde, damit du sie dir nicht entgehen lässt: Hunger, Durst, Hitze, Kälte, Schmerz, Schande, Armut, Einsamkeit, Verrat, Verleumdung, Gefängnis. (...) Gesegnet sei der Schmerz. – Geliebt sei der Schmerz. – Geheiligt sei der Schmerz. (...) Verherrlicht sei der Schmerz!" Als Lohn für sein schmerzerfülltes Leben hoffte E., postmortal zu Füßen des Allmächtigen sitzen zu dürfen. Im Roman erfahren wir, dass dieser große Lebenstraum Escrivás im Jenseits tatsächlich Erfüllung fand. Stollberg und seine Freunde treffen den überglücklichen E. im Thronsaal Gottes, wo er seiner glühenden Verehrung gegenüber der heiligen Jungfrau in aller gebotenen Demut Ausdruck verleiht.
Hauptwerk: Der Weg.

Feuerbach, Ludwig (1804-1872): Philosoph und Religionskritiker, musste wegen christentumskritischer Arbeiten die akademische Laufbahn frühzeitig aufgeben. Feuerbachs Philosophie, die den abstrakt-idealistischen Hegelianismus in einen sinnlichen Materialismus überführte, hatte großen Einfluss u.a. auf die Philosophie des Marxismus. Seine Beiträge zu Anthropologie und Religionskritik haben bis heute wenig von ihrer Aktualität eingebüßt. F. wollte an die Stelle der „illusionären, religiösen Brücke zur Gattung" eine echte, sinnliche Verbindung setzen. Da der Umweg über Gott nicht mehr notwendig war, formulierte er die Grundsätze einer säkularen Religion, einer Religion der umfassenden Menschenliebe, die in vielerlei Hinsicht die Gedanken humanistischer Autoren des 20. Jahrhunderts vorwegnahm. Dass F. in *Stollbergs Inferno* in den Ring der Todsünder verbannt wird und auch dort – trotz aller Anfeindungen – mutig seinen Mann steht, wird niemanden verwundern, der sich mit Feuerbachs Leben und Werk beschäftigt hat.

Hauptwerke: Das Wesen des Christentums; Grundsätze der Philosophie der Zukunft; Vorlesungen über das Wesen der Religion.

Freud, Sigmund (1856-1939): österr. Nervenarzt und Begründer der Psychoanalyse. F. revolutionierte die Psychologie durch die Entdeckung des Unbewussten und die Entwicklung des dynamischen Charakterbegriffs. Nach F. wird der Mensch über weite Teile von Trieben gesteuert. Dabei nahm F. die Libido als Haupttrieb des menschlichen Verhaltens an. Später erweiterte er dieses Modell, indem er dem Sexualtrieb den Todes- oder Destruktionstrieb entgegensetzte, ein Konzept, das in der Folge heftig angegriffen wurde (u.a. von Erich Fromm). Als Vertreter der Aufklärung verfolgte F. das Ziel, die Ansprüche des „Es" und des „Über-Ich" durch den psychoanalytischen Reflexionsprozess bewusst zu machen und dadurch das „Ich" zu stärken. F., ein ungeheuer fruchtbarer Denker, der sich mit ethnologischen, mythologischen und religionswissenschaftlichen Fragestellungen ebenso beschäftigte wie mit soziologischen oder ästhetischen Problemen, hatte großen Einfluss auf Philosophie, Literatur und Kunst. Seine Religionskritik trug wesentlich zur psychologischen Entzauberung der Religionen bei – auch wenn Teile seiner anthropologischen Konzeption sowie seine therapeutische Behandlungsmethode im Allgemeinen heute zu Recht einer scharfen Kritik unterworfen sind… Im Zuge der Neustrukturierung der Vorhöllen soll, wie Camus im Roman berichtet, eine Vorhölle eigens für Psychoanalytiker eingerichtet worden sein – angesichts der verschiedenen, heftig sich befehdenden psychoanalytischen Schulen sicherlich die Höchststrafe für Freud. Der wusste zwar, dass „der Mensch nicht einmal Herr im eigenen Haus" ist, dass er aber selbst nicht einmal Herr im psychoanalytischen Haus sein durfte, traf ihn schwer…
Hauptwerke: Die Traumdeutung; Zur Psychopathologie des Alltagslebens; Totem und Tabu; Vorlesungen zur Einführung in die Psychoanalyse; Jenseits des Lustprinzips; Massenpsychologie und Ich-Analyse; Das Ich und das Es; Das Unbehagen in der Kultur.

Fromm, Erich (1900-1980): Neo-Psychoanalytiker, Soziologe und Philosoph, revidierte das Freudsche Triebmodell und entwickelte unter Rückgriff auf Marx eine eigenständige humanistische Anthropologie und Gesellschaftstheorie, die großen Einfluss auf die internationale Friedens- und Bürgerrechtsbewegung hatte. Ins Licht der Öffentlichkeit trat F. erstmalig durch seine Mitarbeit am Frankfurter Institut für Sozialforschung, das anfangs stark von Fromms freudomarxistischen Ideen geprägt war (siehe die „Studien über Autorität und Familie"). Nach der Emigration nach Amerika wuchs (auch aufgrund des zunehmend stärker werdenden Einflusses von Adorno) die Distanz zu den ehemaligen Kollegen. F. ging eigene Wege – auch in der Religionskritik. Ursprünglich von einem orthodoxen jüdischen Elternhaus geprägt (es kursierte das Sprichwort: „Mach mich wie den Erich Fromm, dass ich in den Himmel komm"), wurde Fromms Denken im Zuge seiner theoretischen Entwicklung immer säkularer. Er verstand sich als dezidierten Nicht-Theisten, hatte jedoch ein Faible für den Mystiker Meister Eckart und die alttestamentlichen Propheten, die er säkular umdeutete und in sein Konzept eines diesseitigen Messianismus integrierte. Dass er in *Stollbergs Inferno* im Ring der Todsünder landete und nicht in die Vorhölle der Psychoanalytiker verbannt wurde, ist der Tatsache zuzuschreiben, dass F. stärker von Marx als von Freud beeinflusst war und für radikale sozio-ökonomische Veränderungen eintrat. Sein postmortales Schicksal mag vielleicht einige erstaunen, die den Bestsellerautor Fromm bisher nur als „rosaroten Philosophen der Liebe" wahrgenommen haben. Aber der Mann hat sich seinen Stammplatz in der Vorhölle der Todsünder redlich verdient...

Hauptwerke: Die Furcht vor der Freiheit; Die Kunst des Liebens; Wege aus einer kranken Gesellschaft; Jenseits der Illusionen; Revolution der Hoffnung; Anatomie der menschlichen Destruktivität; Haben oder Sein.

Gandhi, Mohandas, genannt Mahatma (Sanskrit: „dessen Seele groß ist") (1869-1948): Rechtsanwalt und Führer der ind. Unabhängigkeitsbewegung, entwickelte das Konzept des gewaltlosen Widerstandes und setzte es erfolgreich gegen die brit. Herrschaft in Indien ein. Gandhi hatte entscheidenden Anteil an der Unabhängigkeit Indiens, konnte aber die blutigen Kämpfe zwischen Hindus und Muslimen nicht verhindern. Auch blieb es ihm versagt, die Hindus von der Rückständigkeit des Kastendenkens zu überzeugen. Mehr oder weniger folgerichtig wurde der zunehmend säkularer denkende G. 1948 von einem fundamentalistischen Hindu erschossen... In *Stollbergs Inferno* gehört G. zu den Dissidenten des 5. Rings. Dort hat G., der über viele Jahre streng asketisch, den religiösen Vorstellungen des Hinduismus entsprechend gelebt hatte, den letzten Rest religiöser Traditionen abgeworfen. Wenn er nochmals die Erde betreten könnte, verrät er dem verdutzten Stollberg, würde er sich ein saftiges argentinisches Rindersteak genehmigen...

Goethe, Johann Wolfgang von (1749-1832): Dichter, Philosoph, Naturwissenschaftler, Zeichner, Minister etc., Hauptrepräsentant des „Sturm und Drang" sowie später (mit Schiller) der „Weimarer Klassik". Goethes Leben und Werk in wenigen Zeilen auch nur annähernd zu umreißen, ist ein Ding der Unmöglichkeit, deshalb soll es hier auch nicht versucht werden. Sein Verhältnis zur Religion war ambivalent, reicht vom trotzigen Aufbegehren des „Prometheus" bis zur unkritischen Hingabe des „Ganymed". Sein freigeistiges Bonmot „Wer Wissenschaft und Kunst besitzt, hat auch Religion. Wer jene beiden nicht besitzt, der habe Religion!" hätte durchaus das kritische Potential, den Dichterfürsten zum Todsünder abzustempeln. Aber G., gleichermaßen Schöpfer des genialen Mephistopheles aus Faust 1 als auch der „heiligen Langeweile" von Faust 2, war stets anpassungsfähig genug, um unangenehmen Konfrontationen rechtzeitig zu entgehen. So verwundert es nicht, dass er postmortal die grenzdebilen Worte zum Choral „Der liebe Jesus liebt dich..." beisteuerte.

Gogh, Vincent van (1853-1890): niederländ. Maler, einer der Hauptvertreter des Impressionismus (in späteren Werken bereits den Expressionismus vorwegnehmend). G. erhielt in den Jahren 1886-88 wichtige Impulse durch die Pariser Impressionisten, siedelte dann nach Arles um, wo er gemeinsam mit Gauguin eine Künstlerkolonie gründen wollte. Kurze Zeit später jedoch erfolgte van Goghs Zusammenbruch. Nach der Selbstverstümmelung seines Ohres und wiederholten Anfällen ging van G. 1889 in die Heilanstalt von Saint-Rémy-de-Provence, wo einige seiner ausdrucksstärksten Gemälde entstanden. 1890 nahm sich der (wie man heute vermutet) von starken Innenohrschmerzen geplagte Pfarrerssohn und frühere Laienprediger das Leben, was seine Chancen, postmortal in den Himmel zu gelangen, dramatisch verschlechterte. Nach Auskunft des Kommandanten Görlitz gehört G. zu den Malern, die im vierten Ring dazu verdammt sind, kitschige Madonnenbilder zu malen.

Gollwitzer, Helmut (1908-1993): evangelischer Theologe, versuchte Christentum und Marxismus miteinander zu verbinden. Gollwitzers Leben war ein Leben des aufrechten Gangs. Er leistete nicht nur in der NS-Zeit Widerstand, sondern engagierte sich in den 1960er-Jahren stark für die Anliegen der Studentenbewegung (hielt u.a. auch die Grabreden für Dutschke und Meinhof). Schon ab den 50ern war das „Gewissen der Nation" (ein Ehrentitel, den er sich mit Heinrich Böll teilte) in der Friedens- und Anti-Atomkraftbewegung aktiv. In *Stollbergs Inferno* gehört G. zu den Gläubigen, die Gottes Endlösungspolitik nicht hinnehmen wollen, aber dennoch so stark im Glauben verhaftet sind, dass sie sich nicht dazu durchringen können, Gott entschieden die Stirn zu bieten.
Hauptwerke: ... und führen, wohin du nicht willst; Die marxistische Religionskritik und der christliche Glaube; Israel – und wir; Der Christ und die Atomwaffen; Krummes Holz – aufrechter Gang.

Gora (eigentlich: Goparaju Ramachandra Rao) (1902-1975): indischer Sozialreformer und praktischer Atheist, gründete mit dem „Atheist Centre" in Vijayawada ein weltweit anerkanntes, humanistisches Zentrum, das auch heute noch wertvolle Sozial- und Aufklärungsarbeit in Indien leistet. Als Mitglied einer ranghohen brahmanischen Familie geboren, beschäftigte sich G. bereits in frühen Jahren mit Philosophie und Naturwissenschaft. Diese Studien ließen ihn den Aberglauben der Massen, die Ungerechtigkeit des Kastensystems und die Chancenlosigkeit der Unberührbaren erkennen. Fortan kämpfte er entschieden für eine Säkularisierung der indischen Gesellschaft. Immer wieder forderte G. die Menschen auf, Tabus zu brechen, um Vorurteile und Schranken abzubauen. Aus diesem Grund heirateten seine eigenen Kinder Unberührbare, was im damaligen Indien eine ungeheure Provokation war – und auch heute noch für die meisten brahmanischen Familien undenkbar wäre. In *Stollbergs Inferno* trifft G. seinen alten Freund Mahatma Gandhi wieder, der in den 1940er Jahren von Goras Mut und Erfolgen sehr beeindruckt war, auch wenn es niemals zu jenem „massenhaften Konvertieren hin zur Menschlichkeit" gekommen ist, von dem sich G. eine zukunftsfähige Lösung der weltanschaulichen Konflikte Indiens sowie der Weltgesellschaft erhoffte.

Hauptwerke: Positive Atheism; We become Atheists.

Grosz, George (1893-1959): Maler, Grafiker, Karikaturist, Mitbegründer der Berliner Dada-Gruppe, prangerte in seinen Werken die sozialen Missstände der Weimarer Republik an und verspottete Bürgertum, Kirche, Kapitalismus und Militarismus. Dadurch geriet G. mehrfach in die Mühlen der Justiz (u.a. wurde der Blasphemievorwurf gegen seine Zeichnung „Jesus mit Gasmaske" erhoben). Seine Werke galten in der Nazizeit als „entartete Kunst". Kommandant Görlitz vermutet in *Stollbergs Inferno*, dass G. nach peinlicher Befragung und Umerziehung durch die Inquisitoren Madonnenbilder malt. Stollberg nimmt das ungläubig zur Kenntnis.

Haeckel, Ernst (1834-1919): Zoologe, Evolutionstheoretiker und Philosoph, streitbarer Verfechter der Evolutionstheorie, sorgte für eine enorme Popularisierung der Abstammungslehre Darwins. Im Unterschied zu Darwin griff H. die Religion frontal an und entwickelte die Grundlagen für eine den evolutionären Erkenntnissen entsprechende Kultur. Die emanzipatorische Kraft seines Werkes wurde empfindlich getrübt durch seine Ausführungen zur Rassenlehre, die dem späteren Missbrauch des darwinistischen Gedankenguts (vor allem in der NS-Zeit) Vorschub leistete. In *Stollbergs Inferno* führt der Todsünder H. den Neuankömmling Stollberg in die Grundlagen der postmortalen Biologie ein.

Hauptwerke: Die Welträtsel; Die Lebenswunder; Natürliche Schöpfungs-Geschichte.

Hegel, Georg Wilhelm Friedrich (1770-1831): Philosoph, studierte am Tübinger Stift mit Hölderlin und Schelling, war außerordentl. Prof. in Jena, danach Ordinarius in Heidelberg und ab 1818 Fichtes Nachfolger in Berlin. H. zufolge fußt die Entwicklung der Vernunft (und damit auch die Entwicklung der menschlichen Geschichte) in einer permanenten Abfolge von Widersprüchen, die überwunden werden müssen und so für steten Fortschritt sorgen. Grundlegend für diesen Prozess ist die sog. „dialektische Triade" von These, Antithese und Synthese. Da nach H. alles Vernünftige wirklich und alles Wirkliche vernünftig ist, fällt die Entwicklung der Wirklichkeit mit der Entwicklung der Vernunft zusammen. So verfügt jede Zeit über den Grad an Wahrheit, der ihr entspricht. Da H. all dies erkannt und auf den Begriff gebracht zu haben glaubt, wähnt er sich nicht nur auf der Höhe des geschichtlichen Wahrheitsentfaltungsprozesses, er glaubt auch, das endgültige philosophische System geschaffen zu haben, in dem alle Widersprüche aufgehoben und aufs Trefflichste miteinander versöhnt sind.

Obwohl Hegels Philosophie die Saat für die scharfe Religionskritik der sog. „Linkshegelianer" (beispielsweise Bruno Bauer oder Ludwig Feuerbach) lieferte, hat er selbst die Bezeichnung „Atheist" energisch zurückgewiesen und das Christentum immer wieder nachdrücklich gewürdigt. H., der sich als tief religiöser Mensch verstand, hatte den Anspruch, den gesamten Inhalt des christlichen Glaubens in sein philosophisches System zu integrieren. Die alten Mythen sollten erhalten bleiben, sie bedurften nur einer zeitgemäßen Auslegung, einer Interpretation auf der Höhe der Zeit, die selbstverständlich nur er, H., der Mann mit dem direkten Draht zum Weltgeist, liefern konnte... In *Stollbergs Inferno* berichtet Camus, dass H. schon nach zweimaliger Feuerreinigung den Sprung nach oben geschafft habe. Wahrscheinlich hätte eine einmalige Reinigungsprozedur beim einflussreichen „Weltdenker" schon genügt...

Hauptwerke: Phänomenologie des Geistes; Enzyklopädie der philosophischen Wissenschaften im Grundrisse; Wissenschaft der Logik; Philosophie des Geistes; Grundlinien der Philosophie des Rechts.

Heidegger, Martin (1889-1976): Philosoph, Prof. in Marburg, später in Freiburg. Ausgehend von Husserl und Kierkegaard versuchte H. das Sein (in Heideggers Sprache: das „Seyn") zu ergründen und vom bloß „Seienden" zu unterscheiden (die sog. „ontologische Differenz"). Um dies zu bewerkstelligen, schuf er eine eigene Terminologie, die für die Einen Zeichen höchster philosophischer Tiefgründigkeit, für die Anderen unbestechliches Signum für spekulativen Unsinn ist. Die Grundverfassung des menschlichen Daseins fasst H. als ein „In-der-Welt-Sein", das von „Angst" und „Sorge" bestimmt sei. Indes: Von den wirklichen Ängsten und Sorgen seiner Mitmenschen bekam der sensible H. wenig mit. Als die Nazis das „Aus-der-Welt-Sein" von Juden, Sinti und Roma, Schwulen und Kommunisten besorgten, spekulierte H. sorgenfrei weiter. Von daher verwundert es nicht, dass er auch postmortal nicht zum Widerstandskämpfer taugte.

Hauptwerke: Sein und Zeit; Vom Wesen des Grundes; Was ist Metaphysik?; Vom Wesen der Wahrheit; Über den Humanismus; Holzwege; Zur Seinsfrage; Identität und Differenz.

Heine, Heinrich (1797-1856): Lyriker und Schriftsteller, studierte in Bonn, Göttingen und Berlin, ging als Korrespondent der Augsburger „Allg. Zeitung" nach Paris, wo er u.a. Victor Hugo, Ludwig Börne und George Sand traf. Schon früh fand Heines romantische Lyrik ein großes Publikum. Angeregt u.a. durch Marx (an dessen „Deutsch-Französischen Jahrbüchern" er sich beteiligte) wandte sich H. später zunehmend politischen Themen zu. Ab 1835 in Deutschland verboten, bekämpfte H. die Zensoren mit beißendem Spott und hintergründiger Ironie. Wie Feuerbach in *Stollbergs Inferno* berichtet, setzte H. seine bissigen Attacken auch postmortal unverdrossen fort.

Hauptwerke: Lyrisches Intermezzo; Buch der Lieder; Neue Gedichte; Harzreise; Das Buch Le Grand; Deutschland. Ein Wintermärchen; Atta Troll. Ein Sommernachtstraum; Über Ludwig Börne. Eine Denkschrift.

Hendrix, Jimi (1942-1970): amerikan. Rockmusiker (Sänger, Gitarrist und Komponist), revolutionierte das Gitarrenspiel und hatte großen Einfluss auf die nachfolgenden Musikergenerationen. Blieb sich auch postmortal treu. Zappa berichtet, H. sei ständig „high" aufgrund seines ungezügelten Hostien- und Weihrauchkonsums...
Hauptwerke: Are You Experienced; Axis: Bold as Love; Electric Ladyland; Band of Gypsys; Jimi plays Monterey.

Horkheimer, Max (1895-1973): Philosoph und Soziologe, Leiter des Frankfurter Instituts für Sozialforschung, entwickelte im Anschluss an Hegel und Marx die Grundpfeiler der sog. „Kritischen Theorie". Auf die Studentenbewegung der 1960er Jahre hatten vor allem seine früheren Werke Einfluss, der tiefe, an Schopenhauer erinnernde Pessimismus des späten H. stand dem politischen Aktionismus dieser Tage eher im Wege. In *Stollbergs Inferno* gehört H. mit seinem ständigen Wegbegleiter Adorno zur Fraktion der Pessimisten und gescheiten Bedenkenträger. Wie Camus berichtet, hat sich seine Hinwendung zum Schopenhauerschen Pessimismus postmortal noch verstärkt.
Hauptwerke: Zur Kritik der instrumentellen Vernunft; Dialektik der Aufklärung (mit Adorno); Kritische Theorie.

Joplin, Janis (1943-1970): amerikanische Rock- und Bluessängerin, die in einem ihrer berühmtesten Songs den „lieben Gott" bat, er möge ihr doch einen Mercedes Benz kaufen, was der Angesprochene aber angesichts des Lebenswandels Joplins sicherlich nicht getan hätte, selbst wenn er es gekonnt hätte. J. starb nach einem kurzen, wilden Leben und gehört (wie Morrison und Hendrix) postmortal zur Gruppe der Weihrauch- und Hostien-Junkies.
Hauptwerke: Cheap Thrills; I Got Dem Ol' Kozmic Blues Again Mama!; Pearl; Live at Woodstock.

Kafka, Franz (1883-1924): österr. Schriftsteller, Jurist und Versicherungsbeamter. Zu seinen Lebzeiten erschienen nur einige wenige Erzählungen; einen Großteil seines Werkes gab Max Brod aus dem Nachlass heraus. K. zählt mit Recht zu den bedeutendsten Schriftstellern des 20. Jahrhunderts. Seine Werke sind getragen von einer nie ganz fassbaren, bedrohlichen Grundstimmung, hervorgerufen durch einen Schreibstil, der merkwürdig lakonisch, bei aller Klarheit rätselhaft unheimlich, eben „kafkaesk" ist. Wie Zappa in *Stollbergs Inferno* berichtet, hat Herr K. das Gefühl, nur eine bedeutungslose Randfigur im Roman eines reichlich überspannten Schriftstellers zu sein, womit er womöglich wieder einmal den Nagel auf den Kopf getroffen hat.
Hauptwerke: Das Urteil; In der Strafkolonie; Die Verwandlung; Ein Hungerkünstler; Brief an den Vater; Der Prozess; Das Schloss.

Kant, Immanuel (1724-1804): Philosoph, Prof. für Logik und Metaphysik in Königsberg, eine Stadt, die der im Alltagsleben höchst skurrile, ja zwanghafte Meisterdenker der Aufklärung nie verlassen hat. K., zweifellos einer der größten Philosophen der Geistesgeschichte, legte die Fundamente der modernen Erkenntnistheorie, indem er Apriori (vor der Erfahrung angelegte Denkkategorien) und Aposteriori (Kategorien nach der Erfahrung) der Erkenntnis unterschied und logisch begründete, warum das „Ding an sich" im Unterschied zu seiner „Erscheinung" nicht erfahrbar sei. Im Bereich der Ethik postulierte er ein höchstes allgemeines Sittengesetz (den sog. „kategorischen Imperativ") und legte dar, warum es sittlich nicht zulässig ist, Menschen als bloße Mittel zu begreifen und zu gebrauchen. Als politischer Philosoph trat er für einen republikanischen Rechtsstaat ein, für Weltbürgerrecht und die friedliche Koexistenz der Staaten („ewiger Frieden"). Die Religion versuchte er zu zähmen, indem er sie „innerhalb der Grenzen der bloßen Vernunft" ansiedelte, was nicht zuletzt dafür sorgte, dass seine Werke auf den katholischen Index der verbotenen Bücher gelangten. Wie Feuerbach im Roman berichtet, blieb er seinem ethischen Imperativ auch in den Verhören der Inquisitoren treu, mit der Folge, dass er am Ende wie seine Vorgänger Epikur und Spinoza in die ewigen Flammen geschickt wurde.
Hauptwerke: Kritik der reinen Vernunft; Kritik der praktischen Vernunft; Grundlegung zur Metaphysik der Sitten; Kritik der Urteilskraft; Die Religion innerhalb der Grenzen der bloßen Vernunft; Beantwortung der Frage: Was ist Aufklärung?; Zum ewigen Frieden.

Kierkegaard, Søren (1813-1855): dän. Theologe, Philosoph und Schriftsteller, scharfer Kritiker der akademischen Theologie sowie des bürgerlichen Christentums, geriet in zunehmende Distanz zum Staatschristentum und trat kurz vor seinem Tod sogar aus der Kirche aus. K. entwickelte in bewusstem Kontrast zum Systemdenker Hegel eine Philosophie der individuellen Existenz. Diese erfolgt K. zufolge in drei Stufen: vom ästhetischen über das ethische zum religiösen Stadium. Erst im letzten, dem religiösen Stadium, soll dank der Gnade Gottes die Überwindung von Angst und Verzweiflung gelingen, Eigenschaften, die – wie Kierkegaard eindrucksvoll und sensibel schildert – den Menschen existenziell kennzeichnen. Angesichts seiner tiefreligiösen Überzeugungen ist es verständlich, dass K., wie Camus im *Inferno* berichtet, nach kurzem postmortalem Reinigungsprozess bestens vorbereitet war, der Gnade Gottes teilhaftig zu werden.
Hauptwerke: Entweder-Oder; Furcht und Zittern; Der Begriff der Angst; Die Krankheit zum Tode; Einübung im Christentum.

Luxemburg, Rosa (1871-1919): sozialistische Politikerin, führende Theoretikerin des linken Flügels der SPD, mit Karl Liebknecht Initiatorin des Spartakusbundes und Mitbegründerin der KPD. Schon früh kritisierte L. den Zentralismus und die diktatorische Herrschaftsform der Bolschewiki. Nach dem Spartakusaufstand von 1919 wurde sie verhaftet und von Freikorpsoffizieren erschossen. In *Stollbergs*

Inferno gehört sie zur Riege der Todsünderinnen, die die Revolte gegen die Endlösungspolitik Gottes anführen.

Hauptwerke: Sozialreform oder Revolution; Die Akkumulation des Kapitals; Die russische Revolution.

Maharaj, Sri Nisargadatta (1897-1981): indischer Mystiker, Repräsentant der Advaita-Lehre. M. vertrat eine monistische Metaphysik, die unterstellte, dass alle Erscheinungen nur Spiegelungen der allgegenwärtigen Ganzheit seien. Die Vorstellung, ein Individuum zu sein, beruht M. zufolge auf einer fehlerhaften Spaltung von Subjekt und Objekt. In Wahrheit sei alles eins. Es gibt keine Heiligen, keine Sünder, keine Götter, keine Teufel, kein Gut und kein Böse, keinen Himmel, keine Hölle. Alles Trennende ist bloße Illusion. Alles was ist, ist Bewusstsein. Als Stollberg dem Dissidenten im 4. Ring begegnet, weist M. ihn sanft darauf hin, dass er selbst, Gott, die Welt etc. nur in Stollbergs Vorstellung existierten. Eine Idee, die Stollberg einigermaßen verwirrt.

Hauptwerk: Ich bin.

Mahler, Gustav (1860-1911): österr. Komponist und Dirigent, künstlerischer Direktor der Wiener Hofoper, Leiter der Wiener Philharmoniker; Kapellmeister an der Metropolitan Opera in New York und musikalischer Direktor der New York Philharmonic Society. Zu Lebzeiten war Mahlers enorm spannungsreiches, kompositorisches Werk höchst umstritten und wurde in der Nazizeit als Musterbeispiel „jüdischer Entartung" geschmäht. Erst in den 1960er Jahren setzte die große Mahler-Renaissance ein (neben Dirigenten wie Leonard Bernstein und Raffael Kubelik erwarb sich auch Adorno, der Mahlers Sinfonien als „Balladen des Unterliegens" feierte, in diesem Zusammenhang große Verdienste). Heute zählt M., der „Zeitgenosse der Zukunft", der gleichzeitig Vollender als auch Überwinder der Spätromantik war, weltweit zu den meistgespielten Komponisten. Im Unterschied zu seinem musikalischen Vorbild Anton Bruckner, der seine grandiosen Sinfonien aus einer beinahe mittelalterlich anmutenden Glaubenswelt schöpfte, war M. ein zeitlebens Suchender und vieles spricht dafür, dass seine Größe als Komponist nicht zuletzt seinem Scheitern zu verdanken ist, endgültige Gewissheit zu erlangen. In *Stollbergs Inferno* gehört M. zu den „entarteten Komponisten", die mit C-Dur-Dreiklängen gequält werden. Camus berichtet, dass M. gezwungen wurde, Bachs „Wohltemperiertes Klavier" auf einem verstimmten Westernklavier zu spielen, worauf M. gebeten habe, man möge ihn doch lieber direkt den Flammen übergeben…

Hauptwerke: 10 Sinfonien; Das Lied von der Erde; Kindertotenlieder.

Marcuse, Herbert (1898-1979): Philosoph, Mitarbeiter am Frankfurter Institut für Sozialforschung, lehrte nach der Emigration in die USA an der Harvard University sowie an der University of California. Ähnlich wie Fromm und Wilhelm Reich kombinierte M. Marxismus und Psychoanalyse. Im Unterschied zum klassischen Marxismus sah M. das „revolutionäre Subjekt" des Spätkapitalismus nicht im Industrieproletariat, sondern in den Studenten sowie in den gesellschaftlich Marginalisierten (d.h. im sog. „Lumpenproletariat" nach alter marxistischer Terminologie). Während Adorno und Horkheimer sich schnell von den rebellierenden Studenten distanzierten (Adorno rief in seiner Not sogar nach der Polizei!), solidarisierte sich M. mit den Protestierenden und wurde so zu einer der wichtigsten Identifikationsfiguren der „Neuen Linken". M., der zeitlebens entschieden gegen jegliche Form repressiver Toleranz agitierte, gehört auch postmortal zu den treibenden Kräften der rebellierenden Todsünder. Etwas anderes wäre von ihm auch kaum zu erwarten gewesen.

Hauptwerke: Triebstruktur und Gesellschaft; Der eindimensionale Mensch; Ideen zu einer kritischen Theorie der Gesellschaft; Die Permanenz der Kunst; Kritik der reinen Toleranz.

Marx, Jenny (geb. von Westphalen) (1814-1881): Ehefrau und Mitstreiterin von Karl Marx. Jenny, die aus hohem adligem Hause stammte, gab ihre sichere Zukunft in Wohlstand auf, um mit dem „Teufel aus Trier" ein Leben unter meist bedrückenden ökonomischen Verhältnissen zu führen. Von ihren sieben Kindern starben vier schon im Säuglings- bzw. Kleinkindalter. Jennys Anteil an Marxens Werk wurde lange Zeit unterschätzt. Sie war nicht nur Ehefrau und Mutter, sondern auch wichtige Lektorin und Kritikerin ihres Mannes. Postmortal in den 7. Ring der Todsünderinnen verbannt, beteiligt sie sich am Aufstand gegen Gott und seine treuen Diener.

Marx, Karl (1818-1883): Philosoph, Nationalökonom, politischer Journalist und Arbeiterführer, mit Friedrich Engels Vater des sog. „wissenschaftlichen Sozialismus". Nach dem Studium der Rechtswissenschaft, Philosophie und Geschichte setzte er sich vor allem mit der Philosophie Hegels auseinander, die er unter dem Einfluss Feuerbachs als idealistisch verwarf und materialistisch uminterpretierte. Nach Ausweisungen aus Deutschland, Frankreich und Belgien zog er nach London, wo er bis zu seinem Tod lebte. M. zufolge ist die Geschichte der Menschheit eine Geschichte der Klassenkämpfe, in der das individuelle wie kollektive Bewusstsein wesentlich vom gesellschaftlichen Sein beeinflusst wird und der ökonomische Aspekt (Produktivkräfte und Produktionsverhältnisse) als letztlich entscheidende Determinante gesellschaftlichen Wandels begriffen werden muss. Wie bei Hegel steht auch bei M. ein abstrakter Fortschrittsautomatismus der Geschichte im Mittelpunkt der Theorie. Allerdings: Während bei Hegel der damalige preußische Staat als geschichtsnotwendiges Idealbild des Staates überhaupt gedeutet wird, blickt M. über die Gegenwart hinaus. Die Zukunft wird zur Verheißung einer weltgeschichtlichen Erlösung, eines „Reichs der Freiheit", dessen Vorzeichen allein M. – ähnlich den Propheten des Alten Testamentes – richtig zu interpretieren weiß. Wie Hegel versteht auch M. seine Theorie als Höhepunkt der geschichtlichen Entwicklung. Als solche ist sie unantastbar und deshalb gelten

Kritiker auch automatisch als Ketzer, die es – um die Reinheit der heilen Theorie zu bewahren - auszuschalten gilt. Anfangs – bei Marx und Engels – geschieht dies mit Worten (wenn auch mit recht rüden Worten, wenn man sich beispielsweise den Briefwechsel der beiden ansieht), später jedoch ergänzten Marxens Nachfolger die „Waffe der Kritik" schnell durch die „Kritik der Waffen". Dabei enthüllt die ungeheure Rücksichtslosigkeit, mit der von Anfang an jede kleinste Abweichung von der offiziellen Doktrin verfolgt wurde, den implizit religiösen Charakter der gesamten Unternehmung. Tragischerweise lieferte M. selbst den Grundstein dafür, dass sein Ansatz in der Folge zur fundamentalistischen Politreligion verkommen konnte, in der orthodox geschulte, kommunistische Parteipriester das Hochamt der Gewalt zelebrierten. In *Stollbergs Inferno* gilt M. als der Todsünder Nr. 1, was nur allzu verständlich ist, wenn man sich beispielsweise seine fulminante „Einleitung zur Kritik der Hegelschen Rechtsphilosophie" vor Augen führt. Die Religion bezeichnete M. dort als „Seufzer der bedrängten Kreatur" als „Gemüt einer herzlosen Welt, wie sie der Geist geistloser Zustände ist". Während sich Feuerbach, von dem M. vieles übernahm, in seiner Religionskritik auf das individuelle, sinnliche Wesen konzentrierte, ging es M. vordringlich um die Aufhebung der gesellschaftlichen Zustände, die den weltanschaulichen Nährboden für das religiöse Elend bereiteten.

Hauptwerke: Zur Kritik der Hegelschen Rechtsphilosophie; Die Heilige Familie; Die deutsche Ideologie; Ökonomisch-philosophische Manuskripte; Das Elend der Philosophie; Das Kommunistische Manifest; Zur Kritik der politischen Ökonomie; Das Kapital.

Mengele, Josef (1911-1979): SS-Hauptsturmbannführer, Anthropologe und Lagerarzt in Auschwitz II. M, der wie sein Kollege Johann Paul Kremer zwei Doktortitel inne hatte (Medizin und Philosophie), nutzte seine Stellung in Auschwitz, um im „Dienste der Wissenschaft" Experimente (vor allem an Zwillingen und Behinderten) durchzuführen, die in ihrer Menschenverachtung, Brutalität und Grausamkeit wohl einzigartig in der Menschheitsgeschichte sind. Nach dem Zusammenbruch des Naziregimes entzog sich. M. der Verhaftung und tauchte (unterstützt u.a. durch katholische Geistliche) in Argentinien, später in Brasilien unter. In *Stollbergs Inferno* erfahren wir, dass M. seine Experimente im 6. Ring fortsetzte. Dort begeistert ihn vor allem die Möglichkeit, Menschen sezieren zu können, ohne sie zu töten. Bei aller grausamen Experimentierfreudigkeit ist ihm das in Auschwitz nicht gelungen…

Morrison, Jim (1943-1971): amerikanischer Rockstar (Sänger, Texter, Komponist), Frontmann der US-Band „The Doors" und eine der großen legendären Gestalten der Rock-Geschichte, wollte stets „zur anderen Seite" durchbrechen, was ihm aufgrund seines exzessiven Drogenkonsums tragischerweise sehr früh gelang. M. gehört postmortal zur Gruppe der Weihrauch- und Hostien-Junkies.

Hauptwerke: The Doors; Strange Days; Waiting for the Sun; The Soft Parade; Morrison Hotel; LA Woman.

Nietzsche, Friedrich (1844-1900): Philosoph und Schriftsteller, sprachgewaltiger „Umwerter aller Werte", stellte der jenseitsblinden „Sklavenmoral" des Christentums eine diesseitige „Herrenmoral" gegenüber und diagnostizierte den „Tod Gottes". Nietzsches einzigartiges Werk war eine ergiebige Fundgruppe für Vertreter unterschiedlichster Weltanschauungen, was nicht zuletzt darauf zurückzuführen ist, dass er seine Arbeiten eher unter ästhetischer als unter systematischer Perspektive konzipierte. Manchmal wurde behauptet, man könne mit Nietzsches wohl gesetzten Worten „alles und nichts" begründen. Selbst wenn dies wohl stark übertrieben ist, muss man doch eingestehen, dass Nietzsches Werk starke Ambivalenzen aufweist. Dies gilt auch für sein Leben. Der begeisterte Wagnerianer avancierte zum schärfsten Gegner des Bayreuther Tonschöpfers. Der Prophet des „Übermenschen" und des „Willens zur Macht" scheiterte am Menschlich-Allzumenschlichen und war am Ende so willenlos ohnmächtig, dass er nicht einmal der Entstellung des eigenen Werkes durch die Schwester entgegenwirken konnte. Dass der „fröhliche Wissenschaftler" N., der das Dunkel des dekadenten Denkens mit klarster Sprache zu erhellen trachtete, seine letzten elf Lebensjahre im Zustand geistiger Umnachtung verbrachte, passt hier ebenso ins Bild wie das Faktum, dass der Verfasser des „Antichrist" seine letzten Mitteilungen mit: „Der Gekreuzigte" unterschrieb... Auch in *Stollbergs Inferno* flüchtet N. zunächst in den Wahnsinn, um sich so gegen das Leid und die Absurdität der postmortalen Existenz abzuschotten. Doch im Moment der Entscheidung behält er als Einziger kühlen Kopf und verifiziert endlich seine einst etwas voreilig gestellte Diagnose vom Tode Gottes.
Hauptwerke: Menschliches, Allzumenschliches; Die fröhliche Wissenschaft; Jenseits von Gut und Böse; Zur Genealogie der Moral; Also sprach Zarathustra; Der Fall Wagner; Der Antichrist; Der Wille zur Macht; Ecce homo.

Paulus (zuvor: Saulus) (?-ca. 62): Zeltmacher, christlicher Missionar und Theologe, Verfasser der ältesten Schriften des Neuen Testamentes und eigentlicher Stifter des Christentums, da er die theologischen Grundlagen für die Heidenmission und damit den geschichtlichen Erfolg des Christentums legte. P. besaß das röm. Bürgerrecht, war hellenistisch gebildet und verfügte über die enorme Begabung, epileptische Anfälle als religiöse Visionen zu deuten („Damaskuserlebnis".) Der Sexualneurotiker, Frauenhasser und Diesseitsverächter P. wurde früh als Heiliger verehrt. In *Stollbergs Inferno* ist er der unumstrittene Führer der himmlischen Exekutive.

Petrus, Simon (?-ca. 64): Fischer, Apostel, Führungspersönlichkeit der jesuanisch-jüdischen Urgemeinde. Der Beiname P. („Stein") wurde ihm von Jesus bei seiner Berufung zum Apostel verliehen, aber der vermeintliche „Fels in der Brandung" wurde seinem Ehrentitel kaum gerecht: erst verleugnete er seinen „Herrn", dann unterlag er dem wortgewandten Paulus im Streit um die Mission der Nichtjuden („Heidenchristen"). Paradoxerweise wird ausgerechnet auf ihn, der in der Nachfolge des historischen Jesus nur Juden bekehren wollte, das höchste Amt innerhalb der kosmopolitischen Missionsagentur „Katholische Kirche" zurückgeführt („Petrusamt" des Papstes). Im Volksmund wie in *Stollbergs Inferno* versieht P. eine eher profane, untergeordnete postmortale Aufgabe, nämlich die des „Himmelspförtners" bzw. des „Türstehers".

Picasso, Pablo, (1881-1973): span. Maler, Grafiker, Bildhauer, wichtigster Repräsentant des Kubismus und für viele der größte Maler des 20. Jahrhunderts überhaupt. Mitte der 1920er Jahre erhielt P. wichtige Impulse durch den Kontakt zur Gruppe der Surrealisten, was sich vor allem in dem monumentalen Werk „Guernica" (entstanden unter dem Eindruck der Zerstörung der Stadt durch die Legion Condor) widerspiegelt. Im Unterschied zu Salvador Dali, der sich dem klerikofaschistischen Franco-Regime anbiederte, blieb P. standhaft und kehrte seiner geliebten Heimat für immer den Rücken. In *Stollbergs Inferno* berichtet Görlitz, dass P. unter Zwang kitschige Madonnenbilder für den 1. Ring herstellt. An eine solche Wandlung aber kann und will Stollberg nicht glauben.

Reich, Wilhelm (1897-1957): österr. Psychoanalytiker, Arzt, Gesellschaftstheoretiker und Erfinder, neben Herbert Marcuse und Erich Fromm der wichtigste Freudomarxist des 20. Jahrhunderts. R. war Vorreiter der sexuellen Revolution und Wegbereiter körperorientierter Therapieformen (beispielsweise der Bioenergetik). Er schaffte es innerhalb kürzester Zeit sowohl aus sozialistischen Zirkeln (wegen Kritik an der Sowjetunion und Sexpol-Aktivitäten) ausgeschlossen zu werden als auch aus der Psychoanalytischen Vereinigung (vorwiegend wegen seiner Orgasmustheorie, die u.a. Freuds Todestriebkonzept in Frage stellte): Nach der Emigration in die USA glaubte der zunehmend isolierte R. eine kosmische Energieform namens „Orgonenergie" entdeckt zu haben. Er erfand den Orgon-Akkumulator und den sog. „Cloud Buster" zur Wetterbeeinflussung. Daraufhin begann die amerikanische *Food & Drug Administration (FDA)* gegen ihn zu ermitteln. Da er dem Gerichtsverfahren fernblieb, wurden seine Bücher und Akkumulatoren vernichtet. Doch damit nicht genug: Wegen Missachtung des Gerichts wurde R. zu zwei Jahren Freiheitsstrafe verurteilt. 8 Monate nach Haftantritt fand man ihn tot in der Zelle des Zuchthauses Lewisburg auf. In *Stollbergs Inferno* treffen die Revoltierenden auf einen reichlich verwirrten R., der hier abermals aus dem Kreis der Psychoanalytiker verbannt wurde. Mit Bedauern stellt Stollberg fest, dass sich der mentale Zustand des einst so genialen Mannes postmortal weiter verschlechtert hat.
Hauptwerke: Die Funktion des Orgasmus; Die sexuelle Revolution; Der Einbruch der Sexualmoral; Massenpsychologie des Faschismus; Die Sexualität im Kulturkampf; Rede an den kleinen Mann.

Russell, Bertrand (1872-1970): brit. Mathematiker, Philosoph, freigeistiger Schriftsteller und eigenwilliger Universalgelehrter, war Dozent in Cambridge; wurde während des Ersten Weltkrieges wegen seiner Aufforderung zur Kriegsdienstverweigerung inhaftiert, lebte von da an ohne festes Amt, übernahm aber zahlr. Gastprofessuren. Berühmt geworden durch seine Arbeiten zur Grundlegung der Mathematik, widmete er sich in der Folge nicht nur erkenntnistheoretischen und physikalischen Fragestellungen, sondern auch sozialen und politischen Problemen. Durch sein entschiedenes Engagement für Gewaltfreiheit, Pazifismus, Frauenstimmrecht und die Befreiung der bürgerlichen Sexualmoral schaffte sich R. viele Feinde. Von 1927-32 betrieb er zusammen mit seiner zweiten Frau die antiautoritäre Modellschule „Beacon-Hill". Zur Verärgerung der konservativen Kräfte wurde ihm 1950 der Nobelpreis für Literatur zuerkannt. Noch im hohen Alter war R. in der Friedensbewegung aktiv, kämpfte gegen atomare Rüstung, den Vietnam-Krieg und die Intervention der Warschauer-Pakt-Staaten in der Tschechoslowakei. Auch in religiösen Dingen nahm R. kein Blatt vor den Mund. Seine Schrift „Warum ich kein Christ bin" gehört zu den einflussreichsten freigeistigen Schriften, die jemals verfasst wurden. Dass er im Roman dafür mit der Verbannung in den Ring der Todsünder bestraft werden musste, ist evident. Ebenso, dass R. auch dort seinen Weg des aufrechten Gangs konsequent weiter verfolgte.
Hauptwerke: Principia Mathematica; Mystik und Logik; Einführung in die mathematische Philosophie; Mensch und Welt; Warum ich kein Christ bin; Philosophie des Abendlandes; Ehe und Moral; Das menschliche Wissen; Macht und Persönlichkeit; Autobiographie.

Sartre, Jean-Paul (1905-1980): frz. Philosoph und Schriftsteller, Hauptvertreter des frz. Existentialismus, Lebensgefährte von Simone de Beauvoir, sympathisierte zeitweilig mit dem Kommunismus (in dieser Zeit Bruch mit Camus), war Vorsitzender des „Russell-Tribunals" gegen den Vietnamkrieg und lehnte 1964 den Nobelpreis für Literatur ab. In seiner Philosophie unterscheidet S. das nichtmenschliche Sein („An-sich-Sein") vom menschlichen Bewusstsein („Für-sich-Sein"). Als selbstbewusstes Wesen wird sich der Mensch selbst zum Problem. Er ist zu der „Freiheit verdammt", sein eigenes Leben zu erschaffen, sich selbst zu „entwerfen", die Essenz der eigenen Existenz zu bestimmen. Das Besondere an Sartres Existentialismus ist die eigenwillige Verknüpfung einer an Kierkegaard oder Heidegger erinnernden Existenzphilosophie mit der aufs Kollektive abzielenden, marxistischen Gesellschaftstheorie. Mit theologischen Fragestellungen hat sich S. kaum befasst. Nietzsches Diagnose vom Tode Gottes war eine geradezu selbstverständliche Denkvoraussetzung, vor deren Hintergrund sich die existentialistische Fragestellung überhaupt erst entfaltete. In *Stollbergs Inferno* zählt S. zur Avantgarde der revoltierenden Todsünder. Seine Erfahrung aus der Zeit der Resistance kommt ihm hierbei zugute.

Hauptwerke: Das Sein und das Nichts; Kritik der dialektischen Vernunft; Der Ekel; Was ist Literatur?; Die Fliegen; Bei geschlossenen Türen; Die schmutzigen Hände; Die Eingeschlossenen; Die Wege der Freiheit; Die Wörter.

Schönberg, Arnold (1974-1951): österr. Komponist und Musiktheoretiker, komponierte zunächst in der Tradition von Brahms, Wagner und Richard Strauß, bekannte sich dann zu Mahler, gelangte schließlich an die Grenzen der Tonalität und versuchte die atonale Kompositionsweise mithilfe der sog. „Zwölftontechnik" zu systematisieren. Zu Schönbergs Schülern zählten u.a. Anton von Webern, Alban Berg und Hanns Eisler. Auch Adorno versuchte sich zeitweilig als Zwölftonkomponist – wenn auch mit mäßigem Erfolg. In *Stollbergs Inferno* gehört S. zu den ästhetisch in Ungnade gefallenen Komponisten, die mit C-Dur-Akkorden gequält werden.
Hauptwerke: Verklärte Nacht; Gurrelieder; George-Lieder; Die glückliche Hand; Ein Überlebender aus Warschau; Pelleas und Melisande; Fünf Orchesterstücke.

Schopenhauer, Arthur (1788-1860): Philosoph, Hauptvertreter des philosophischen Pessimismus, war gleichzeitig mit Hegel Dozent an der Berliner Universität, jedoch weit weniger erfolgreich als dieser, woraus sich von Seiten Schopenhauers eine lebenslange glühende Feindschaft entzündete. S. zählt unbestritten zu den großen Stilisten der Philosophie, seine Sprache ist klar, brillant, mitunter aufs Schärfste polemisch. Der „böse Großonkel der Menschheit", der – so Stollberg – „zu klug war, um freundlich zu sein", zeigte auf, dass die Hölle keine metaphysische Erfindung sei, sondern sich im alltäglichen Leben widerspiegelt. Nur in der Kunst und im Handeln aus Mitleid (nach S. das eigentliche Fundament der Ethik) könne die „Vereinzelung des Einzelnen" zeitweilig aufgehoben werden. Eine dauerhafte Erlösung aber gibt es nach S. nur, wenn der Wille, der die Welt erschafft, sich selbst als unvernünftig und böse erkennt, denn erst dadurch, so glaubt S. in der Tradition Buddhas, wird er in die Lage versetzt, ins Nichts (Nirwana) überzugehen. In gewisser Weise war S. auf sein postmortales Schicksal als Todsünder bestens vorbereitet. Stollberg ist überzeugt, dass er es vorzog, in der Hölle zu schmoren als dem endzeitbeglückten Grinsen der Seligen im Paradies ausgeliefert zu sein...
Hauptwerke: Über die vierfache Wurzel des Satzes vom zureichenden Grunde; Die Welt als Wille und Vorstellung; Über den Willen in der Natur; Die beiden Grundprobleme der Ethik; Parerga und Paralipomena.

Schubert, Franz (1797-1828): österr. Komponist, hinterließ, obgleich früh verstorben, ein umfangreiches, bedeutendes, von der Wiener Klassik und der Romantik geprägtes Werk, in dessen Zentrum zweifellos die Klavierlieder stehen. S. vertonte zu Lebzeiten zahlreiche Dichtungen Goethes, was er Görlitz zufolge auch postmortal fortsetzte, wobei er – wie so häufig in seinem Leben – seine musikalische Formsprache den begrenzten Ansprüchen seiner Auftraggeber anpassen musste.

Hauptwerke: 8 Sinfonien; 15 Streichquartette (u.a. „Der Tod und das Mädchen"); 15 Klaviersonaten; rund 600 Klavierlieder (darunter u.a. die Liederzyklen „Die schöne Müllerin" und die „Winterreise")

Schweitzer, Albert (1875-1965): aus dem Oberelsass stammender evang. Theologe, Arzt, Philosoph und Musiker, gründete 1913 das Tropenhospital Lambarene und wirkte dort bis zu seinem Tod als Missionsarzt. Innerhalb der Theologie leistete er wichtige (auch kritische!) Beiträge v.a. zur Leben-Jesu-Forschung; darüber hinaus erwarb er sich als Musiker Verdienste durch die Herausgabe und Neuinterpretation des Orgelwerkes von J.S. Bach. Im ethischen Bereich trat S. durch den Grundsatz einer „Ehrfurcht vor dem Leben" hervor. 1951 erhielt er den Friedenspreis des Dt. Buchhandels, 1952 den Friedensnobelpreis. In *Stollbergs Inferno* gehört S. mit Spee, Gollwitzer & Co. zum Kreis der christlichen Dissidenten, die mit Gottes Endlösungspolitik nicht einverstanden sind.

Hauptwerke: Geschichte der Leben-Jesu-Forschung; Briefe aus Lambarene; Die Ehrfurcht vor dem Leben.

Spee, Friedrich (1591-1635): Theologe, Jurist, Dichter, schrieb anonym die berühmte, einflussreiche „Cautio criminalis", eine Schrift, in der er sich mutig gegen die Praxis der sog. „Hexenprozesse" stellte. Als Dichter wurde er bekannt durch die religiösen Lieder der „Trutz-Nachtigal". S. gehört auch postmortal zum Kreis der widerständigen Christen. Aber ebenso wenig, wie er in der „Cautio criminalis" die Existenz von Dämonen und Hexen in Frage stellte (sondern nur die Praxis der Gerichtsprozesse angriff), ist er nun in der Lage, Gott selber in Frage zu stellen und somit entschieden die Fronten zu wechseln.

Spinoza, Baruch (Benedictus) de (1632-1677): niederländ. Philosoph und Religionskritiker, wurde bereits 1656 wegen seiner Kritik an religiösen Dogmen mit dem Bannfluch der jüd. Gemeinde belegt. Sein „Theologisch-polit. Traktat" war Gegenstand heftigster Auseinandersetzungen. S. zufolge sind Gott und Natur ein und dasselbe, alle Erscheinungen sind nur Modi der einen unendlichen Substanz, aus der alles, was ist, notwendig folgt. Spinozas Pantheismus kann bei genauerer Betrachtung auch als Atheismus verstanden werden, schließlich wird Gott in dem Moment, in dem Gott und die Welt nicht mehr zu unterscheiden sind, zu einem inhaltsleeren Begriff. Darauf zielt auch der Hinweis des Inquisitors ab, der Stollberg im *Inferno* verhört und ihm abrät, im Sinne Spinozas zu argumentieren. Schließlich sei auch der große niederländische Philosoph am Ende in der Hölle gelandet.

Hauptwerke: Theologisch-politischer Traktat; Ethik; Opera posthumana.

Stalin, Josef (eigentl. J. Dschugaschwili) (1879-1953): sowjet. Diktator, wurde 1899 wegen Verbindungen zu marxistischen Kreisen aus dem Priesterseminar in Tiflis ausgeschlossen. Ab 1912 war S. Mitglied des ZK, ab 1917 des Politbüros der Bolschewiki, ab 1922 versah er den neu geschaffenen Posten des Generalsekretärs. Nach Lenins Tod gelang es ihm, seine Konkurrenten (insbesondere Trotzki) nach und nach auszuschalten. Durch eine rigorose Vernichtungspolitik, die ihren Höhepunkt in den „Säuberungen" und Schauprozessen der 1930er Jahre fand, schuf S. eine Atmosphäre permanenter Angst. Er avancierte zum uneingeschränkten Diktator, stilisierte sich selbst als vom Histomat bestimmter Führer der „Arbeiterklasse" und unfehlbaren Papst des kommunistischen Parteipriestertums. Erst nach Stalins Tod 1953 konnte langsam und mehr oder weniger zaghaft ein Entstalinisierungsprozess einsetzen, der nach vielen Rückschlägen schließlich zur Glasnost-Politik Gorbatschows. Camus berichtet im Roman, dass S. nach kurzer Konfrontation mit dem Fegefeuer den Jesuiten in sich wieder entdeckt und den „großen Sprung nach oben" geschafft habe. Stollberg kann sich einen Harfe spielenden S. indes schlecht vorstellen...

Tillich, Paul (1886-1965): evang. Theologe, Sozialist und Religionsphilosoph, Mitbegründer des „Bundes religiöser Sozialisten"; 1924 Prof. in Marburg, 1925-29 in Dresden, ab 1929 in Frankfurt am Main; 1933 Emigration in die USA, dort Prof. u.a. an der Harvard University. T. erhielt 1962 den Friedenspreis des Dt. Buchhandels. In *Stollbergs Inferno* gehört er zum Kreis der christlichen Dissidenten.
Hauptwerke: Systematische Theologie; Der Mut zum Sein; Liebe, Macht, Gerechtigkeit.

Torres, Camilo (1929-1966): kolumbianischer Theologe und Revolutionär, schloss sich der Guerillabewegung an und wurde im Februar 1966 von Regierungstruppen getötet. Der „Theologe der Revolution" setzte sich für eine – wenn nötig gewaltsame – Veränderung der Verhältnisse ein und gilt als einer der Wegbereiter der sog. „Befreiungstheologie". Dass T. in *Stollbergs Inferno* zwar zu den christlichen Dissidenten gehört, aber trotz seiner prinzipiellen Gewaltbereitschaft nicht gegen Gottes Regime aufbegehrt, mag enttäuschen, zeigt aber die Grenzen der theologischen Befreiung auf.

Varèse, Edgard (Edgar) (1883-1965): amerikanischer Komponist, in Paris geboren, lebte ab 1915 in New York; wurde dort zu einem der radikalsten Vertreter der musikalischen Avantgarde. V. experimentierte mit neuartigen elektron. Klängen und Geräuschen, was ein Großteil des Publikums abschreckte, aber zumindest den jungen Frank Zappa begeisterte. Zappa berichtet auch, V. postmortal in einem der C-Dur-Trainingscamps getroffen zu haben...
Hauptwerke: Ionisation; Nocturnal, Ecuatorial; Integrales; Deserts.

Wagner, Richard (1813-1883): Komponist, Musikdramatiker, Dichter, Schriftsteller, Vater des „Gesamtkunstwerkes" und der „unendlichen Melodie", *der* große Erneuerer der Musik und des Musiktheaters im 19. Jahrhundert – aber gleichzeitig ein politischer Reaktionär und Antisemit mit fataler Fernwirkung (u.a. auf Adolf Hitler). 1872 legte W. den Grundstein zu seinem Bayreuther Festspielhaus, das vier Jahre später mit dem „Ring des Nibelungen" eingeweiht wurde. Nach der Uraufführung des „Parsifal" 1882 reiste W. nach Venedig, wo er 1883 starb. Wie Camus berichtet, wird Wagners salbungsvolles, heilig-schwülstiges „Bühnenweihfestspiel" Parsifal regelmäßig im Himmel aufgeführt. Ein Faktum, das Nietzsches Flucht in den postmortalen Wahnsinn zusätzlich beschleunigte.
Hauptwerke: Der fliegende Holländer; Tannhäuser; Lohengrin; Tristan und Isolde; Die Meistersinger von Nürnberg; Der Ring des Nibelungen; Götterdämmerung; Parsifal.

Webern, Anton von (1883-1945): österr. Komponist, Schüler Schönbergs, einer der Hauptrepräsentanten der Zwölftontechnik, komponierte Kantaten, Lieder, Chöre, Klavierstücke, Orchester- und Kammermusik. W. muss postmortal das gleiche Schicksal wie Varese oder Schönberg ertragen und eine musikalische Umerziehung in diatonischen C-Dur-Camps über sich ergehen lassen.

Zappa, Frank (1940-1993): amerikan. Komponist, Rockgitarrist und Sänger, Kopf der US-Underground-Band „Mothers of Invention", veröffentlichte zahlreiche Alben, die sich virtuos der unterschiedlichsten Stile bedienten. Zappas musikalische Formsprache war in etwa so eigenwillig wie Kafkas Schreibstil, weshalb sich analog zur Bezeichnung „kafkaesk" die Bezeichnung „zappaesk" einbürgerte (gebräuchlich zur Kennzeichnung ironisch-skurriler, mitunter fast unspielbar virtuoser musikalischer Floskeln). Z., einer der größten Satiriker im Musikbusiness, hatte für „religiöse Schmocks" und ihren „imaginären Big Boss in den Wolken" nichts als Verachtung übrig, was sich u.a. in der Gründung von C.A.S.H. (Church of American Secular Humanism) oder in Songs wie „Heavenly Bank Account" niederschlug. Im *Inferno* trifft Stollberg den 1993 an Krebs gestorbenen Bürgerschreck in der Umerziehungsanstalt für entartete Tonkünstler und erhält von ihm den Auftrag, Gott bei Gelegenheit kräftig in den Hintern zu treten.
Hauptwerke: Freak Out; Absolutely Free; We're Only in It for the Money; Hot Rats; 200 Motels; The Grand Wazoo; Over-Night Sensation; Apostrophe; Roxy & Elsewhere; One Size Fits All; Läther; Sheik Yerbouti; You Are What You Is; Broadway The Hard Way; The Yellow Shark.

Zetkin, Clara (1857-1933): sozialistische Politikerin und Lehrerin, ab 1890 führend in der sozialistischen Frauenbewegung, Mitbegründerin der USPD und KPD, Mitglied des Reichstags, ab 1925 Vorsitzende der Internationalen Roten Hilfe. In *Stollbergs Inferno* gehört Z. zur Avantgarde der Todsünderinnen und wäscht dem noch immer patriarchal denkenden Nietzsche in punkto Emanzipation gehörig den Kopf.

Hauptwerke: Zur Geschichte der proletarischen Frauenbewegung Deutschlands; Erinnerungen an Lenin; Ausgewählte Reden und Schriften.

Michael Schmidt-Salomon, Dr. phil., geboren 1967, ist freischaffender Schriftsteller, Philosoph und Musiker und u.a. als Vorstandssprecher der *Giordano Bruno Stiftung* tätig. Im Alibri Verlag erschienen von ihm bereits die Bücher: *Erkenntnis aus Engagement* (1999); *Manifest des evolutionären Humanismus* (2005); *„Aufklärung ist Ärgernis…"* *Karlheinz Deschner: Leben – Werk – Wirkung* (Herausgeber gemeinsam mit Hermann Gieselbusch, 2006); *Die Kirche im Kopf. Von „Ach, Herrje!" bis „Zum Teufel!"* (gemeinsam mit Carsten Frerk, 2007). Michael Schmidt-Salomon lebt mit seiner „postfamilialen Familie" (zwei biologische, drei soziale Kinder sowie drei weitere Erwachsene) in der Vordereifel. Weitere Informationen: www.schmidt-salomon.de/

Alibri Verlag
Aschaffenburg
www.alibri.de
Mitglied in der Assoziation Linker Verlage (*aLiVe*)

3. verbesserte Auflage 2007

Umschlaggestaltung: O. Schossmann, Trier
Druck und Verarbeitung: GuS Druck, Stuttgart

ISBN 978-3-86569-049-4

Michael Schmidt-Salomon
Manifest des evolutionären Humanismus
Plädoyer für eine zeitgemäße Leitkultur
Zweite, erweiterte Auflage, ISBN 3-86569-011-4, 181 Seiten, kartoniert, Euro 10.-

Das *Manifest des Evolutionären Humanismus* liefert eine kompakte Zusammenfassung der Grundpositionen einer „zeitgemäßen Aufklärung" und plädiert für eine „alternative politische Leitkultur", die auf die besten Traditionen von Wissenschaft, Philosophie und Kunst zurückgreift, um das unvollendete Projekt der aufgeklärten Gesellschaft gegen seine Feinde zu verteidigen.

Michael Schmidt-Salomon / Hermann Gieselbusch (Hrsg.)
„Aufklärung ist Ärgernis..."
Karlheinz Deschner – Leben, Werk, Wirkung
ISBN 3-86569-003-3, 350 Seiten, Abbildungen, kartoniert, Euro 18.-

Mit Beiträgen von Karl Corino, Hermann Gieselbusch, Horst Herrmann, Joachim Kahl, Bernulf Kanitscheider, Ludger Lütkehaus, Johannes Neumann, Milan Petrovic, Ingo Petz, Armin Pfahl-Traughber, Gabriele Röwer, Hermann Josef Schmidt, Michael Schmidt-Salomon, Klaus Vowe, Hans Wollschläger.

Michael Schmidt-Salomon
Erkenntnis aus Engagement
Grundlegungen zu einer Theorie der Neomoderne
Eine Studie zur (Re-) Konstruktion von Pädagogik, Wissenschaft und Humanismus
ISBN 3-932710-60-6, 486 Seiten, kartoniert, Euro 20.-

Michael Schmidt-Salomons Buch ist ein interdisziplinärer Beitrag zur Diskussion über die Gestaltung der Zukunft. Angesichts der offensichtlichen Unfähigkeit der Entscheidungsträger, angemessen auf die sich zuspitzenden ökonomischen, sozialen und ökologischen Krisen zu reagieren, entwickelt der Autor eine „Theorie der Neomoderne", die sich sowohl gegen konservative Denkschablonen als auch gegen postmodernes Beliebigkeitsdenken abgrenzt. Er fordert eine grundlegende Neuorientierung aller gesellschaftlichen Verhältnisse im Sinne einer humanistischen, weltlichen Ethik und erläutet dies anhand aktueller Auseinandersetzungen über die notwendige Neuordnung von Bildung und Erziehung oder die Verantwortung der Wissenschaft im Zeitalter der globalen Revolution.

Alibri Verlag, Postfach 100 361, 63703 Aschaffenburg,
Fon 06021 – 581 734, verlag@alibri.de

Bernulf Kanitscheider
Die Materie und ihre Schatten
Naturalistische Wissenschaftsphilosophie
ISBN 3-86569-015-9, 298 Seiten, kartoniert, Euro 20.-

Unser Universum ist eine Welt der Materie. Aber der Stoff, aus dem diese Welt besteht, ist weder träge noch tot, sondern lebendig und kreativ. Im Laufe der Jahrmillionen hat die Natur eigenständige Strukturen und Gebilde hervorgebracht, die den Eindruck erwecken, als habe sie sich ihrer eigenen Stofflichkeit entfremdet. Sind diese Schatten der Materie ein Zeichen für die Grenzen einer naturalistischen Verfassung alles Seienden oder nur Ausdruck des schöpferischen Potentials der Natur?

Marvin Chlada
Das Universum des Gilles Deleuze
Eine Einführung
ISBN 3-932710-22-3, 208 Seiten, zahlreiche Abbildungen, kartoniert, Euro 14,50

Gilles Deleuze (1925-1995) gehört zu den meistdiskutierten Philosophen in der gegenwärtigen Postmodernismus-Debatte. Der Aufsatzband erörtert die verschiedensten Aspekten seiner Philosophie, bietet eine kritische Einführung ins Denken Gilles Deleuze' und stellt dessen Rezeption in den Subkulturen dar. Die Bandbreite der Themen reicht dabei von im engeren Sinne philosophischen Fragen über seine Rezeption von Literatur, Musik, Film bis hin zur Erörterung seines politischen Standpunktes.

Hermann Josef Schmidt
Wider weitere Entnietzschung Nietzsches
Eine Streitschrift
Aufklärungen zu Nietzsche, Band 1
ISBN 3-932710-26-6, 207 Seiten, kartoniert, Euro 14,50

Nietzsches aphoristisch angelegtes Werk ist zweifelsohne interpretationsbedürftig, doch die Vielzahl einander teilweise sogar widersprechender Deutungen verweist auf wissenschaftliche Sorglosigkeit. Schmidt verficht die These, daß nahezu jede Publikation zu Nietzsche oder seinem Denken auf eine „Entschärfung" Nietzsches hin angelegt ist: im Interpretations-Mainstream, gehen der mit dem Hammer „wie mit einer Stimmgabel" Götzen aushorchende Philosoph und einige seiner zentralen Aussagen unter.

Alibri Verlag – www.alibri.de

Franz Buggle
Denn sie wissen nicht, was sie glauben
Oder warum man redlicherweise nicht mehr Christ sein kann. Eine Streitschrift
Neuauflage 2004, ISBN 3-93271077-0, 446 Seiten, kartoniert, Euro 24.-

Die Brisanz des Buches liegt darin, daß es eine weitgehend (gerade auch bei „pro-
gressiven" Christen) akzeptierte Prämisse heutiger Kirchen- und Christentums-
kritik bestreitet: daß zwar die Kirche mangelhaft sein möge, die Bibel aber als
ethisches Fundament unverzichtbar sei. Franz Buggle zeigt dagegen, daß der
humanitäre Standard des biblischen Gottes hinter dem seiner allermeisten heutigen Anhänger weit zurückbleibt. Seine Diagnose, daß die Bibel als gravierende
ethisch-humanitäre und psychologische Defizite aufweist, belegt der Autor
anhand zahlreicher Stellen aus den alt- und neutestamentarischen Schriften.

Ali Dashti
23 Jahre. Die Karriere des Propheten Muhammad
Übersetzt und herausgegeben von Bahram Choubine und Judith West
3. Auflage, ISBN 3-86569-080-7, 344 Seiten, kartoniert, Euro 18,50

23 Jahre dauerte das Prophetentum von Muhammad, dem Begründer des Islam.
Ali Dashti (1896-1981), in den 1970ern intellektueller Gegenspieler des
Ayatollah Khomeini, zeichnet die Karriere des Religionsstifters aus einer kritischen Perspektive nach. Er entlarvt die Widersprüchlichkeiten und Ungereimtheiten der muslimischen „Offenbarung" und erklärt religiöse Phänomene auf
rationale Art und Weise. Darüber hinaus zeigt er zugleich schonungslos das
extremistische Potential des Islam auf, das sich heute politisch im „Fundamen-
talismus" niederschlägt.

Clara & Paul Reinsdorf (Hg.)
Zensur im Namen des Herrn
Zur Anatomie des Gotteslästerungsparagraphen
ISBN 3-9804386-6-X, 131 Seiten, 30 Abbildungen, kartoniert, Euro 10.-

„Gotteslästerung" und „Religionsbeschimpfung" wurden schon immer als Vorwurf eingesetzt, um Gesellschaftskritik und Kunst zu unterdrücken; in der Bundesrepublik existiert hierzu bis heute ein eigener Strafgesetzparagraph (§ 166
StGB). Die Aufsätze stellen die Geschichte der religiös motivierten Zensur dar,
analysieren ihre politische Funktion und dokumentieren Fälle aus den letzten
Jahrzehnten.

Alibri Verlag – www.alibri.de